Vous rêvez ~~d~~
d'un prix littéraire

C'est l'aventure que nous vous proposons avec le
Prix du Meilleur Polar des lecteurs de POINTS !

De janvier à octobre 2016,
un jury composé de 40 lecteurs et de 20 professionnels,
sous la présidence de l'écrivain **Dominique Sylvain**,
recevra à domicile 9 romans policiers, thrillers
et romans noirs récemment publiés
par les éditions Points et votera pour élire
le meilleur d'entre eux.

Pour rejoindre le jury, recevoir les titres sélectionnés
directement dans votre boîte aux lettres et élire le lauréat,
n'attendez plus ! Vous avez jusqu'au 10 mars 2016
pour déposer votre candidature sur
www.prixdumeilleurpolar.com

Donna Leon est née en 1942 dans le New Jersey et vit à Venise, théâtre de ses romans policiers, depuis plus de vingt-cinq ans. Elle enseigne la littérature dans une base de l'armée américaine située près de la Cité des Doges. Son premier roman, *Mort à La Fenice*, a été couronné par le prestigieux prix japonais Suntory, qui récompense les meilleurs romans à suspense. Les enquêtes du commissaire Brunetti ont conquis des millions de lecteurs à travers le monde.

Donna Leon

L'INCONNU
DU GRAND CANAL

ROMAN

Traduit de l'anglais (États-Unis)
par Gabriella Zimmermann

Calmann-Lévy

TEXTE INTÉGRAL

TITRE ORIGINAL
Beastly Things
ÉDITEUR ORIGINAL
William Heinemann, Londres, 2012
© Donna Leon et Diogenes Verlag AG, Zurich, 2011

ISBN 978-2-7578-4912-5
(ISBN 978-2-7021-5596-7, 1re publication)

© Calmann-Lévy, 2014, pour la traduction française

Pour Fabio Moretti et Umberto Branchini

Va tacito e nascosto,
quand'avido è di preda,
l'astuto cacciator.
E chi è a mal far disposto,
non brama che si veda
l'inganno del suo cor.

Quand il veut saisir sa proie,
le rusé chasseur
s'avance sans bruit et en tapinois.
Et celui qui est disposé à mal agir
ne désire pas que l'on découvre
la fourberie de son cœur[1].

Giulio Cesare
Händel

1. Traduction extraite du dossier pédagogique *Jules César*, Opéra de Lille, avril 2007.

1

L'homme était couché, calme, aussi calme qu'un morceau de viande sur un étal de boucher, aussi calme que la mort elle-même. Malgré le froid qui régnait dans la pièce, il n'était couvert que d'un drap fin en coton, qui lui laissait le cou et la tête libres. Vue à une certaine distance, sa poitrine semblait démesurément haute, comme si son dos prenait appui sur une sorte de support, disposé sur toute la longueur. Si cette forme blanche était une crête de montagne enneigée et l'observateur un randonneur fatigué et obligé, après une longue journée de marche, de la franchir, il y a fort à parier qu'il préférerait marcher tout le long du corps, afin d'entreprendre l'ascension au niveau des chevilles et non pas de la poitrine. L'ascension serait en effet trop pénible et trop raide, et qui sait à quelles difficultés il se heurterait lors de la descente sur l'autre versant ?

Vue de côté, la hauteur anormale de la poitrine sautait aux yeux, et si depuis le sommet le randonneur pouvait contempler l'homme, c'était le cou qui attirait l'attention. Le cou – ou peut-être, pour être plus précis, l'absence de cou. En effet, ce cou était une grosse colonne, descendant des oreilles aux épaules, sans marquer le moindre rétrécissement ; il était aussi large que la tête.

Le nez aussi attirait l'attention, même si on le devinait à peine de profil. Il avait été écrasé et était maintenant de travers ; des égratignures et de fines éraflures dessinaient des motifs sur sa peau. La joue droite était griffée et meurtrie. Le visage était entièrement gonflé, et la peau, blanche et flasque. Sous les pommettes, la chair s'affaissait en un arc concave. Cet homme, plus livide que la mort, devait avoir passé sa vie entre quatre murs.

Il avait les cheveux foncés et une barbe coupée court, qu'il avait peut-être laissée pousser pour essayer de cacher le cou, mais elle ne faisait pas illusion longtemps. On détectait presque instantanément l'imposture, car la barbe suivait la ligne de la mâchoire et descendait le long de ce cou-colonne, comme si elle ne savait où s'arrêter. Elle semblait en avoir dévalé la pente pour mieux s'échapper sur les côtés, tant sa blancheur s'accentuait de part et d'autre.

Il avait les oreilles étonnamment délicates, quasi féminines, où des boucles d'oreilles n'auraient pas déparé, si ce n'était la barbe. Sous l'oreille gauche, juste après la ligne de démarcation des poils, et placée à un angle de trente-trois degrés, s'étendait une cicatrice rose de trois centimètres de long et de la largeur d'un crayon. La peau y était rêche, comme si quelqu'un avait recousu la blessure à la hâte ou sans le moindre soin, parce que c'était un homme et qu'un homme ne se soucie guère d'une cicatrice.

Il faisait froid dans la pièce et le seul bruit que l'on y percevait était le lourd sifflement de la climatisation. On ne voyait ni monter ni descendre l'épaisse poitrine de l'homme, qui ne bougeait pas non plus pour lutter contre ce froid incommodant. Il gisait là, nu sous son drap, les yeux clos. Il n'attendait pas, car il était désormais au-delà de l'attente, tout comme il était au-delà de tout retard ou de toute ponctualité. On pourrait être tenté de dire que l'homme était, tout simplement. Mais ce serait inexact, car il n'était plus.

Deux autres formes étaient allongées, couvertes de la même manière, dans cette pièce, placées plus près des murs : l'homme barbu était au milieu. Si quelqu'un qui passe sa vie à mentir dit qu'il est un menteur, dit-il la vérité ? S'il n'y a personne de vivant dans une pièce, la pièce est-elle vide pour autant ?

Une porte s'ouvrit à l'autre bout ; un homme grand et mince, en blouse blanche, la tint ouverte, le temps qu'un autre homme passe devant lui. Le premier lâcha la porte ; elle se referma lentement, en émettant un doux petit clic, comme une goutte d'eau, qui résonna dans cette salle froide.

« Le voici, Guido », dit le dottor Rizzardi, placé derrière Brunetti, commissaire de police de la ville de Venise. Brunetti s'arrêta, tel notre randonneur, et regarda la crête blanche de l'homme. Rizzardi s'approcha de la table où gisait le mort.

« Il a reçu trois coups de couteau en bas du dos, avec une lame très fine. Moins de deux centimètres de large, je dirais, et l'auteur était ou très fort, ou franchement verni. Il y a deux petits hématomes à l'avant du bras gauche, dit Rizzardi, en s'arrêtant près du corps. Et de l'eau dans les poumons. Donc il était vivant quand il a été mis à l'eau. Mais l'assassin ayant touché une artère, il n'avait aucune chance de s'en sortir. Il a perdu tout son sang en quelques minutes. » Puis Rizzardi continua, d'un ton lugubre : « Avant de se noyer. » Sans laisser le temps à Brunetti de lui poser la question, le médecin légiste déclara : « Ça s'est passé hier, après minuit, je pense. Comme son corps est resté dans l'eau, je ne peux pas être plus précis. »

Brunetti s'arrêta à mi-chemin de la table ; ses yeux allaient et venaient du mort au médecin légiste. « Que lui est-il arrivé au visage ? » demanda-t-il, imaginant combien il serait difficile de l'identifier, voire tout simplement de regarder une photo de cette figure abîmée et gonflée.

« Je suppose qu'il est tombé en avant sous l'effet des coups de couteau. Il a été probablement trop surpris pour tendre les mains et amortir la chute.

– Est-ce que tu pourrais prendre une photo ? s'enquit Brunetti, ne sachant si Rizzardi pourrait masquer une partie des dégâts.

– Tu as l'intention de la montrer à des gens ? »

Brunetti n'apprécia pas spécialement cette réponse, mais c'en était une. Au bout d'un moment, le médecin légiste assura : « Je ferai ce que je pourrai.

– Autre chose ? le pressa Brunetti.

– Je dirais qu'il est proche de la cinquantaine, plutôt en bonne santé, que ce n'est pas quelqu'un qui travaille de ses mains, mais je ne peux pas en dire plus.

– Pourquoi a-t-il un aspect aussi bizarre ?

– Tu parles de sa poitrine ?

– Et de son cou, ajouta Brunetti, captivé par son épaisseur.

– C'est ce qu'on appelle la maladie de Madelung. J'ai lu des choses là-dessus, et je me souviens qu'on en parlait dans mes cours de médecine, mais je ne l'avais encore jamais vue concrètement.

– Qu'est-ce qui la provoque ? » demanda Brunetti, qui vint se poster près du mort.

Rizzardi haussa les épaules. « Qui sait ? » Comme s'il venait d'entendre lui-même ces mots de la bouche d'un médecin, il enchaîna : « C'est souvent lié à l'alcoolisme, à l'usage de la drogue, bien que ce ne soit pas le cas ici. Il ne buvait pas, pas du tout, et je n'ai vu aucune trace de drogue. Tous les alcooliques ne contractent pas cette maladie, Dieu soit loué, mais la plupart des hommes qui en souffrent – et ce sont presque toujours des hommes – sont des alcooliques. Il semble que personne ne comprenne vraiment pourquoi cela se produit. »

Rizzardi fit un pas vers le cadavre et désigna une bosse à l'arrière du cou : « C'est de la graisse. Elle s'accumule ici, précisa-t-il en pointant la petite boule. Et ici. » Il indiqua, sous le vêtement blanc, un semblant de seins. « Ça commence vers la trentaine ou la quarantaine, et ça se concentre sur la partie supérieure du corps.

– Tu veux dire que ça ne fait que s'agrandir ? s'enquit Brunetti, qui essayait d'imaginer ce processus.

– Oui. Parfois, ça gagne le haut des jambes, aussi. Mais dans son cas, la déformation n'a pris que sur le cou et la poitrine. » Il se tut un instant, plongé dans ses pensées, puis il spécifia : « Elle les transforme en barriques, ces pauvres diables.

– C'est une maladie courante ?

– Non, pas du tout. Je pense que la littérature médicale n'a répertorié que quelques centaines de cas. On ne sait pas grand-chose, en fait, à son sujet.

– D'autres éléments ?

– Il a été traîné sur une superficie rugueuse », affirma le médecin légiste, en menant Brunetti au bout de la table et en soulevant le drap. Il lui montra l'arrière du talon du mort, où la peau était égratignée et abîmée. « Il y a des traces en bas du dos, aussi.

– Des traces de quoi ?

– Quelqu'un l'a empoigné sous les épaules, puis l'a tiré sur le sol, je dirais. Il n'y a pas de gravier dans la blessure, donc c'était probablement un sol en pierre. Il n'avait qu'une chaussure, un mocassin. Ce qui laisse supposer que l'autre lui a été retirée. »

Brunetti recula vers la tête de l'homme et baissa les yeux vers le visage barbu. « Il a les yeux clairs ? » demanda-t-il.

Rizzardi le regarda, manifestement surpris. « Bleus. Comment le sais-tu ?

– Je ne le sais pas.

– Alors pourquoi cette question ?

– Je pense l'avoir déjà vu quelque part. »

Il regarda l'homme fixement, son visage, sa barbe, cette large colonne en guise de cou. Mais la mémoire lui fit défaut ; il n'était sûr que de ses yeux.

« Puisque tu l'as déjà vu, tu te souviens de lui, non ? » Le corps de cet homme répondait à la question de Rizzardi.

Brunetti fit un signe d'assentiment. « Je sais, mais si j'essaie de me rappeler, il ne me revient rien de précis. » Cette incapacité à se remémorer une vision aussi exceptionnelle dérangea Brunetti plus qu'il ne voulut bien l'admettre. L'avait-il vu en photo, à l'identité judiciaire, ou dans un livre ? Il avait feuilleté cet abominable ouvrage de Cesare Lombroso quelques années plus tôt : cet homme lui évoquait-il un de ces « criminels-nés » ?

Cependant, les planches de Lombroso étaient en noir et blanc ; les yeux se seraient-ils donc révélés clairs ou foncés ? Brunetti fouilla dans sa mémoire, les yeux rivés au mur. Mais aucun souvenir n'émergea, aucune image précise d'un homme aux yeux bleus.

Au contraire il fut assailli, jusqu'à en suffoquer,

d'images de sa mère qu'il n'avait pas convoquées, affalée dans son fauteuil, le fixant de ses yeux vides, incapable de le reconnaître.

« Guido ? » entendit-il et il découvrit le visage familier de Rizzardi. « Tout va bien ? »

Brunetti s'efforça de sourire et répondit : « Oui. J'étais juste en train d'essayer de me rappeler où j'avais bien pu le voir.

– N'y pense plus, ça reviendra tout seul », lui suggéra Rizzardi. « Ça m'arrive tout le temps. Quand le nom de quelqu'un m'échappe, je commence à égrener les lettres de l'alphabet et souvent, quand je trouve l'initiale de son nom, il me revient en mémoire.

– C'est l'âge ? demanda Brunetti avec une indifférence étudiée.

– Je pense, répondit Rizzardi avec légèreté. J'avais une mémoire incroyable quand je faisais médecine, sans ça tu ne t'en sors pas, avec tous ces os, ces nerfs, les muscles...

– Les maladies, renchérit Brunetti.

– Oui, les maladies. Mais rien que de se souvenir de toutes ces parties du corps, déclara le médecin légiste, en se tapotant de haut en bas, c'est déjà une prouesse. » Puis, d'un ton plus pensif : « Mais ce qu'il y a à l'intérieur, ça tient carrément du miracle.

– Tu as dit miracle ? railla Brunetti.

– Façon de parler. Mais c'est quelque chose de merveilleux. »

Rizzardi dévisagea son ami et dut voir en lui quelque chose qui lui plut ou lui inspira confiance, car il continua : « À bien y réfléchir, les choses les plus ordinaires – soulever un verre, lacer ses chaussures, siffler... – sont de petits miracles en soi.

– Alors, pourquoi fais-tu ce que tu fais ?

– Quoi donc ? Je ne comprends pas.

– Pourquoi travailles-tu avec des gens une fois la source du miracle tarie ? » dit Brunetti, faute de pouvoir mieux l'exprimer.

Après un long silence, Rizzardi finit par reconnaître : « Je n'y avais jamais réfléchi en ces termes. » Il baissa les yeux, retourna ses mains et observa ses paumes un moment. « C'est peut-être parce que ce que je fais me montre comment fonctionnent les choses, ces choses qui rendent ces miracles possibles. »

Comme en proie à une gêne soudaine, Rizzardi joignit les mains et précisa : « Les hommes qui l'ont amené ici ont dit qu'il n'avait pas de papiers sur lui. Aucune forme d'identification. Rien.

– Des vêtements ? »

Rizzardi haussa les épaules. « Ils l'ont amené nu. Tes hommes doivent avoir tout apporté au labo. »

Brunetti émit un petit bruit en signe d'approbation, ou de compréhension, voire de remerciement. « Je vais y aller et jeter un coup d'œil. Le rapport que j'ai lu dit qu'ils l'ont trouvé vers six heures. »

Rizzardi secoua la tête. « Je ne sais rien de tout cela, juste que c'était le premier aujourd'hui. »

Surpris – c'était Venise, après tout –, Brunetti demanda : « Combien y en avait-il d'autres, là-bas ? »

Rizzardi fit un signe de tête en direction des deux autres silhouettes entièrement drapées, de l'autre côté de la salle. « Ces vieux, là-bas.

– Quel âge ?

– Le fils dit que son père avait 93 ans, sa mère 86.

– Qu'est-ce qui s'est passé ? Brunetti avait lu les journaux, ce matin-là, mais aucun ne mentionnait leur mort.

– Un des deux a fait du café hier soir. La cafetière

était dans l'évier. La flamme s'est éteinte, mais pas le gaz. C'était un vieux modèle de gazinière, où il faut une allumette. Les voisins du dessus ont senti l'odeur et ont appelé les pompiers, et lorsqu'ils sont arrivés, l'air était saturé de gaz. Ils étaient morts tous les deux sur le lit, avec les tasses et les soucoupes près d'eux. »

Face au silence de Brunetti, Rizzardi déclara : « Heureusement que ça n'a pas explosé.

– Drôle d'endroit pour boire son café », nota Brunetti.

Rizzardi lui lança un regard perçant. « Elle avait la maladie d'Alzheimer et il n'avait pas les moyens de la placer en maison, ajouta-t-il. Leur fils a trois enfants et vit dans un deux-pièces, à Mogliano. »

Brunetti ne dit mot.

« Le fils m'a raconté, continua Rizzardi, que son père avait dit qu'il ne pouvait plus s'occuper d'elle, pas comme il l'aurait voulu.

– Quand a-t-il dit cela ?

– Il a laissé un billet, disant qu'il ne voulait pas que les gens croient qu'il était en train de perdre la mémoire et qu'il avait oublié de fermer le robinet du gaz. » Rizzardi s'éloigna du cadavre, en direction de la porte. « Il touchait une retraite de 512 euros et elle, 508 euros. Avec un loyer de 750 euros par mois.

– Je vois », dit Brunetti.

2

Ils suivirent le couloir dans un silence complice. Les pensées de Brunetti oscillaient entre la terreur chronique que lui inspirait le sort de sa mère et le miracle énoncé par Rizzardi. En fait, qui était mieux placé que lui pour en parler, puisqu'il le touchait des doigts tous les jours ?

Il réfléchissait au billet que le vieil homme avait laissé à son fils, des mots provenant du fin fond d'une chose si terrible à ses yeux qu'il ne pouvait même pas la nommer. Ce choix d'en finir avec la vie avait été délibéré et le vieil homme l'avait fait pour tous les deux. Mais d'abord, il avait préparé le café.

Il se tourna vers Rizzardi : « Est-ce que cette maladie de Marlung – si on l'a soigné – peut m'aider d'une manière ou d'une autre à l'identifier ?

– Madelung, rectifia Rizzardi automatiquement. Tu pourrais envoyer une demande officielle d'information aux hôpitaux qui ont des centres préposés aux maladies génétiques, en donnant une description de l'individu. » Puis, après un moment de réflexion, le docteur ajouta : « En supposant qu'on la lui ait diagnostiquée, toute la question est là. »

En repensant à l'homme allongé sur la table, Brunetti demanda : « Mais comment le contraire serait-il possible ? Tu as vu son cou, la taille de ce cou ! »

Devant la porte de son bureau, Rizzardi se tourna vers Brunetti : « Guido, il y a partout des gens avec des symptômes de maladies graves tellement ostensibles que les cheveux des médecins se dresseraient sur leur tête à leur vue.

– Et alors ?

– Et ils se disent que ce n'est rien, que ça partira comme c'est venu s'ils le traitent par le mépris. Ils arrêteront de tousser, ou de saigner, que cette tache sur leur jambe va disparaître.

– Et puis ?

– Et puis parfois, ça s'en va, et parfois non.

– Et si ça ne s'en va pas ?

– Eh bien, c'est moi qui les vois », dit Rizzardi d'un ton sinistre. Il se secoua comme si, à l'instar de Brunetti, il voulait aussi se libérer de certaines pensées et il précisa : « Je connais une femme à Padoue qui pourrait s'y connaître en Madelung. Je vais l'appeler. C'est probablement là qu'irait consulter un patient de la Vénétie. »

Et en dehors de la Vénétie ? se demanda Brunetti, mais il ne dit rien au médecin légiste. Au contraire, il le remercia et l'invita à descendre prendre un café au bar.

« Non, merci. Ma vie est submergée de journaux et de rapports, comme la tienne du reste, et j'ai décidé de gâcher le restant de la matinée à les lire et les écrire. »

Brunetti accepta sa décision d'un signe de tête et se dirigea vers l'entrée principale de l'hôpital. Avoir été en bonne santé toute sa vie ne suffisait pas à contrer les effets de l'imagination ; Brunetti se voyait souvent être atteint de maladies auxquelles il n'avait pas été exposé et dont il ne manifestait aucun symptôme. Paola était la seule personne à qui il s'était confié, même si sa mère, lorsqu'elle pouvait encore savoir les choses, le savait aussi, ou tout au moins s'en était doutée. Paola voyait bien l'absurdité de telles inquiétudes : parler de craintes serait un bien grand mot, car il n'était jamais totalement persuadé de souffrir de ces diverses affections.

En bon malade imaginaire, il rejetait avec dédain des choses banales, comme une simple maladie de cœur, ou une misérable grippe. Il plaçait la barre plus haut, en s'octroyant le virus du Nil occidental, ou une méningite. Une fois, il alla jusqu'à la malaria. Le diabète, pourtant absent du terrain familial, était un vieil ami qui lui rendait fréquemment visite. Il savait bien quelque part que ces maladies lui évitaient de voir dans ses trous de mémoire le signe avant-coureur du véritable objet de ses craintes. Il préférait ressasser toute la nuit les symptômes bizarres de la dengue plutôt que d'entendre la sonnette d'alarme lorsqu'il n'arrivait plus à se souvenir du numéro de portable de Vianello.

Brunetti pensa de nouveau à « l'inconnu au gros cou », tel qu'il l'avait surnommé. Puisqu'il avait bien les yeux bleus, cela signifiait que Brunetti devait l'avoir vu quelque part, ou en photo.

En pilote automatique, il continua à marcher en direction de la questure. En traversant le rio di San Giovanni, il observa l'état des eaux où les algues proliféraient depuis peu et pénétraient plus profondément au cœur de la ville. Il consulta le plan qu'il avait en tête et vit qu'elles remonteraient le rio dei Greci, avec la venue de la marée, sûrement assez forte pour les propulser vers la riva degli Schiavoni, voire dans les entrailles de la ville.

Il remarqua ensuite ces taches mouvantes qui flottaient vers lui à marée haute. Il se souvenait d'avoir vu, dix ans plus tôt, des bateaux à nez plat, équipés d'une écope frontale, qui sillonnaient la lagune en s'enfonçant dans de gigantesques amoncellements d'algues. Qu'étaient-ils devenus, ces étranges petits bateaux, tout simples et chétifs, mais d'une voracité ô combien utile ? La semaine précédente, il avait traversé le pont ferroviaire, flanqué de vastes îles composées d'algues flottantes. Les bateaux les contournaient ; les oiseaux les évitaient ; toute vie dépérissait à leur contact. Personne d'autre ne les avait donc remarquées, ou les gens feignaient-ils de ne pas les voir ? La juridiction des eaux de la lagune était-elle divisée entre différentes autorités en conflit – la ville, la région, la province, la magistrature aux Eaux ? –, des autorités morcelées, mais si étroitement mêlées, qu'elles réussissaient à bloquer la moindre initiative ?

Tout en marchant, Brunetti laissait libre cours à ses pensées. Lorsqu'il croisait des personnes qu'il avait déjà rencontrées, il les reconnaissait parfois sans se souvenir qui elles étaient précisément. Souvent, cette reconnaissance purement visuelle s'accompagnait de l'aura émotionnelle – il ne lui venait pas d'expression plus appropriée – qu'elles avaient imprimée dans sa mémoire.

La vision de l'« inconnu au gros cou » – il fallait qu'il cesse de l'appeler ainsi – avait suscité un certain malaise chez lui, car l'aura émotionnelle née du souvenir de la couleur de ses yeux était imprégnée d'un je-ne-sais-quoi qui lui donnait envie de l'aider. Il ne comprenait pas bien pourquoi. Peut-être l'avait-il croisé quelque part et que lui ou quelqu'un d'autre n'avait pu lui venir en aide, mais Brunetti ne parvenait plus désormais à distinguer si ce sentiment avait surgi quelques heures plus tôt en regardant l'homme, ou s'il était plus ancien.

Ces idées tournaient encore dans sa tête lorsqu'il entra à la questure et se dirigea vers son bureau. Au moment d'attaquer la dernière volée de marches, il revint sur ses pas et pénétra dans la salle commune des policiers en uniforme. Pucetti était assis devant l'ordinateur, les yeux rivés sur l'écran, et pianotait sur les touches. Brunetti s'arrêta juste dans l'encadrement de la porte. Pucetti aurait parfaitement pu être sur une autre planète, tant il était absorbé.

Brunetti regardait son corps se tendre davantage encore, sa respiration se faire plus courte. Le policier marmonnait quelque chose entre ses dents, peut-être à son ordinateur. De façon inopinée, le visage de Pucetti, puis son corps, se détendirent. Il retira ses mains du clavier, fixa l'écran un moment, leva la main droite et, tendant son index, il enfonça une seule touche à la manière d'un pianiste de jazz qui, par cette note finale, va mettre le public à ses pieds.

La main de Pucetti s'écarta vivement du clavier et resta suspendue à hauteur des oreilles, les yeux toujours sur l'écran. Il se leva d'un bond, les deux bras tendus au-dessus de la tête, à l'instar de ces athlètes victo- rieux qui trônent dans la rubrique sportive du journal. « Je t'ai eu, espèce de salaud ! » cria le jeune agent, agitant ses poings au-dessus de sa tête et balançant son corps d'avant en arrière. Ce n'était pas vraiment une danse de guerre, mais on n'en était pas loin. Alvise et Riverre, debout de l'autre côté de la pièce, se tournèrent, manifestement surpris.

Brunetti avança de quelques pas dans la pièce. « Qu'est-ce que tu as fait, Pucetti ? » demanda-t-il, puis ajouta : « Qui as-tu eu ? »

Pucetti, rayonnant et exhalant un mélange de jubilation et de triomphe qui le rajeunissait de dix ans, se tourna vers son supérieur. « Ces salauds à l'aéroport », dit-il, en ponctuant son affirmation de deux uppercuts qu'il lança en l'air, au-dessus de sa tête.

« Les bagagistes ? » s'enquit Brunetti, même si sa question était superflue. Il y avait presque dix ans qu'il enquêtait sur eux et procédait à leurs arrestations.

« Oui ». Pucetti ne put restreindre ses cris de joie sauvages et esquissa deux autres pas de danse victorieuse.

Alvise et Riverre, intrigués, s'avancèrent vers eux.

« Qu'est-ce que tu as fait ? » demanda Brunetti.

Pucetti rapprocha délibérément ses pieds et baissa les mains. « J'ai obtenu… », commença-t-il puis, jetant un coup d'œil aux autres policiers, il précisa, d'une voix qui avait perdu de son enthousiasme : « quelques informations sur l'un d'entre eux, monsieur ».

Toute trace d'excitation s'effaça du comportement de Pucetti ; Brunetti saisit l'allusion et répondit avec une indifférence calculée. « Bon, voici une bonne chose de faite. Il faudra que tu m'en touches un mot un de ces jours. » Puis, s'adressant à Alvise : « Tu pourrais venir dans mon bureau un instant ? » Il ne savait absolument pas ce qu'il allait dire à Alvise, tant ce dernier était incapable de comprendre quoi que ce soit, mais Brunetti avait saisi qu'il devait empêcher les deux officiers de police de prêter attention aux propos de Pucetti, ou de leur attribuer une quelconque importance.

Alvise salua et lança un regard à Riverre non dénué de suffisance. « Riverre, dit Brunetti, est-ce que tu pourrais descendre et demander à l'homme en faction si mon paquet est arrivé ? » Pour parer à l'inéluctable, il ajouta : « S'il n'est pas encore arrivé, ce n'est pas la peine de te déranger pour venir me le dire. Il arrivera demain. »

Riverre aimait se voir confier des missions, et dans la mesure où elles étaient simples et expliquées clairement, il parvenait habituellement à les accomplir. Il salua aussi et gagna la porte. Brunetti regretta de ne pas avoir pensé à une requête qui les aurait fait sortir tous les deux de la pièce. « Viens avec moi, Alvise. »

Alors qu'il commençait à reconduire Alvise vers la porte, Pucetti reprit place à l'ordinateur et tapota sur son clavier ; Brunetti vit l'écran se noircir.

3

Brunetti monta l'escalier au côté d'Alvise, non sans relever l'ironie de la situation, car avoir une conversation avec ce policier était souvent aussi épuisant que de grimper une colline. Il s'efforçait de monter au même rythme que l'agent qui allait plus lentement, de manière à ne pas souligner davantage leur différence de taille. « Je voulais te demander, improvisa Brunetti lorsqu'ils arrivèrent tout en haut, dans quel état d'esprit sont nos hommes, à ton avis ?

– Leur état d'esprit, monsieur ? » répéta Alvise avec une très vive curiosité. Pour montrer sa bonne volonté, il lui adressa un sourire nerveux, lui laissant entendre qu'il répondrait dès qu'il aurait véritablement compris.

« Est-ce qu'ils se sentent bien dans leur travail, est-ce qu'ils se sentent bien ici ? » demanda Brunetti, aussi confus sur le sens de ses propos que l'était Alvise, qui luttait pour garder le sourire.

« Comme tu en connais beaucoup depuis si longtemps, je me disais qu'ils t'ont peut-être parlé.

– De quoi, monsieur ? »

Brunetti se demanda quel individu, en pleine possession de ses moyens, irait faire des confidences à Alvise, ou lui demanderait son avis sur n'importe quel sujet. « Ou peut-être as-tu entendu des rumeurs ? » Brunetti n'avait pas plus tôt fini de prononcer ces paroles qu'il s'en mordit les doigts : Alvise aurait pu les prendre comme une invitation à espionner ses collègues et en prendre ombrage, même s'il y avait aussi peu de chances qu'Alvise pût s'offenser que de déceler un sens caché dans une phrase.

Alvise s'arrêta devant la porte de Brunetti.

« Vous voulez dire, est-ce qu'ils se plaisent ici, monsieur ? »

Brunetti afficha un sourire attendri : « Oui, c'est une bonne façon de voir les choses, Alvise.

– Je pense que certains d'entre nous se plaisent ici et d'autres non, monsieur », énonça-t-il avec sagesse, puis il s'empressa d'ajouter : « Je fais partie de ceux qui se plaisent ici, monsieur. Vous pouvez en être certain. »

Tout en continuant à sourire, Brunetti affirma : « Oh, je n'en ai jamais douté, mais j'étais curieux de savoir ce qu'il en est des autres et j'espérais que tu le saurais. »

Alvise rougit. Puis il bredouilla : « Je suppose que vous ne voulez pas que je dise aux gars que vous m'avez posé cette question, n'est-ce pas ?

– En effet, il vaut sans doute mieux ne pas en parler. »

Alvise devait s'attendre à cette réponse, car son visage ne trahit pas le moindre signe de déception. D'une voix particulièrement affable, Brunetti enchaîna : « Autre chose, Alvise ? »

Le policier mit ses mains dans les poches de son pantalon, regarda ses chaussures, comme s'il allait y trouver la question à poser : « Est-ce que je peux le dire à ma femme, monsieur ? Que cette question, vous me l'avez posée à moi ? » Il souligna inconsciemment le dernier mot.

Brunetti dut faire un effort pour ne pas prendre Alvise par les épaules et lui donner une accolade. « Bien sûr,

Alvise. Je suis certain que je peux lui faire confiance autant qu'à toi.

– Oh, beaucoup plus, monsieur », rétorqua Alvise, qui ne croyait pas si bien dire. Puis, brusquement : « Est-ce qu'il est gros ce paquet, monsieur ? »

Un instant décontenancé, Brunetti répéta, tout simplement : « Le paquet ?

– Celui qui doit arriver, monsieur. Si c'est le cas, je pourrai aider Riverre à le monter.

– Ah oui, bien sûr », fit Brunetti, fier comme le champion de foot du lycée auquel un camarade propose de lui tenir les chevilles pendant qu'il fait ses abdominaux. « Non, merci, Alvise », lui répondit-il rapidement. « C'est très gentil de ta part, mais il s'agit juste d'une enveloppe contenant quelques dossiers.

– Très bien, monsieur. Mais je pensais que c'était bien que je vous le demande. Au cas où. Où il aurait été lourd, disons.

– Merci encore », et Brunetti ouvrit la porte de son bureau.

À la vue de l'ordinateur sur sa table, Brunetti chassa définitivement de son esprit toute préoccupation pour Alvise et sa susceptibilité. Il s'en approcha, partagé entre la nervosité et la curiosité. On ne lui avait rien dit : il y avait si longtemps qu'il avait demandé à avoir son propre ordinateur qu'il avait à la fois oublié sa requête et la possibilité que celle-ci se concrétise un jour.

Il vit affiché sur l'écran la consigne suivante : « Choisissez un mot de passe et confirmez-le. Puis appuyez sur "Entrer". Si vous voulez enregistrer le mot de passe, appuyez deux fois sur "Entrer". » Brunetti s'assit et étudia les instructions, les relut et examina leur signification. Signorina Elettra – ce ne pouvait être qu'elle – avait organisé tout cela, elle avait sans

29

aucun doute configuré l'ordinateur, entré tout ce dont il aurait besoin et avait installé un système rendant toute intrusion impossible. Il commença par prendre en considération les options : tôt ou tard, il aurait besoin de conseils, il finirait par se mettre tout seul dans la gueule du loup. Et elle, le cerveau de l'affaire, serait la seule capable de l'aider. Il ignorait si elle aurait besoin de son mot de passe pour démêler la pagaille qu'il aurait causée. Mais il s'en moquait. Il pressa deux fois le bouton « Entrer ».

L'écran clignota. S'il s'attendait à un quelconque message laissé par la demoiselle, il allait être déçu : seule apparut sur l'écran la liste habituelle des programmes disponibles pour lui. Il ouvrit ses comptes e-mail, le compte officiel de la questure et son compte personnel. Le premier ne présentait rien d'intéressant ; le second était vide. Il tapa l'adresse professionnelle de signorina Elettra, puis juste le mot « *Grazie* » et l'envoya sans signer. Il attendit le petit bruit annonçant sa réponse, mais rien ne vint.

Brunetti, fier d'avoir appuyé sur ce second « Entrer » sans y avoir réfléchi par deux fois, fut frappé de constater combien la technologie avait colonisé les émotions humaines : donner à quelqu'un son mot de passe revenait aujourd'hui à donner la clef de son cœur. Du moins, de sa correspondance. Ou de son numéro de compte bancaire. Il connaissait celui de Paola, l'oubliait tout le temps, et l'avait donc noté dans son carnet d'adresses à James : madamemerle, pas de majuscules, tout attaché, un choix perturbant.

Il se connecta à Internet et fut étonné par la rapidité de la connexion. Mais sans aucun doute, il la trouverait bientôt normale, puis même carrément lente.

Il saisit le nom exact de la maladie, Madelung, et

se retrouva instantanément confronté à toute une série d'articles en italien et en anglais. Il choisit le premier et parcourut pendant vingt minutes les symptômes et les traitements proposés, complétant juste un peu les informations que Rizzardi lui avait données. Presque toujours des hommes, presque toujours des alcooliques, presque toujours sans possibilité de soins, avec une très forte concentration de cette maladie en Italie.

Il ferma le navigateur et décida de s'occuper d'affaires qu'il n'avait pas entièrement réglées : il appela la salle des policiers et demanda à Pucetti de monter. Lorsque le jeune homme arriva, Brunetti lui indiqua d'un geste la chaise en face de son bureau.

Avant de s'asseoir, Pucetti jeta un coup d'œil, qu'il ne put dissimuler, à l'ordinateur de Brunetti. Ses yeux croisèrent ceux de son supérieur puis retournèrent à l'ordinateur, comme s'il avait du mal à les associer. Brunetti refréna son envie de sourire et de dire au jeune agent que, s'il faisait bien ses devoirs et rangeait bien sa chambre, il le laisserait jouer avec. Il se contenta de lâcher : « Je t'écoute. »

Pucetti ne feignit pas de ne pas comprendre. « Celui que nous avons arrêté trois fois – Buffaldi – a fait deux croisières en première classe ces deux dernières années. Il a une nouvelle voiture, qu'il laisse au garage de Piazzale Roma. Et sa femme a acheté un nouvel appartement l'an passé au prix déclaré de 250 000 euros, mais au prix réel de 350 000. » Pucetti leva un doigt pour chacun de ces faits, puis joignit les mains et les posa sur les genoux : il n'avait rien d'autre à ajouter.

« Comment as-tu obtenu ces informations ? » lui demanda Brunetti.

Le jeune homme baissa les yeux sur ses mains jointes. « J'ai vérifié ses relevés de compte.

– J'aurais pu m'en douter, Pucetti », dit Brunetti calmement. « Comment as-tu eu accès à ces informations ?

– Tout seul, monsieur, répondit Pucetti d'un ton ferme. Elle ne m'a pas aidé. Pas du tout. »

Brunetti soupira. Si un cambrioleur enlève à la lime une couche de peau pour sensibiliser le bout des doigts de son apprenti, ou lui montre comment faire sauter une serrure, qui est tenu pour responsable de l'ouverture du coffre-fort ? Chaque fois que Brunetti utilisait ses outils de cambrioleur pour ouvrir une porte, quelle était la part de responsabilité du voleur qui lui avait appris à s'en servir ? Et, ayant lui-même transmis son savoir à Vianello, qui devait porter le chapeau chaque fois que l'inspecteur parvenait à ouvrir une porte ?

« Avoir pris la défense de signorina Elettra est louable, Pucetti, et ton habileté, la preuve de ses talents de pédagogue. » Il s'abstint de sourire. « Mais ma question était d'un ordre plus pratique, en fait : qu'est-ce que tu as ouvert, et quelles informations as-tu dérobées ? »

Pucetti dominait sa fierté et sa gêne face au mécontentement apparent de son supérieur. « Les relevés de sa carte de crédit, monsieur.

– Et l'appartement ? » demanda Brunetti, se gardant de faire remarquer que la plupart des gens n'achètent pas d'appartements avec leurs cartes de crédit.

« J'ai trouvé le notaire qui s'est occupé de la vente. »

Brunetti attendait, évitant prudemment tout trait d'ironie.

« Et je connais quelqu'un qui travaille dans son bureau, ajouta Pucetti.

– Qui donc ?

– Je préférerais ne pas le dire, monsieur, dit Pucetti, les yeux rivés sur ses genoux.

– C'est tout à ton honneur, répliqua Brunetti. Cette personne a confirmé la différence de prix ? »

À ces mots, Pucetti leva les yeux. « Elle n'était pas bien sûre, monsieur, mais elle m'a dit que lorsqu'ils ont discuté de la vente avec le notaire, ils n'ont pas caché que la différence de prix serait d'au moins 100 000 euros.

– Je vois. » Brunetti laissa passer quelques minutes, pendant lesquelles Pucetti regarda deux fois l'ordinateur, comme pour en mémoriser le nom et les dimensions. « Et où est-ce que tout cela nous mène ? »

Pucetti leva les yeux, où brillait un regard fervent. « Ce n'est pas suffisant pour rouvrir l'enquête ? Il gagne environ mille cinq cents euros par mois avec ce boulot. D'où vient le reste de l'argent ? Il a été filmé en train d'ouvrir des valises et d'en tirer des choses : des bijoux, des appareils photo, des ordinateurs. » Il fit une pause, comme s'il ne lui appartenait pas de répondre à ces questions.

« Le film n'a pas servi de preuve au dernier procès, comme tu le sais, Pucetti, et nous ne sommes pas encore en mesure de dire que le simple fait de posséder de grosses quantités d'argent prouve qu'il ait été volé. » Brunetti garda son calme, imitant la voix de l'avocat de la défense lors de la dernière accusation de vol à l'encontre des bagagistes. « Il pourrait avoir gagné à la loterie, ou sa femme. Il pourrait avoir emprunté l'argent à des membres de sa famille. Il pourrait l'avoir trouvé dans la rue.

– Mais vous savez que c'est faux, monsieur, plaida Pucetti. Vous savez ce qu'ils fabriquent, lui et beaucoup d'autres.

– Entre ce que je sais et ce qu'un procureur peut prouver dans une cour de justice, il y a une différence,

Pucetti », rétorqua Brunetti, non sans une note de réprimande dans la voix. « Et je te conseille vivement d'en tenir compte. » Il vit le jeune homme ouvrir la bouche pour protester, mais il éleva la voix pour l'arrêter. « En outre, je veux que tu retournes à ton bureau et que tu effaces soigneusement toutes les traces que tu aurais pu laisser au cours de ton enquête sur les finances de signor Buffaldi. » Et sans laisser le temps à Pucetti d'opposer la moindre objection, il ajouta : « De même que tu as réussi à les trouver, de même quelqu'un d'autre pourrait très bien s'apercevoir de ton passage et cette information rendrait signor Buffaldi intouchable pour tout le restant de sa carrière.

– Il est déjà plutôt intouchable, non ? » siffla Pucetti, frisant la colère.

Cela suffit à mettre le feu aux poudres. Pour qui se prenait ce garçon impétueux, qui s'imaginait pouvoir changer les choses ? Comme il l'était lui, il y a des décennies de cela, juste après avoir prêté serment à la police et décidé de s'adonner corps et âme à la justice. Ce souvenir calma Brunetti : « Pucetti, nous sommes dans ce système et nous n'avons pas le choix. Le critiquer est aussi vain que de le louer. Tu sais, et je sais, combien nos pouvoirs sont limités. »

Comme si une force supérieure l'empêchait de résister, Pucetti répliqua : « Mais elle, alors ? Elle trouve des choses, et vous vous en servez bien. » Brunetti se rendit compte, une fois de plus, de l'ardeur qui animait Pucetti.

« Pucetti, j'ai vu la tête que tu as faite lorsque je t'ai dit d'effacer tes traces : tu sais pertinemment que tu en as laissé. Si tu n'arrives pas à les éliminer, demande à signorina Elettra de t'aider à le faire. Je ne veux pas que cette affaire se complique encore.

– À moins que vous n'utilisiez ce… », dit Pucetti d'une voix haut perchée.

En le foudroyant du regard, Brunetti poursuivit, la gorge serrée : « J'avais cette information, Pucetti. Je l'ai depuis qu'ils ont réservé leurs billets pour les croisières et acheté leur voiture, et leur maison. Donc retourne à ton bureau et efface tes traces et ne t'avise jamais plus de faire quelque chose de ce genre à mon insu, sans mon autorisation.

– Qu'est-ce qui fait la différence ? » demanda Pucetti, sur le ton de quelqu'un qui cherche véritablement à comprendre, et non pas à prendre une revanche, dans un esprit sarcastique. « La manière dont on l'obtient ? »

Jusqu'à quel point lui faire confiance ? Comment éviter que Pucetti ne les entraîne dans un bourbier judiciaire, tout en l'encourageant à prendre des risques ? « Elle, elle ne laisse pas de traces ; toi, si. »

Brunetti décrocha et composa le numéro de signorina Elettra. Lorsqu'elle répondit, il lui dit : « Signorina, je sors prendre un café. Pourriez-vous monter dans mon bureau le temps que je revienne ? Pucetti doit apporter quelques changements à la recherche qu'il a faite et je me demande si vous ne pourriez pas l'aider. » Il marqua une pause pendant qu'elle lui répondait, puis ajouta : « Bien sûr, j'attendrai que vous montiez. » Il raccrocha et resta à la fenêtre, jusqu'à son arrivée.

4

Brunetti, qui avait déjà bu trois cafés et n'en voulait plus, descendit au labo à la recherche de Bocchese et de toute information possible sur l'homme qui avait été trouvé ce matin-là. Il entra et vit deux techniciens près d'une longue table, placée au fond de la pièce. L'un sortait des objets d'une boîte en carton, les mains recouvertes de gants en caoutchouc, pendant que l'autre semblait pointer sur une liste au fur et à mesure que le premier présentait un nouvel objet. Celui aux mains gantées fit un pas sur la gauche à l'entrée de Brunetti, ce qui empêcha ce dernier de pouvoir distinguer ces objets.

Bocchese était assis à son bureau dans un coin de la pièce, la tête penchée sur une feuille de papier où il paraissait dessiner. Le chef du labo ne leva pas la tête au bruit des pas qui s'approchaient et Brunetti remarqua que sa calvitie s'était agrandie ces derniers mois. Enveloppé dans une tunique blanche informe, Bocchese avait tout d'un moine du Moyen Âge. Arrivé à sa hauteur, Brunetti se ravisa : il n'était pas en train d'enluminer l'initiale d'un texte biblique, mais de dessiner une fine lame de couteau.

« Est-ce celle qui l'a tué ? » s'enquit Brunetti.

Bocchese changea la façon de tenir son crayon, les

doigts plus proches de la pointe, pour ombrer le dessous de la lame. « C'est ce que décrivait le rapport de Rizzardi », dit-il en soulevant la feuille de papier, pour leur permettre à tous deux de l'examiner. « Elle fait presque vingt centimètres de long et quatre de large près du manche. » Puis il ajouta, du ton tranchant de l'expert : « C'était donc un couteau ordinaire, pas un couteau suisse. Un de ceux qu'on trouve dans toutes les cuisines, je dirais.

– Et le bout de la lame ?

– Très étroit. Mais c'est normal avec les couteaux, non ? Il fait environ deux centimètres de large sur une bonne partie. » Il tapota la gomme fixée au bout du crayon contre la pointe de la lame dessinée. Il ajouta ensuite quelques lignes, en courbant le côté coupant de la lame vers le sommet. « Le rapport dit que les tissus, en haut des coupures, ont été à l'évidence écorchés, probablement au moment où l'on a extrait le couteau, expliqua-t-il. Les coupures étaient plus larges en haut, mais c'est toujours le cas avec ce genre de blessure. » Il redonna quelques coups de gomme sur son dessin. « C'est ce que nous sommes en train de chercher.

– Tu n'as pas dessiné le manche, observa Brunetti.

– Bien sûr que non, répliqua le technicien, en posant sa feuille sur le bureau. Il n'y a rien dans le rapport qui puisse me donner une idée de son aspect.

– Cela change quelque chose de ne pas savoir ?

– Tu veux dire pour identifier quel genre de couteau c'était ?

– Oui. Je suppose que oui. »

Bocchese posa la paume de la main sur le papier, juste à l'extrémité la plus large de la lame, comme pour l'envelopper, indépendamment du type de manche qu'il aurait pu y avoir. « Il doit mesurer au moins dix centimètres de long », dit-il, en gardant la main bien à plat sur la feuille. « Comme la plupart des manches », et il ajouta : « Y compris ceux des épluche-légumes », remarque hors de propos qui surprit Brunetti.

Il enleva la main et regarda Brunetti pour la première fois. « Il faut au moins dix centimètres pour pouvoir avoir la moindre prise. Pourquoi est-ce que tu m'as posé cette question ?

– Parce qu'il a bien fallu qu'il le porte et que si la lame fait vingt centimètres et le manche dix, ça ne devait pas être bien commode de circuler avec.

– Plié dans du papier journal, dans un étui à ordinateur, dans un porte-documents ; ça entrerait même dans une chemise en papier kraft en le mettant en biais, précisa Bocchese. Qu'est-ce que ça change ?

– On ne se promène pas avec un couteau de cette longueur-là sans une bonne raison. Il faut réfléchir à la manière de l'avoir sur soi sans que personne ne le voie.

– Ce qui laisse supposer qu'il s'agit d'un acte prémédité ?

– À mon avis, oui. Il n'a pas été tué dans une cuisine, ou dans un atelier, ou n'importe où ailleurs où aurait pu traîner un couteau, n'est-ce pas ? »

Bocchese haussa les épaules.

« Qu'est-ce qu'on peut en tirer ? demanda Brunetti, en s'appuyant d'une hanche contre le bureau et en croisant les bras.

– On ne sait pas où ça s'est passé. Le rapport de l'ambulance dit qu'il a été trouvé dans le rio del Malpaga, juste derrière le Giustinian. Celui de Rizzardi dit qu'il avait de l'eau dans les poumons, donc il a pu être poignardé n'importe où et jeté à l'eau après, puis avoir dérivé à cet endroit. » À la vue des petites imperfections invisibles dans son dessin, Bocchese reprit son crayon et ajouta une autre ligne légère sous la lame, à mi-hauteur.

« Ce n'est pas facile, dit Brunetti.

– Quoi donc ?

– De faire glisser un corps dans un canal.

– Depuis un bateau, ça pourrait déjà être plus facile, nota Bocchese.

– Mais dans ce cas, il y a du sang dans le bateau.

– Les poissons saignent bien.

– Mais les bateaux de pêche ont des moteurs et les moteurs ne sont pas autorisés après huit heures du soir.

– Les taxis, eux, le sont, rétorqua Bocchese.

– Les gens ne vont pas aller louer des taxis pour jeter des corps à l'eau », dit Brunetti tranquillement, familier qu'il était des manières de Bocchese.

Après une seconde d'hésitation, le technicien lança : « Pourquoi pas un bateau sans moteur ?

– Ou la porte d'eau d'une maison.

– Sans voisins fouineurs.

– Un canal tranquille, un endroit où il n'y a pas de voisins, fouineurs ou autres », proposa Brunetti, en commençant à consulter la carte qu'il avait en tête. Puis il dit : « Rizzardi suppose que ça s'est passé après minuit.

– Un homme prudent, ce docteur.

– Trouvé à six heures, spécifia Brunetti.

– "Après minuit", dit Bocchese. Cela ne veut pas dire qu'il ait été jeté à l'eau à minuit.

– On l'a trouvé où, derrière le Giustinian ? demanda Brunetti, car il avait besoin de la première coordonnée pour sa carte.

– À la fin de la calle Degolin. »

Brunetti émit un petit bruit en signe de reconnaissance, jeta un coup d'œil sur le mur derrière Bocchese et se mit en marche mentalement sur un improbable sentier circulaire. Rayonnant à partir de ce point fixe, il se voyait enjamber les canaux d'un *ramo*[1] à un autre, tout en cherchant, mais en vain, à se souvenir des bâtiments qui avaient des portes et des marches descendant dans l'eau.

Après un moment, Bocchese suggéra : « Il vaut mieux demander à Foa pour les marées. Il doit le savoir. »

Brunetti y avait pensé aussi. « Oui, c'est ce que je vais faire. » Puis il demanda : « Est-ce que je peux jeter un coup d'œil à ses effets personnels ?

– Bien sûr. Ils devraient être secs, maintenant. » Bocchese passa de l'autre côté de la table, où les deux hommes continuaient à faire la liste des objets sortis de la boîte, les contourna et ouvrit la porte d'un débarras situé à leur gauche. À l'intérieur, Brunetti fut frappé par la chaleur et par l'odeur : fétide, rance, un mélange de terre et de moisi, et de choses abandonnées.

Sur un étendoir d'un modèle courant étaient soigneusement pliés une chemise et un pantalon, des sous-vêtements d'homme et une paire de chaussettes. Brunetti se pencha pour les examiner de plus près et ne remarqua rien de particulier. En dessous se trouvait une seule chaussure, marron, plus ou moins de la pointure de Brunetti. Sur une petite table se trouvaient une alliance en or, une montre en métal avec une chaînette extensible en métal aussi, quelques pièces de monnaie et un trousseau de clefs.

Brunetti prit les clefs sans même se demander s'il pouvait y toucher. Quatre d'entre elles avaient l'air de clefs de portes ordinaires ; une autre était beaucoup

1. « Branche ». Ruelle sans issue, donnant le plus souvent sur un canal.

plus petite et la dernière portait le sigle VW, que le fabricant apposait sur toutes ses clefs. « Il a donc une voiture, conclut Brunetti.

– Comme environ quarante millions de personnes, répliqua vivement Bocchese.

– Donc je ne dirai rien sur les portes de la maison ou sur celle de la boîte aux lettres, dit Brunetti avec un sourire.

– Quatre maisons ?

– J'en ai deux pour chez moi. Comme la plupart des maisons en ville. Plus deux autres pour mon bureau.

– Je sais bien, dit Bocchese. C'était une provocation.

– Je l'avais remarqué. Et la plus petite ? Est-ce que ça peut bien être une clef de boîte aux lettres ?

– Possible, admit Bocchese, sur un ton laissant entendre que le contraire était tout aussi possible.

– Et sinon ?

– D'un petit coffre-fort sans prétention ; d'une boîte à outils ; d'un cabanon ; d'une porte de jardin ou de cour et j'en passe.

– Il y a quelque chose de gravé sur la bague ?

– Rien. Faite en série – en vente partout.

– Les vêtements ?

– La plupart *made in China* – qu'est-ce qui ne l'est pas, aujourd'hui ? – mais la chaussure est italienne : Fratelli Moretti.

– Drôle de mélange : des vêtements *made in China*, avec des chaussures de prix.

– Peut-être que quelqu'un les lui a données, imagina Bocchese.

– Est-ce qu'on t'a déjà donné une paire de chaussures, à toi ?

– Il faut que j'arrête de te provoquer, c'est ça ? demanda le technicien.

41

– Ça ne serait pas mal.

– D'accord. Tu veux que j'émette une hypothèse à voix haute ?

– Ça ne serait pas mal non plus.

– J'ai jeté un coup d'œil à ce qu'il portait et ça ne me donne pas l'impression qu'il était en bateau. Ses vêtements sont propres : pas d'essence, pas de goudron, aucune de ces taches caractéristiques. Même sans moteur, il y a toujours des choses sales sur une embarcation.

– Et donc ?

– Donc je ne pense pas qu'il ait été tué dans l'eau, mais plutôt dans la rue, ou dans une maison, et qu'il a été jeté dans le canal après les coups de couteau. Quiconque l'a fait croyait qu'il était mort ou était si sûr de son acte qu'il savait qu'il n'avait aucune chance de s'en sortir et le *rio* était juste une manière de se débarrasser du corps. Peut-être pour avoir plus de temps pour sortir de la ville, ou peut-être pour qu'il dérive loin du lieu du crime. »

Brunetti acquiesça. Il avait aussi réfléchi à la question. « Un homme couché dans une barque reste visible depuis le quai.

– On va chercher des fibres, pour voir s'il était couvert ou enveloppé dans quelque chose. Mais je ne crois pas que ce soit le cas, déclara Bocchese en indiquant la chemise, en simple coton blanc, le genre de vêtement que n'importe qui pourrait porter.

– Pas de veste, hein ?

– Non. Il portait juste une chemise et un pantalon, répondit Bocchese. Mais il devait avoir un pull-over. Il faisait trop froid la nuit dernière pour sortir sans rien.

– À moins qu'on ne l'ait tué chez lui ? » insinua Brunetti. C'était à son tour de s'amuser aux dépens de son interlocuteur : il voulait que Bocchese donne son approbation avant de lui faire remarquer que la plupart des gens ne se promenaient pas chez eux avec leurs clefs dans les poches.

« Oui, concéda Bocchese, mais sans grande conviction.

– Mais ?

– Le rapport de Rizzardi dit qu'il était atteint de la maladie de Madelung. Il n'a pas encore envoyé les photos, mais je m'en étais déjà aperçu. Il est possible que quelqu'un l'ait vu ici. Ou à l'hôpital, ils devraient le connaître.

– Peut-être », dit Brunetti, sans être bien certain qu'on puisse reconnaître ce visage meurtri sur la photo. Bocchese se montrait coopératif, donc il décida de ne pas refaire allusion aux clefs.

« Rien d'autre ? s'enquit Brunetti.

– Non. Si je trouve quoi que ce soit, ou s'il me vient une autre idée à l'esprit, je te le ferai savoir, d'accord ?

– Merci. » Bocchese avait mentionné la maladie de l'homme, persuadé que si on le croisait, on ne pouvait plus l'oublier. Brunetti se demanda si cette règle valait aussi pour un marchand de chaussures. « Est-ce que tu peux m'envoyer un e-mail avec des infos sur la chaussure ? »

5

De retour dans son bureau, Brunetti trouva signorina Elettra toujours assise devant son ordinateur. Elle leva les yeux lorsqu'il entra et sourit. « J'ai presque fini, commissaire. Comme j'étais ici, j'en ai profité pour télécharger quelques documents en plus, comme ça c'est fait.

– Oserais-je vous demander comment vous avez réussi à me procurer cette petite merveille, signorina ? » s'enquit-il en se penchant, les deux mains posées sur le dossier de la chaise.

Elle leva un doigt pour lui intimer l'ordre d'attendre et reporta son attention sur le clavier. Elle était en vert, ce jour-là ; une robe de laine légère qu'il ne lui avait encore jamais vue. Elle portait rarement cette couleur : peut-être avait-elle fait ce choix en l'honneur du printemps ; même l'Église avait fait de la couleur verte le symbole ecclésiastique de l'espoir. L'air de rien, il la regardait travailler, impressionné de la voir absorbée à ce point. Il aurait pu être n'importe où, elle ne faisait pas attention à lui. Était-ce le programme, ou le fait de travailler sur le nouvel ordinateur qui la captivait autant ? Et comment quelque chose d'aussi étranger au flux chaotique de la vie pouvait-il exercer une telle attraction sur une femme comme elle ? Les ordinateurs n'arrivaient pas à susciter l'intérêt de Brunetti. Bien sûr, il s'en servait et il était content de savoir le faire, mais il préférait, et de loin, lancer cette Diane chasseresse, toute de vert vêtue, à la poursuite d'un de ces jeux trop insaisissables pour ses capacités limitées. Il lui était tout bonnement impossible de s'enthousiasmer pour ce concept et il n'avait vraiment aucune envie de passer des heures et des heures assis devant son écran, à examiner ce qu'il pouvait ordonner à son ordinateur d'exécuter pour lui.

Brunetti était suffisamment en accord avec son temps pour réaliser combien il était ridicule de cultiver un tel rejet et du coup à quel point ceci ralentissait, certaines fois, son rythme de travail. N'en avait-il pas déjà fait les frais lors de l'enquête sur la manifestation contre les quotas laitiers européens qui avait bloqué l'autoroute près de Mestre deux jours durant, l'automne précédent ? Comme signorina Elettra était en congé à l'époque, il lui avait fallu attendre deux jours avant d'apprendre que les hommes qui avaient mis le feu aux voitures coincées par le blocus des agriculteurs étaient des petites frappes de Vicence, de minables criminels urbains qui n'avaient probablement jamais vu une vache de leur vie. Et ce n'est aussi qu'à son retour qu'il avait pu savoir qu'ils étaient en outre les cousins du chef de l'association provinciale des agriculteurs, le meneur de la révolte.

Son supérieur, le vice-questeur Patta, lui avait enjoint de surveiller les protestataires au cas où les violences viendraient à gagner le pont menant à Venise et s'étendraient à leur territoire. Les carabinieri, gigantesques insectes casqués et équipés de boucliers en Plexiglas, de masques et de bottes noires cirées, avançaient en masse compacte, leurs jambes transformées en tiges scintillantes, leurs boucliers formant une seule et unique ligne, prête à contrer tout mouvement d'humeur de la part des agriculteurs.

Et il était là, l'« inconnu au gros cou », jaillissant de manière involontaire dans la mémoire de Brunetti. Il se tenait en face du commissaire, au milieu du groupe placé de l'autre côté de la route bloquée, où il tournait autour des voitures arrêtées et regardait les agriculteurs et les policiers, situés de part et d'autre de la ligne de démarcation de la chaussée. Brunetti se souvint de son cou taurin et de son visage barbu, et des yeux clairs qui observaient les deux rangées d'hommes prêts à s'affronter avec une sorte de mélange de confusion et d'exaspération, mais l'attention de Brunetti fut ensuite captée par une explosion de violence : la manifestation avait basculé dans le vandalisme.

« … les nombreuses faveurs dont nous gratifie une Europe bienfaisante. » Il entendit ces mots dans la bouche de signorina Elettra et tourna les yeux vers elle.

– De quelle façon particulière, signorina ? demanda-t-il.

– Les fonds alloués à Interpol pour enrayer la falsification des marchandises protégées par des brevets provenant de tout pays de l'Union européenne », dit-elle avec le sourire qu'elle affichait lorsqu'elle s'apprêtait à fondre sur sa proie. Brunetti fut parcouru d'un frisson à l'idée des autorisations de brevets qui dans certains pays devaient sortir à flots des bureaux.

« Je croyais que le NAS[1] s'occupait de tout cela, lâcha-t-il.

– Oui, ils le font, du moins en Italie. » Elle effleura son clavier d'une tendre caresse, puis s'empressa d'enle-

---

1. *Nuclei Antisofisticazioni e Sanità* (cellules pour la protection de la santé).

ver quelques grains de poussière éparpillés sur l'écran. Elle ajouta ensuite d'un ton vif, en le regardant bien droit dans les yeux : « Il paraît qu'il y a une petite clause, vers la fin du décret ministériel, prévoyant que des entités locales soient habilitées à faire des demandes de fonds complémentaires. »

Conscient du tour conventionnel que pouvaient prendre parfois leurs conversations, il demanda : « Des fonds dans quel but, signorina ?

– Afin d'aider la recherche au niveau local pour… », commença-t-elle. Un soupir s'exhala calmement de ses lèvres et elle garda une main en l'air. L'autre, telle la langue d'une chatte qu'on a trop longtemps empêchée de lécher son petit dernier, se mit à frôler les touches et son regard se porta sur l'écran. Elle tapa une question en silence.

Brunetti fit le tour du bureau et s'assit. Pendant quelques secondes, elle leva et baissa les yeux de Brunetti à l'ordinateur, puis elle lut : « … au niveau local pour assurer que tous les efforts de la part du ministère compétent, afin d'enquêter et d'empêcher la contrefaçon de produits brevetés, soient lancés et soutenus par des fonds complémentaires, conformément au Règlement bla bla bla, sous-section bla-bla-bla, en référence complémentaire au décret ministériel bla-bla-bla du 23 février 2001.

– En admettant que tout cela ait un sens, qu'est-ce que cela signifie concrètement ? s'enquit Brunetti.

– C'est un nouveau râtelier où les petits malins peuvent se goinfrer, monsieur », expliqua-t-elle simplement, les yeux toujours sur l'écran, comme s'ils se repaissaient de l'interprétation de ces mots. « En substance, cela signifie que nous sommes libres d'employer l'argent comme nous le voulons, tant que nous nous assignons le but d'enquêter et d'empêcher la fabrication de ces produits.

– Ce qui donnerait certainement à l'agence censée enquêter et freiner la production toute latitude de dépenser l'argent comme elle l'entend.

– Pas idiots, ces types à Bruxelles, remarqua-t-elle.

– C'est-à-dire ?

– C'est-à-dire que c'est un cadeau de plus qu'on fait à ces bureaucrates à l'imagination débordante. » Puis, après une pause visant sans doute à conférer du poids à ce qui allait suivre, elle ajouta : « Ou assez persévérants pour parcourir les quatre cent douze pages du décret avant de dénicher cet alinéa spécial.

– Ou à ceux auxquels les petits copains suggèrent en douce où il vaut mieux pour eux diriger leur attention ?

– Dois-je déceler ici les propos d'un euro-sceptique, monsieur ?

– Effectivement.

– Ah », murmura-t-elle. Puis, comme si c'était plus fort qu'elle, elle lui posa la question fatidique : « Mais cela ne vous empêchera pas de garder l'ordinateur ?

– Difficile de ne pas grogner devant une auge », répliqua Brunetti.

Elle le regarda et écarquilla les yeux de bonheur. « Je crois que je n'ai jamais entendu d'explication plus pertinente à l'échec de notre système politique, monsieur. »

Brunetti attendit un instant pour savourer de nouveau le plaisir d'avoir enrichi de sens les silences entre leurs paroles. Signorina Elettra appuya sur quelques touches, puis comme elle s'apprêtait à se mettre debout, Brunetti leva une main pour l'arrêter. « Vous souvenez-vous des problèmes qu'il y a eus sur l'autoroute, l'an passé ? »

Mesurant combien sa question était vague, il précisa :
« Avec les agriculteurs ?

– Pour la question des quotas laitiers ?

– Oui.

– Quel est le rapport, monsieur ?

– Un homme a été tué ce matin. Je viens juste de parler avec Rizzardi. » Elle hocha la tête pour montrer que la questure avait déjà eu vent de cette nouvelle. « Quand je l'ai vu – l'homme, pas Rizzardi –, il m'a semblé familier, et je viens de me souvenir que c'était sur l'autoroute que je l'ai aperçu.

– C'était un de ceux qui protestaient ?

– Non. Il était de l'autre côté de l'autoroute ; sa voiture était une de celles qui étaient bloquées par la manifestation. Je l'ai vu là, debout, avec d'autres gens coincés comme lui.

– Et vous vous êtes souvenu de lui ?

– Quand vous lirez le rapport de Rizzardi, vous comprendrez pourquoi, dit Brunetti.

– Que puis-je faire pour vous, monsieur ?

– Contactez les carabinieri. C'était Lovello à Mestre qui était chargé de cette affaire. Voyez s'ils ont des photos ou peut-être même une vidéo. » Il y avait eu un tel déferlement de violence contre la police et les carabinieri les dernières années que certains commandants avaient insisté pour que l'on filme toute action à risque de débordements.

« Et vérifiez aussi Televeneto, ajouta-t-il. Une équipe était sur place, donc il se pourrait qu'ils aient quelques documents là-dessus : voyez s'ils peuvent vous en procurer une copie.

– Est-ce qu'il y avait aussi la RAI[1] ?

1. Radio télévision italienne. Chaîne d'État.

« — Je ne sais plus. Mais les gens du coin savent, eux, si les grands manitous s'étaient pointés. Si c'est le cas, voyez si vous pouvez leur demander de vous envoyer des copies de tout ce qu'ils ont pu filmer aussi.

— Il est comment, cet homme ?

— Il est très grand, il est très large au niveau des épaules et du cou. Avec une barbe : il la portait, à l'époque. Cheveux foncés, yeux clairs. »

Elle fit un signe d'assentiment. « Merci, monsieur. Je leur dirai tout cela, ils pourront ainsi trier les images avant de me les envoyer.

— Bien, bien.

— Il a reçu des coups de couteau, n'est-ce pas ? demanda-t-elle.

— Oui. Mais Rizzardi a dit qu'il avait de l'eau dans les poumons. Ils l'ont trouvé dans un canal.

— Il s'est noyé ?

— Non, il est mort des coups de couteau.

— Quel âge avait-il ?

— La quarantaine.

— Le pauvre », fit-elle, et Brunetti ne put qu'être d'accord.

6

Il ne lui restait plus que Patta à voir. À la seule idée de devoir traiter avec son supérieur, Brunetti se sentait dans la peau d'un nageur qui aurait mal calculé ses longueurs et réaliserait tout à coup qu'il en a encore dix à faire dans une eau refroidissant à la vitesse grand V. Donc, comme tout athlète en compétition qui se respecte, Brunetti avait étudié les performances de son rival. Patta démarrait en flèche, n'avait aucun scrupule à barrer le chemin aux autres participants tant qu'il y arrivait, mais manquait de résistance et finissait souvent par prendre du retard sur les longues distances. Malheureusement, quelles que soient les secondes qu'il pouvait perdre dans une course, vous pouviez être sûr de le voir apparaître à la cérémonie des prix et que rien ne l'empêcherait de grimper sur le podium au moment de la remise des médailles.

Un homme avisé en vaut deux, mais être avisé ne servait pas à grand-chose quand l'adversaire était le vice-questeur Giuseppe Patta, suprême cadeau de la Sicile aux forces de l'ordre italiennes. Il était depuis plus de dix ans en poste à Venise, bafouant ainsi la règle qui veut que les hauts fonctionnaires de la police soient mutés au bout de quelques années de service. Le fait que Patta soit indéboulonnable avait toujours intrigué Brunetti, jusqu'au jour où il avait compris : les seuls policiers systématiquement transférés loin des localités où ils se battaient contre le crime étaient ceux dont les efforts étaient couronnés de succès, et notamment dans leur lutte contre la Mafia. Parvenir à arrêter les pontes d'un clan crapuleux dans une grande ville garantissait à coup sûr une mutation dans un trou perdu du Molise ou de la Sardaigne, où l'on recensait pour tout crime un vol de bétail ou le trouble à l'ordre public pour état d'ivresse.

D'où sans doute la longévité professionnelle de Patta à Venise, où le nombre croissant de preuves de l'infiltration de la Mafia ne l'incitait aucunement à redoubler d'efforts pour la combattre. Les maires arrivaient et partaient, tous promettant de soigner les maux que leurs prédécesseurs avaient ignorés ou encouragés. La ville était de plus en plus sale, les hôtels proliféraient et les loyers augmentaient ; le moindre centimètre carré de pavé était loué pour y installer le plus vil étal de pacotille, même si les vagues de promesses, censées balayer toutes ces plaies, étaient de plus en plus spectaculaires. Et, encalminé et bien à l'abri de la déferlante, se trouvait donc notre vice-questeur Giuseppe Patta, ami de tous les hommes politiques qu'il avait pu croiser sur son chemin, visage quasi permanent des forces de l'ordre de la ville.

Cependant, Brunetti, en homme tolérant et modéré qu'il était, s'était entraîné à prendre davantage en compte les qualités de son supérieur que ses défauts, si bien qu'il finit par admettre qu'il n'y avait au fond aucune preuve tangible que Patta fût à la solde d'une organisation criminelle ; il n'avait jamais ordonné qu'on maltraite un prisonnier ; à la limite, il aurait pu croire à la culpabilité irréfutable d'un suspect à l'aise dans ses baskets. S'il avait été juge, Patta aurait sûrement été du genre réfléchi, toujours prêt à soupeser la situation sociale de l'accusé. Au regard du monde, se répétait Brunetti, tout cela n'était pas bien méchant.

Signorina Elettra était assise à son ordinateur, dans l'antichambre du bureau de son supérieur, et sourit à Brunetti à son arrivée. « Je me suis dit que je devrais faire un rapport au vice-questeur, expliqua-t-il.

– Il appréciera la distraction, fit-elle d'un ton sérieux. Son plus jeune fils vient d'appeler pour lui annoncer qu'il a raté son examen.

– Le moins brillant de ses enfants ? s'enquit Brunetti, s'efforçant de ne pas traiter le garçon d'idiot.

– Ah, commissaire, vous m'obligez à établir une distinction qui va au-delà de mes facultés », dit-elle d'un air impassible et d'une voix grave.

Quelques années plus tôt, Roberto Patta avait manqué se faire arrêter à plusieurs reprises. Seule la position de son père l'avait sauvé in extremis. Toutefois, après l'accident de voiture qu'il avait eu un matin à l'aube et qui avait coûté la vie à sa fiancée, il avait cessé de tremper dans des affaires de stupéfiants. Comme on lui avait évité d'être soumis à l'alcootest et au dépistage de drogues pendant quasiment la journée entière ayant suivi l'accident, les deux tests s'étaient révélés négatifs. Cependant, la mort de la jeune femme semblait avoir brisé quelque chose en lui et il avait renoncé – si l'on en croit les rumeurs qui circulaient à l'intérieur de la questure – à ses vieux démons et consacrait ce qui lui restait d'énergie à finir sa maîtrise pour devenir comptable.

C'était une tentative vouée à l'échec. Brunetti le savait ; Patta aussi, probablement, mais le garçon persévérait, passant ses examens année après année, les ratant systématiquement et se résolvant chaque fois à réviser davantage et à les repasser, sans prendre vraisemblablement le temps de réfléchir et de comprendre que les concours d'État – sauf si la divine providence venait à lui octroyer son diplôme – seraient encore plus difficiles. Plusieurs policiers, dont les enfants étaient dans la même classe que lui, se faisaient l'écho de ses efforts et, au fil des ans, l'opinion générale au sein de la questure avait basculé : l'image de l'enfant gâté et du père négligent avait cédé la place à celle d'un jeune bosseur, malgré ses limites, et d'un père dévoué. Le côté mystérieux de tout cela – la paternité avait toujours été enveloppée de mystère pour Brunetti – était le dévouement de Patta vis-à-vis de ses deux fils et son souhait qu'ils réussissent dans la vie par leurs propres mérites, idée qui s'était forgée en lui suite à l'accident.

« Combien de temps lui a-t-il parlé ? demanda Brunetti.

– Environ une heure », répondit-elle et elle ajouta, en changeant de ton : « Son père était au téléphone, donc Roberto m'a appelée et m'a demandé de le lui passer. » Elle pinça les lèvres en signe de résignation. « Il m'a dit ce qui s'était passé. Il pleurait.

– Ça lui fait quel âge, maintenant, vous le savez ?

– Vingt-six, je pense.

– Mon Dieu, il n'y arrivera jamais, vous ne croyez pas ?

– Sauf si quelqu'un s'arrange avec les examinateurs.

– Il ne le fera pas ? s'enquit Brunetti, en indiquant du menton la porte du bureau de Patta.

– Il l'a fait dans le passé. Il ne le fera plus.

– Et pourquoi ?

– Dieu seul le sait. Ce ne serait pourtant pas difficile.

Il a su cultiver les bonnes relations ces dix dernières années.

– Peut-être qu'ils ignorent qui est son père, suggéra Brunetti.

– C'est possible, répondit-elle, manifestement non convaincue.

– Alors, c'est vraiment vrai ? » s'écria Brunetti, étonné que des parents ne fassent pas une entorse à la règle pour venir en aide à leur enfant.

Brunetti traversa la pièce et frappa à la porte de Patta.

« *Avanti !* » fut la réponse, et Brunetti entra.

Patta semblait avoir pris un coup de vieux depuis la veille. C'était encore un bel homme : musclé, les épaules larges, avec un visage qui ne demandait qu'à être immortalisé dans le bronze ou la pierre. Mais, sous ses pommettes, il avait les joues légèrement creuses ce matin-là, détail que Brunetti n'avait encore jamais remarqué, et il avait la peau tendue et un teint presque terreux.

« Bonjour, monsieur le vice-questeur », dit Brunetti en s'approchant du bureau.

– Oui, qu'y a-t-il ? demanda Patta, comme si un serveur s'était avancé vers sa table alors qu'il était en pleine conversation.

– Je voulais vous parler de l'homme qui a été trouvé près du Giustinian ce matin, monsieur.

– Le noyé ?

– Il doit y avoir une confusion dans le rapport, monsieur », précisa Brunetti, en restant à une certaine distance du bureau de Patta. « Il y avait de l'eau dans ses poumons : c'est dans le rapport de Rizzardi. Mais il a reçu des coups de couteau avant d'avoir été mis à l'eau. Trois coups.

– Il s'agit donc d'un meurtre ? s'informa Patta, d'une

voix qui enregistrait bien les faits, mais était dénuée de tout intérêt ou curiosité.

– Oui, monsieur.

– Vous devriez prendre un siège, Brunetti, dit Patta, comme s'il venait de prendre soudain conscience que l'homme en face de lui était encore debout.

– Merci, monsieur. Brunetti s'assit, en veillant à ne faire aucune vague avant d'être en mesure de flairer l'humeur de Patta.

– Pourquoi quelqu'un lui aurait-il donné des coups de couteau et l'aurait jeté à l'eau ? »

Brunetti s'abstint de répondre que, s'il savait pourquoi, il irait illico arrêter la personne qui l'avait fait, en leur épargnant ainsi une bonne dose de temps et d'efforts.

« Avez-vous réussi à l'identifier ? demanda Patta avant que Brunetti ait pu répondre à sa première question.

– Signorina Elettra est en train d'y travailler, monsieur.

– Je vois », dit Patta, qui en resta là. Le vice-questeur se leva brusquement et se dirigea vers la fenêtre. Il laissa son regard errer si longtemps dehors que Brunetti finit par se demander s'il ne devait pas lui poser une question pour attirer de nouveau son attention. Patta ouvrit la fenêtre et laissa entrer un souffle d'air frais, puis il la ferma et regagna sa chaise. « Vous la voulez, cette enquête ? » lui demanda-t-il en s'asseyant.

Vu les options à la disposition de Brunetti, la question était on ne peut plus ridicule. Il avait le choix entre les bagagistes de Pucetti, l'augmentation prévisible des pickpockets, que le printemps et les fêtes de Pâques amèneraient inévitablement en ville, l'histoire sans fin des récoltes illégales de palourdes, ou un meurtre.

Mais doucement, tout doucement, il s'admonesta. Ne jamais faire savoir à Patta ce que l'on est en train de penser et ne jamais, au grand jamais, lui faire savoir ce que l'on veut. « S'il n'y a personne d'autre de libre pour suivre cette affaire, monsieur, je pourrais passer la question de Chioggia – c'était tellement mieux que de dire la pêche illicite des palourdes – aux policiers en uniforme. Deux d'entre eux sont de là-bas et ils pourraient probablement, avec l'aide de leur famille, trouver qui creuse les fonds pour ramasser les fruits de mer. » Huit ans d'université pour faire la chasse aux pêcheurs clandestins de mollusques.

« Parfait. Prenez Griffoni avec vous : ça pourrait lui plaire un meurtre, histoire de voir autre chose. » Même après toutes ces années, Patta parvenait encore à le surprendre. Mais il le surprenait aussi en ne sachant pas certaines choses. « Elle est à Rome, monsieur : pour ce fameux cours sur les violences conjugales.

– Ah oui, c'est vrai, c'est vrai, fit Patta avec le geste d'un homme si occupé qu'il ne peut tout avoir en tête.

– Vianello ne traite aucun dossier particulier en ce moment.

– Prenez qui vous voulez, déclara Patta de manière spontanée. Nous ne pouvons tolérer un tel fait.

– Non, monsieur. Bien sûr que non.

– Il est inadmissible que quelqu'un vienne dans cette ville et se fasse assassiner. » Patta parvint à adopter un ton indigné, mais il était impossible de déceler si ses émotions étaient suscitées par ce qui était arrivé à cet homme, ou par les conséquences néfastes que ce fait divers pouvait avoir sur le tourisme. Brunetti ne chercha pas à en avoir le cœur net.

« Je m'en charge, alors, monsieur.

– Oui, allez-y. Tenez-moi au courant au fur et à mesure.

– Bien sûr, monsieur », lui confirma Brunetti. Il regarda furtivement Patta, qui était déjà plongé dans la lecture d'un des journaux ouverts devant lui. Brunetti sortit du bureau sans souffler mot.

7

Il referma la porte derrière lui. En réponse au regard de signorina Elettra, Brunetti l'informa : « Il m'a demandé de me charger de l'affaire. »

Elle sourit. « Demandé, ou vous l'avez encouragé ?

– Non, c'est lui qui l'a suggéré. Il m'a même dit de recruter Griffoni. »

Les paroles de Brunetti éteignirent le sourire d'Elettra. Il continua, comme s'il n'avait rien décelé de spécial dans la réaction de sa collègue lorsqu'il avait prononcé le nom de la vamp de la questure. « Il avait oublié qu'elle est à Rome, naturellement. Donc j'ai demandé Vianello et il n'y a pas vu d'objection. »

Le calme étant revenu, Brunetti décida d'enfoncer le clou et lui posa la question qui lui avait traversé l'esprit tandis qu'il était avec Patta. « N'y a-t-il pas un nouveau règlement, une sorte de statut limitant le nombre de réinscriptions à l'université ? » Même Patta ne méritait pas d'être victime, après toutes ces années, des conséquences de cette farce.

« Il est question de changer la réglementation, ce qui les obligerait à arrêter au bout d'un certain temps, expliqua-t-elle, mais cela m'étonnerait qu'on le mette en application. »

Parler de choses normales semblait lui avoir rendu

sa bonne humeur ; pour la conserver, Brunetti lui demanda : « Pourquoi ? »

Elle se tourna complètement vers lui et posa son menton dans la main avant de lui répondre. « Imaginez ce qui se passerait si chacun se rendait à l'évidence et que l'on se mettait à renvoyer des centaines de milliers de ces étudiants. » Comme il s'abstint de tout commentaire, elle poursuivit : « Il faudrait qu'ils admettent – et leurs parents avec – que ce sont des chômeurs et qu'il y a de fortes chances qu'il le restent. » Avant que Brunetti n'intervienne, elle formula l'argument qu'il s'apprêtait à énoncer : « Je sais bien que n'ayant jamais travaillé, ils ne figureraient pas dans les statistiques comme des individus ayant perdu leur emploi. Mais ils devraient affronter le fait, et leurs parents aussi, qu'ils sont quasi inadaptés au marché du travail. » Brunetti lui adressa un bref signe d'assentiment. « Donc, tant qu'ils sont inscrits à la fac, les statistiques officielles peuvent les ignorer et eux, par ricochet, peuvent ignorer le fait qu'ils n'auront jamais d'emplois. » Il crut qu'elle avait fini, mais elle enchaîna : « C'est un énorme réservoir de jeunes qui vivent sur le dos de leurs parents pendant des années et ne suivront aucune formation valable.

– Comme quoi ? » s'enquit Brunetti.

Elle leva la main et la passa dans les cheveux. « Oh, je ne sais pas, moi. La plomberie. La menuiserie. Quelque chose d'utile.

– Au lieu de quoi ?

– Le fils d'un de mes amis a fait des études de gestion dans le domaine des arts pendant sept ans. Le gouvernement coupe le budget des musées et de l'art chaque année, mais lui, c'est ce diplôme-là qu'il s'apprête à passer.

– Et alors ?

– Et alors, avec un peu de chance, il obtiendra un emploi comme gardien de musée, mais il le refusera avec dédain. C'est un garçon brillant et il aime cette matière, et pour ce que j'en sais, il serait parfait pour un véritable poste dans un musée. Sauf qu'il n'y en aura pas. »

Brunetti songea à son fils, inscrit en première année, et à sa fille, qui allait bientôt entrer à l'université. « Cela signifie-t-il que mes enfants vont se heurter au même avenir ? »

Elle ouvrit la bouche pour dire quelque chose, mais se garda bien de le faire. « Allez-y, dit Brunetti. Crachez le morceau. »

Il vit le moment où elle se lancerait. « La famille de votre femme fera jouer ses relations, ou les amis de votre beau-père veilleront à ce qu'on leur procure un emploi. »

Brunetti se dit qu'elle n'aurait jamais tenu de tels propos quelques années plus tôt et que, vraisemblablement, elle ne l'aurait pas fait non plus à présent s'il ne l'avait pas provoquée avec son allusion à la Griffoni. « Comme tout enfant issu d'une famille influente ? » Elle fit un signe de tête affirmatif.

Se remémorant tout à coup ses opinions politiques, il lui demanda : « Vous n'y opposez pas votre veto ? » Elle haussa les épaules, puis dit : « Que je le fasse ou non, cela ne changera rien.

– Cela vous a-t-il aidée pour votre emploi à la banque ? » demanda-t-il en se référant au travail qu'elle avait quitté, une dizaine d'années plus tôt, pour entrer à la questure, un choix qu'aucun de ses collègues n'avait jamais compris.

Elle enleva le menton de sa main et répondit : « Non, mon père ne m'a pas aidée. En fait, que je travaille dans une banque était la dernière des choses qu'il voulait. Il a essayé de m'en dissuader.

– Alors qu'il en dirigeait une ?

– Exactement. Il me disait que ça lui avait montré à quel point ça pourrit l'âme de travailler avec l'argent et de ne penser qu'à l'argent, tout le temps.

– Mais vous l'avez fait quand même ? » Brunetti s'étonnait de se voir engagé dans ce genre de conversation avec elle : leurs échanges personnels étaient habituellement filtrés par l'ironie ou le louvoiement.

« Pendant un certain nombre d'années, oui.

– Jusqu'à quand ? » s'enquit-il, en se demandant s'il n'était pas en train de mettre au jour le secret qui intriguait la questure depuis des années, tout en sachant que, même si elle venait à se confier, cela resterait entre eux.

Son sourire changea et lui en rappela un célèbre, celui du chat du Cheshire, qui s'évanouit au milieu des branches d'un arbre. « Jusqu'à ce que ça ait commencé à pourrir mon âme.

– Ah, fit Brunetti, conscient que c'était la seule réponse qu'il obtiendrait et qu'il ne voulait probablement pas en savoir plus.

– Y a-t-il autre chose, signore ? Sans lui laisser le temps de répondre, elle ajouta : Ils ont envoyé les photos et la vidéo de la manifestation. »

Brunetti ne put cacher son étonnement. « Si vite ? »

Elle lui adressa un sourire tout aussi miséricordieux que celui d'une madone de la Renaissance. « Par ordinateur, monsieur. Ils sont dans votre courrier. » Elle jeta un coup d'œil par-dessus son épaule, observa quelques secondes le mur derrière lui, puis précisa : « J'ai un ami qui travaille au bureau central de la santé pour la Vénétie. Je peux lui demander de vérifier s'il existe un fichier centralisant tous les cas répertoriés de cette maladie de...

– Madelung, compléta Brunetti. Au regard qu'elle lui lança, il comprit que la précision était superflue.

– Merci », dit-elle, pour lui montrer qu'elle ne lui en voulait pas, puis enchaîna : « Il se peut qu'il y ait des chiffres pour la Vénétie, si des gens sont actuellement sous traitement pour ça.

– Rizzardi m'a dit qu'il appellerait quelqu'un qu'il connaît à Padoue », l'informa Brunetti, espérant lui épargner ainsi cet effort.

Elle fit un petit bruit en signe de dédain. « Ils pourraient exiger une requête officielle. C'est souvent le cas, avec les médecins », énonça-t-elle sur le ton d'un biologiste en train de parler d'un ordre inférieur d'insectes. « Cela pourrait prendre des jours. Si ce n'est plus. » Brunetti apprécia qu'elle glisse discrètement sur le fait que son ami serait en mesure d'accélérer les choses.

– Il était sur la voie en provenance du sud quand je l'ai vu, dit-il soudain.

– Autrement dit ?

– Il pouvait descendre du Frioul. Pourriez-vous demander à votre ami s'ils ont aussi le même genre de dossier ?

– Bien sûr, acquiesça-t-elle d'une voix aimable. Les hommes qui bloquaient la route protestaient contre les nouveaux quotas laitiers, n'est-ce pas ? Contre une baisse de la production ?

– Oui.

– Des âpres au gain doublés d'idiots, déclara-t-elle avec une emphase qui le surprit.

– Vous semblez bien sûre de vos propos, signorina, remarqua-t-il.

– Certes. Il y a trop de lait, il y a trop de fromage, il y a trop de beurre et il y a trop de vaches.

– Par rapport à quoi ?

– Par rapport au simple bon sens », répliqua-t-elle avec fougue, et Brunetti se demanda quelle corde sensible il venait de toucher.

Paola cuisinait à l'huile, et pas au beurre ; le moindre verre de lait le rendrait malade ; ils ne mangeaient pas tant de fromage que cela et les préceptes de Chiara avaient fait disparaître depuis longtemps toute viande de bœuf de leur table, si bien que Brunetti était – en termes de comportement – plutôt du côté de signorina Elettra, sur ce sujet. Ce qui lui échappait, cependant, c'était le pourquoi d'une réaction aussi vive, mais il n'avait pas envie de rester là pour en discuter.

« À la moindre information de votre ami, vous me tenez au courant, n'est-ce pas ?

– Bien sûr, commissaire », dit-elle avec sa cordialité habituelle, et elle retourna à son ordinateur. Brunetti décida d'aller jeter un coup d'œil aux images de la victime dans les films qu'on leur avait envoyés sur les incidents de l'automne précédent.

Il grimpa les marches jusqu'à son bureau, en ayant bien présent à l'esprit qu'il avait maintenant accès à tout fichier vidéo inséré dans son nouveau système.

Il ouvrit sa messagerie et trouva le lien. Après quelques secondes, il vit sur l'écran le rapport original et les notes des différents policiers présents sur les lieux. Après lecture de ces documents, il n'eut aucun mal à ouvrir le fichier contenant les vidéos de la police et celles de la chaîne de télévision. Dans le premier extrait, il vit les flammes dévorer le monospace portant le logo de Televeneto, et comprit pourquoi la chaîne tenait tant à coopérer.

Brunetti regarda les deux premiers extraits des films de la police, de quelques secondes seulement, mais aucun signe de notre homme, puis un autre encore, sans plus de succès. L'homme apparut enfin dans le quatrième. Il se tenait, comme dans son souvenir, au bord de l'îlot directionnel qui séparait les sections nord et sud de l'autoroute. Il ne resta sur l'écran qu'un temps très bref, où l'on aperçut sa tête, son cou et son torse caractéristiques devant une voiture rouge arrêtée au milieu de la chaussée. Près de lui se tenaient trois hommes et une femme, qui regardaient droit devant eux. La caméra fit un panoramique arrière pour montrer une rangée d'hommes casqués en train de marcher à l'unisson, leurs boucliers transparents formant une seule et même ligne compacte. Fin de la vidéo. Brunetti mit la suivante. Cette fois, la caméra filmait par-derrière l'alignement des carabinieri qui s'approchaient du groupe chaotique d'agriculteurs et rompaient les rangs pour encercler une voiture en flammes. Les images suivantes semblaient avoir été filmées par un portable, mais aucune source n'était spécifiée : elles pouvaient aussi bien appartenir à un agent de police qu'à un badaud dont on avait confisqué le téléphone. On y voyait un homme en train de lancer un seau rempli d'un liquide marron sur un carabiniere et de le frapper directement à la poitrine. Le carabiniere rétorquait par un coup de matraque sur l'avant-bras du manifestant, ce qui faisait valser le seau et éclabousser le contenu, avant de disparaître sur la droite. L'homme se penchait en avant, se tenant le bras avec l'autre main et se faisait plaquer au sol par deux carabinieri. Fin de la vidéo.

Brunetti tapa l'adresse de Pucetti et lui fit suivre l'e-mail avec les extraits de vidéos en pièces jointes, éteignit son ordinateur et descendit les escaliers, pour partir à la recherche de cet homme.

8

Brunetti s'arrêta à l'entrée de la salle préposée à la brigade des officiers de police et jeta un coup d'œil circulaire. Vianello, adossé à la porte, était en train de parler à Dondini, la nouvelle recrue. Pucetti, tête baissée, semblait aussi peu sensible à ce qui se passait autour de lui qu'aux papiers éparpillés devant lui, et sur son visage Brunetti pouvait lire, à livre ouvert, le résultat de leur dernier échange. Brunetti prenait un malin plaisir à percevoir la préoccupation du jeune homme : cela leur épargnerait à tous deux beaucoup de problèmes à l'avenir s'il apprenait à enfreindre les règles, voire la loi, avec davantage de discrétion.

« Pucetti, l'appela-t-il en entrant. J'ai une faveur à te demander. » Il se dirigea vers le bureau du jeune homme et fit signe à Vianello de se joindre à eux dès que possible.

Pucetti fit un bond, mais n'adressa pas de salut à son supérieur. « J'ai trouvé l'homme qui était dans le canal ce matin. Est-ce que tu as lu le rapport ? demanda Brunetti.

– Oui, monsieur.

– Il y a une série de vidéos sur les incidents avec les agriculteurs qui ont eu lieu sur l'autoroute l'an passé. Il était là.

67

– Vous voulez dire que nous l'avons arrêté ? s'informa Pucetti avec un étonnement mal dissimulé. Et personne ne s'en souvenait ? » Son ton laissait entendre implicitement que *lui* s'en serait sûrement souvenu, mais Brunetti passa outre.

« Non. Il était là, en simple spectateur. Il n'y a pas de photo d'identité judiciaire, dit Brunetti. On le voit, dans une vidéo, debout sur le côté de la route, en train de regarder le spectacle. »

Pucetti ne put cacher son intérêt.

« Ton aide me serait précieuse », dit Brunetti avec un sourire. Le jeune homme, à l'instar d'un chien de chasse ayant entendu un coup de sifflet familier, se mit quasiment à pointer.

Vianello les rejoignit et demanda : « Qu'est-ce que tu as trouvé ?

– Une vidéo avec l'homme sur lequel Rizzardi a travaillé ce matin, répondit Brunetti, en déplorant le choix du verbe dès qu'il l'entendit dans sa bouche. Il s'est fait coincer sur l'autoroute lors de la manifestation des agriculteurs l'an dernier. » Il informa Pucetti qu'il venait juste de lui envoyer un e-mail et précisa : « J'aimerais que tu voies s'il est possible d'imprimer certains photogrammes.

– C'est un jeu d'enfant, monsieur, dit Pucetti avec ce ton zélé que Brunetti lui connaissait bien. Il est dans lequel ?

– Dans le quatrième extrait. C'est l'homme avec une barbe foncée ; des épaules et un cou très épais. J'aimerais que tu voies s'il est possible de faire un arrêt sur image pour obtenir un portrait fiable ». Sans laisser le temps à Pucetti de poser la moindre question, Brunetti ajouta : « Impossible de montrer une photo de lui dans l'état où il est. »

Pucetti examina l'ordinateur des officiers, une machine qui était là depuis des années. « Ce serait beaucoup plus facile si je pouvais y travailler chez moi, avec mes propres appareils, monsieur, expliqua-t-il sans agacement, mais souhaitant visiblement qu'on ne le tienne pas en laisse.

– Alors vas-y. Si quelqu'un devait te poser des questions, dis que ça fait partie de l'enquête sur le meurtre. »

La seule personne susceptible de l'interroger était le lieutenant Scarpa, la Némésis des policiers en uniforme, l'assistant et ombre errante de Patta, ses yeux et ses oreilles. Dans un vieux réflexe de ne rien communiquer au lieutenant, Brunetti rectifia : « Non, si on te demande quoi que ce soit, dis plutôt que je t'ai envoyé à San Marco chercher des papiers au commissariat.

– Je resterai le plus vague possible, monsieur », promit Pucetti d'un ton sérieux. Brunetti surprit le sourire fugace de Vianello.

« Bien. » Se tournant vers l'inspecteur : « Il y a encore d'autres choses à voir. » Il regarda sa montre pour lui faire signe que c'était l'heure d'aller boire un café.

Le temps que Vianello retourne à son bureau et prenne sa veste, Pucetti avait disparu. Sur le chemin du bar au ponte dei Greci, Brunetti parla à Vianello de l'autopsie, de l'étrange maladie de cet homme et de sa certitude – confortée par la vidéo – qu'il l'avait déjà vu.

Brunetti entra le premier dans le bar. Mamadou, l'homme de confiance du propriétaire, fit un signe d'assentiment lorsqu'ils passèrent devant lui pour gagner l'arrière-salle. Quelques minutes plus tard, il apparut avec deux cafés et deux verres d'eau, accompagnés de quatre pâtisseries sur une assiette. Il les disposa sur la table et retourna au comptoir.

Brunetti prit un croissant. C'était bientôt l'heure du déjeuner, mais depuis son réveil, il avait déjà vu le corps d'un homme assassiné ; avait tancé vertement Pucetti, son élément préféré au sein des policiers en uniforme ; avait été gratifié d'une conversation personnelle avec signorina Elettra ; et pour finir, avait été servi par un Noir vêtu d'une longue tunique blanche. « D'ici qu'on prenne notre retraite, signorina Elettra ira travailler en robe de bal avec un diadème sur la tête et Mamadou servira déguisé en poulet », fit-il remarquer à Vianello en mordant dans son croissant.

Vianello but une gorgée de café, prit un pain au raisin en forme de serpent et observa : « D'ici qu'on parte à la retraite, on sera une colonie de la Chine et les enfants de Mamadou seront profs à l'université.

– Elle me convient bien, la seconde partie, dit Brunetti, mais pour le reste, tu t'es remis à lire tes bouquins catastrophe, Lorenzo ? »

Vianello eut la gentillesse de sourire, comme toujours. Signorina Elettra et lui étaient les deux écolos notoires de la questure, même si Brunetti avait récemment noté que leurs rangs grossissaient à vue d'œil. En outre, il s'était passé pas mal de temps depuis qu'il avait entendu des gens les traiter de talibans de l'écologie. Foa avait demandé que l'on tienne compte du rendement énergétique du carburant lors de l'achat de tous les nouveaux bateaux de police ; plus d'erreur dans le tri des ordures, dans les poubelles placées à chaque étage, tellement on craignait les foudres de signorina Elettra, et même le vice-questeur Patta s'était résolu à prendre, à l'occasion, les transports publics.

« À propos, continua-t-il, signorina Elettra était plutôt véhémente ce matin sur la question des vaches, je l'ai freinée à temps dans son élan. Qu'est-ce que tu en penses, toi, de tout ça ? »

Vianello prit une seconde pâtisserie, d'un aspect plutôt sec, recouverte d'éclats de noisettes. « L'époque de Heidi est révolue, Guido, dit-il en mordant dedans.

– C'est-à-dire ? demanda Brunetti, tenant son second gâteau en l'air.

– C'est-à-dire qu'il y a trop de vaches et que nous n'avons plus les moyens de les garder ou de les élever, ni même de les manger.

– Qui est ce "nous" ? demanda Brunetti en mordant un coup.

– "Nous", les gens du monde développé – euphémisme pour le monde riche – qui mangeons trop de viande de bœuf et trop de produits laitiers.

– Tu te fais du souci pour ta santé ? s'enquit Brunetti en lui coupant la parole, inquiet tout à coup de son taux de cholestérol, qui avait toujours été le cadet de ses soucis, et curieux de savoir où et quand Vianello et signorina Elettra tenaient leurs conciliabules.

– Non, pas vraiment, affirma Vianello soudain sérieux. Mais je pense à ces pauvres diables dans ce que l'on n'est plus autorisé à appeler pays arriérés, dont on abat les forêts pour que l'industrie agroalimentaire augmente la production de viande à vendre aux gens riches qui ne devraient de toute façon pas en manger. » Il vit que sa tasse de café était vide et but une gorgée d'eau. Puis il étonna Brunetti : « Je n'ai plus envie de remuer toutes ces idées. Parle-moi plutôt de cet homme. »

Brunetti sortit un stylo de la poche de sa veste et prit une serviette pour reproduire grosso modo le dessin que Bocchese avait fait de l'arme du crime, en prenant soin de bien courber la pointe de la lame. « Voilà le genre de couteau qui l'a tué. Il mesure environ vingt centimètres de long, il est très étroit. Il lui en a donné trois coups. En bas du dos, au côté droit. Le rapport – je ne l'ai pas encore lu – dira exactement ce qu'il a coupé, mais Rizzardi dit qu'il est mort vidé de son sang.

– Dans l'eau ? questionna Vianello, reposant son gâteau dans l'assiette.

– Il est resté en vie encore assez longtemps pour avaler de l'eau, mais pas assez longtemps pour se noyer. Bocchese et moi avons discuté du lieu où cela a pu se produire et comment cela a pu se faire. Ou bien il était dans un bateau, ce qui ne me paraît pas plausible – trop de risques d'être vu, et Bocchese dit qu'il n'y a aucune tache sur ses vêtements. Ou bien ça s'est passé dans une maison et ils l'ont fait glisser par la porte d'eau, ou alors, peut-être que c'est arrivé à la fin d'une *calle* qui donne sur l'eau et ils n'ont eu qu'à le jeter dans le canal.

– De grandes chances d'être vu, dans tous les cas, remarqua Vianello. Ou entendu.

– Moins depuis une maison, à mon avis. Moins de chances aussi que quelqu'un entende. »

Vianello regarda fixement par la fenêtre du bar, les yeux rivés sur les passants, réfléchissant à toutes les possibilités. Après quelques instants, il revint à Brunetti : « Oui, une maison me paraît plus plausible. As-tu une idée du lieu ?

– Je n'ai pas encore vu Foa », répondit Brunetti, en se rappelant qu'il fallait qu'il le fasse au plus vite. « Le corps a été trouvé vers six heures derrière le Giustinian, dans le rio del Malpaga. Foa devrait pouvoir calculer… » Brunetti ne put se résoudre à employer l'expression « la dérive », il la trouvait terrible, et la remplaça par « le point d'origine ».

Cette fois, Vianello ferma les yeux et Brunetti le vit faire exactement la même chose que lui : se remémorer la carte vieille de dizaines et dizaines d'années que l'inspecteur avait en tête et parcourir les alentours, en vérifiant les canaux et, autant que possible, la direction qu'y suivait le courant. Il ouvrit les yeux et regarda Brunetti. « On ne sait pas si la marée montait ou descendait.

– C'est pour cette raison que je dois parler à Foa.

– Bien. Lui, il le saura », conclut Vianello en s'arrachant de leur antre. Il gagna le comptoir, paya et attendit que Brunetti le rejoigne. Puis ils rentrèrent ensemble à la questure, gardant tous deux leurs yeux sur les mouvements de l'eau du canal qui coulait à leur droite et se demandant dans quel sens allait la marée lorsque le cadavre fut jeté à l'eau.

9

De retour à la questure, Brunetti regarda sa montre et vit qu'il était une heure passée ; s'il partait tout de suite, il pourrait encore arriver à temps à la maison pour manger un bout. Les événements de la journée recommençaient à tourbillonner dans son esprit, teintés cette fois par un excès de caféine et de sucre : pourquoi s'était-il empiffré de deux gâteaux alors qu'il savait qu'il était censé rentrer chez lui ? N'était-il qu'un gosse lamentable, incapable de résister à la tentation des friandises ?

Il se tourna vers Vianello et lui dit : « Je reviens après le déjeuner. Je parlerai à Foa à ce moment-là.

– Il n'est de service qu'à quatre heures, en tout cas. Tu as largement le temps. »

Brunetti, avec ses deux croissants qui lui gargouillaient dans l'estomac, décida de rentrer à pied, mais changea aussitôt d'avis et remonta la riva degli Schiavoni pour aller prendre un vaporetto.

Il ne s'était pas écoulé cinq minutes qu'il regrettait déjà sa décision. Au lieu de traverser tranquillement, avant d'affronter l'inévitable chaos du Rialto, le campo Santa Maria Formosa et le campo Santa Marina quasiment vides, il s'était engouffré tout seul dans le flot grouillant de touristes. En prenant à droite sur la *riva*, il subit la vague déferlante, même si elle était plus lente que toutes les vagues qu'il avait pu voir dans sa vie.

Comme tout homme doué de bon sens, il s'échappa vers l'arrêt du vaporetto, prit le numéro 1 et trouva une place à l'intérieur, sur la gauche. Il pouvait se laisser assaillir par la beauté de la ville en toute impunité. Le soleil surgissant de la calme superficie du *Bacino* l'obligea à cligner des yeux lorsqu'ils passèrent devant la Dogana fraîchement rénovée et l'église de la Salute. La visite de cette douane magnifiquement restaurée l'avait vivement ému, mais le contenu de l'exposition l'avait consterné.

À quel moment s'était opéré ce subtil changement dans l'ordre des choses ? se demanda-t-il. À quel moment la trivialité a-t-elle été promue au rang de l'art et qui était autorisé à se prononcer sur la question ? Pourquoi la banalité pouvait-elle susciter un intérêt chez le spectateur et où, Seigneur, où la pure et simple beauté s'en était-elle allée ? « T'es qu'un vieux chnoque, Guido », marmonna-t-il entre ses dents. L'homme devant lui se retourna, ahuri. Brunetti l'ignora pour mieux admirer les édifices défilant à sa gauche.

Ils dépassèrent un *palazzo* où un de ses amis lui avait proposé de lui vendre un appartement six ans plus tôt, en lui assurant qu'avec cette affaire il pourrait faire fortune : « Tu le gardes juste trois ans et tu le revends à un étranger. Tu deviendras millionnaire. »

Brunetti, dont l'éthique se résumait à une monosyllabe, avait refusé cette offre parce que tirer profit de la spéculation foncière le mettait mal à l'aise, tout comme l'idée d'être redevable à quelqu'un d'avoir gagné facilement un million d'euros. Ou même 10 euros, ça ne change rien.

Ils longèrent l'université et Brunetti la regarda, doublement attendri : sa femme y travaillait et son fils y était maintenant inscrit. Raffi avait choisi, à la grande joie de Brunetti, de faire des études d'histoire, non pas l'histoire antique, si chère à son père, mais l'histoire de l'Italie moderne qui, bien qu'elle fascinât Brunetti tout autant, lui inspirait le désespoir.

Arrivé à San Silvestro, il interrompit sa comparaison obsédante entre l'Italie d'il y a deux mille ans et celle d'aujourd'hui. Il ne lui fallut que quelques minutes pour ouvrir la porte de son immeuble et grimper la première volée de marches. À chaque palier, Brunetti sentait s'alléger le poids qu'il avait sur l'estomac et il était sûr que, le temps d'arriver à son appartement, il aurait brûlé toutes les calories de ses croissants et serait prêt à rendre justice à tout ce qu'il pouvait bien rester du déjeuner.

Lorsqu'il entra dans la cuisine, il trouva ses enfants assis à leur place, leur repas encore intact. Paola était juste en train de lui préparer une assiette, remplie de ce qui ressemblait à des tagliatelles avec des escalopes. Retournant aux fourneaux, elle annonça : « J'étais en retard aujourd'hui : il a fallu que je voie un étudiant. Donc on a décidé de t'attendre. » Puis, comme pour l'empêcher de lui attribuer des pouvoirs occultes, elle ajouta : « Je t'ai entendu entrer. »

Il se pencha pour embrasser ses deux enfants sur la tête, et comme il prenait place, Raffi lui demanda : « Tu sais des choses sur la guerre dans le Haut-Adige ? » Notant la surprise de Brunetti à cette question, il ajouta : « Pendant la Première Guerre mondiale.

— Tu en parles comme si c'était aussi vieux que la guerre contre Carthage, dit Brunetti avec un sourire, en dépliant sa serviette et l'étendant sur ses genoux.

Ton arrière-grand-père a combattu pendant cette guerre, ne l'oublie pas. »

Raffi était assis en silence, les coudes sur la table et le menton appuyé sur ses doigts repliés, un geste qu'il tenait de sa mère. Brunetti jeta un coup d'œil en direction de Chiara, assise les mains jointes sur les genoux ; combien de temps lui avait-il fallu pour les éduquer ainsi ?

Paola revint à table, posa son assiette et s'assit. « *Buon appetito* », s'exclama-t-elle, en prenant sa fourchette.

Habituellement, cette injonction donnait le coup d'envoi à Raffi qui sprintait sur son premier plat à une vitesse qui stupéfiait encore ses deux parents. Mais aujourd'hui, il ignora la nourriture : « Tu ne me l'avais jamais dit. »

Brunetti avait souvent ressassé les histoires de son grand-père à la guerre, au plus grand désintérêt de ses enfants. « Eh bien, il y était, se limita-t-il à dire en commençant à tourner quelques nouilles avec sa fourchette.

– Il s'est battu là-bas ? s'enquit Raffi. Dans le Haut-Adige ?

– Oui. Il y a passé quatre ans. Il a combattu dans la plupart des batailles, sauf une fois, je crois, où il a été blessé et soigné à l'hôpital de Vittorio Veneto.

– On ne l'a pas renvoyé chez lui ? » demanda Chiara qui prenait la conversation en marche.

Brunetti secoua la tête. « On ne renvoyait pas les hommes blessés en convalescence chez eux.

– Pourquoi ? s'informa-t-elle, la fourchette en équilibre au-dessus de son assiette.

– Parce qu'on savait qu'ils ne repartiraient plus à la guerre.

– Pourquoi ? répéta-t-elle.

– Parce qu'ils savaient qu'ils mourraient. » Avant qu'elle puisse rétorquer que leur arrière-grand-père n'était pas tout à fait mort, puisqu'ils étaient en train de parler de lui à table, Brunetti expliqua : « La plupart d'entre eux y ont perdu la vie ; des centaines de milliers, ils savaient bien qu'ils avaient très peu de chances de s'en sortir.

– Il y a eu combien de morts ? » demanda Raffi.

Brunetti n'avait pas lu beaucoup de livres d'histoire moderne, et lorsqu'il lisait ceux sur l'histoire italienne, il préférait lire des traductions de livres écrits dans d'autres langues, tant il se méfiait de la coloration que risquaient de prendre les récits italiens, de par leur allégeance politique ou historique. « Je ne connais pas le chiffre exact. Mais plus d'un demi-million. » Il reposa sa fourchette et but une gorgée de vin, puis une deuxième.

« Un demi-million ? répéta Chiara, consternée par ce chiffre. Comme si tout commentaire ou question étaient parfaitement vains, elle ne pouvait que redire : Un demi-million ?

– En fait, je crois qu'il y en a eu encore plus. Peut-être six cent mille, mais tout dépend de l'auteur que tu lis. » Brunetti prit une autre gorgée de vin, reposa son verre et précisa : « Sans compter les civils, je pense.

– Jésus Marie Joseph », murmura Raffi.

Paola lui lança un regard perçant, mais il était clair à tout un chacun que c'était sous l'emprise de l'étonnement, et non pas par blasphème, qu'il avait proféré ces mots.

« C'est douze fois Venise », constata Raffi d'un filet de voix plein de stupeur.

Brunetti, dans son désir de clarté, pour ne pas dire de clarté statistique, énonça : « Comme il ne s'agissait que d'hommes jeunes, entre 16 et 25 ans plus ou moins, ça fait encore bien plus que ça. Cela a failli dépeupler une bonne partie de la Vénétie de la génération suivante. » Après un moment de réflexion, il ajouta : « Ce qui fait vraiment beaucoup. » Il lui revint alors en mémoire les moments où, enfant, il entendait sa grand-mère paternelle bavarder avec ses amies, sur un sujet qui revenait régulièrement sur le tapis : la chance qu'elles avaient eue de pouvoir épouser un homme – tout bon ou mauvais qu'il fût – alors que tant de leurs amies n'avaient jamais pu trouver de mari. Et il songea aux monuments aux morts qu'il avait vus dans le nord, en remontant près d'Asiago et au-dessus de Merano, avec leurs listes de noms des « Héros de la Nation » ; c'étaient souvent de longues énumérations d'hommes, portant le même nom de famille, tous morts dans la neige et la boue, dont la vie avait été pulvérisée pour gagner un mètre de terre stérile ou décrocher une médaille, censée décorer la poitrine d'un général.

« Cadorna », dit-il, nommant le commandant suprême de cette bataille tombée dans l'oubli.

« On nous a dit que c'était un héros », affirma Raffi.

Brunetti ferma les yeux un moment.

« Tout au moins, c'est ce qu'on nous a dit au lycée, qu'il avait tenu en respect les envahisseurs autrichiens. »

Brunetti eut du mal à réprimer son envie de lui demander si ces mêmes professeurs chantaient les louanges de ces troupes courageuses d'Italiens qui avaient réprimé les envahisseurs éthiopiens ou libyens. Il se contenta de dire : « L'Italie avait déclaré la guerre à l'Autriche.

– Pourquoi ? s'enquit Raffi avec insistance, comme s'il ne pouvait pas le croire.

– Pourquoi les pays déclarent-ils la guerre ? intervint Paola en leur coupant la parole. Pour conquérir du terrain, pour extraire des ressources naturelles, pour conserver leur pouvoir. » Brunetti s'étonna qu'il fût si embarrassant pour les parents d'expliquer les mécanismes de la sexualité à leurs enfants. N'était-il pas bien plus délicat, en fait, de leur expliquer les mécanismes du pouvoir ?

« Tu parles de la guerre offensive, je suppose. Pas comme la Pologne, la dernière fois ? s'assura-t-il.

– Bien sûr que non. Ou la Belgique, ou la Hollande, ou la France. Elles ont été envahies et elles se sont défendues. » Elle regarda les enfants et confirma : « Et votre père a raison : nous avons effectivement déclaré la guerre à l'Autriche.

– Mais pourquoi ? insista Raffi.

– J'ai toujours imaginé, d'après mes lectures, que c'était pour récupérer les terres que les Autrichiens avaient prises, ou qui leur avaient été données, par le passé, répondit Paola.

– Mais comment peut-on savoir à qui elles appartiennent ? » demanda Chiara.

Voyant leurs assiettes vides – Raffi avait réussi à parfaitement finir la sienne pendant une pause éclair au cours de la conversation –, Paola imita le geste d'un arbitre de football montrant le carton jaune. « J'implore votre indulgence, à chacun d'entre vous, supplia-t-elle en les regardant un à un. J'ai passé ma matinée à tenter, mais apparemment en vain, de défendre l'idée que certains livres sont meilleurs que d'autres, donc je ne suis pas en mesure de supporter une seconde conversation sérieuse, en tout cas pas à cette table, pas pendant mon déjeuner. Alors je suggère qu'on change de sujet et qu'on passe à un argument plus frivole et stupide, comme la liposuccion ou la break dance. »

Raffi commença à protester, mais Paola le réduisit

au silence en décrétant : « Il y a du ragoût de calmars, avec du fenouil au four pour Chiara et une tarte aux fraises, mais n'en auront que ceux qui se soumettront à ma volonté. »

Raffi pesa les différentes options qui s'offraient à lui. Sa mère faisait toujours plus de fenouil qu'on ne pouvait en manger et on était en pleine saison des fraises. « Ma seule joie dans la vie, décréta-t-il en prenant son assiette et en s'apprêtant à la mettre dans l'évier, c'est de me soumettre corps et âme à la volonté de mes parents. »

Paola se tourna vers Brunetti. « Guido, toi qui as lu tous les Latins : qui était-ce, déjà, cette déesse qui donna naissance à un serpent ?

— Aucune d'entre elles, me semble-t-il.

— C'est donc qu'elles nous en ont laissé l'apanage, à nous autres humains. »

10

Vu ce que Brunetti était parvenu à régler à la questure cet après-midi-là, il aurait très bien pu passer le reste de la journée chez lui. Foa, apprit-il à quatre heures, avait été choisi pour accompagner le questeur et une délégation du Parlement venus visiter le chantier du MOSE[1] – ce gouffre qui engloutissait l'argent et qui sauverait, ou pas, la ville de l'*acqua alta*[2] – puis ils iraient ensuite dîner à Pellestrina. Voilà pourquoi il n'y a jamais personne à Rome pour voter, marmonna Brunetti dans sa barbe, après avoir reçu ce coup de fil. Il savait qu'il pouvait facilement appeler le bureau de la magistrature aux Eaux et les interroger sur les marées, mais il préférait que toute information précise, quant à la nature de son enquête, ne sorte pas des murs de la questure.

Il s'entretint brièvement avec Patta : en l'absence du questeur, c'était lui qui avait parlé aux journalistes et leur avait assuré, comme à l'accoutumée, qu'ils étaient

---

1. Acronyme dérivant de *Modulo Sperimentale Elettro-meccanico* (module expérimental électro-mécanique) ; jeu de mots avec Mosè, désignant Moïse en italien.
2. Ou « hautes eaux », marées exceptionnelles envahissant la ville de Venise à certaines saisons.

en train de suivre différentes pistes. Tout portait à croire que l'arrestation de l'assassin était imminente. Le mois précédent avait été fort maigre – peu de grands crimes dans la région – et la presse, qui n'avait rien eu à se mettre sous la dent, ne pouvait donc pas ne pas saisir cette aubaine. Et comme ce serait croustillant pour les lecteurs de pouvoir se repaître cette fois d'une victime mâle, ça changeait un peu ; l'honneur était aux dames depuis le début de l'année : un meurtre par jour en Italie, généralement par l'ancien petit copain ou l'ex-mari, et le meurtrier – d'après les journaux – était la sempiternelle victime d'un *raptus di gelosia*, le crime passionnel, l'excuse qui constituerait à coup sûr l'argument majeur de la défense. Si Brunetti devait un jour perdre son calme et blesser Scarpa volontairement, il invoquerait sûrement le *raptus di gelosia*, même s'il serait bien en peine de trouver une bonne raison d'être jaloux du lieutenant.

Pucetti appela après six heures pour expliquer qu'il avait eu un problème technique, mais qu'il venait de réussir à isoler quelques photogrammes de la première vidéo et qu'il était sûr de pouvoir les imprimer plus ou moins dans l'heure qui suivait. Brunetti lui dit que cela pouvait attendre le lendemain matin.

Il résista à l'envie impérieuse d'appeler signorina Elettra et de lui demander ce qu'avait donné son entretien avec son ami au bureau de la Santé. Il était sûr qu'elle le joindrait dès qu'elle aurait du nouveau, mais il était malgré tout très impatient.

Bloqué sur place, Brunetti tapa « vaches » sur son clavier, se demandant ce que Vianello et signorina Elettra pouvaient bien reprocher à ces pauvres bêtes. Sa famille était vénitienne aussi loin que l'on pouvait remonter, et même bien au-delà, ce qui fait qu'il n'y avait aucun souvenir atavique d'un arrière-grand-ceci ou d'un arrière-grand-cela ayant gardé une vache dans l'étable derrière la maison, et donc aucune explication à la sympathie qu'elles lui inspiraient. Il n'en avait jamais trait une seule ; tout au plus se rappelait-il avoir touché le museau d'affables bovins, à l'abri derrière une barrière, quand ils allaient marcher à la montagne. Paola, encore plus urbaine que lui, avouait qu'elles lui faisaient peur, mais Brunetti n'avait jamais pu le comprendre. C'étaient, à son avis, de parfaites machines à lait : l'herbe entrait d'un côté et le lait sortait de l'autre, il en avait toujours été ainsi.

Il choisit un article au hasard et le lut. Après une heure, c'est un Brunetti bien secoué qui éteignit son ordinateur, joignit les mains en forme de clocher et y appuya les lèvres. C'était donc cela et voilà pourquoi Chiara, végétarienne par intermittence, qui aurait pu à la rigueur succomber à la tentation d'un poulet rôti, refusait catégoriquement de manger de la viande de bœuf. Tout comme Vianello et signorina Elettra. Il se demanda comment il avait pu ignorer tout cela. Sûrement que tout ce qu'il venait de lire était de notoriété publique ; pour certains, c'était même le b.a.-ba.

Il se considérait comme quelqu'un de cultivé, mais cela, par contre, il ne le savait pas. Que l'on détruisait la forêt équatoriale pour en faire des pâturages : bien sûr, il le savait. Les histoires de vache folle et de fièvre aphteuse lui étaient familières aussi, on en parlait, et puis on n'en parlait plus. Sauf que ces histoires n'avaient jamais disparu.

Brunetti combla cette lacune en parcourant le long compte rendu d'un fermier d'Amérique latine qui avait suivi un programme d'élevage dans une université aux États-Unis. Il brossait le tableau d'animaux qui venaient au monde malades, qui étaient gardés en vie uniquement à coups de doses massives d'antibiotiques, rendus fertiles par des doses d'hormones tout aussi généreuses et qui mouraient malades comme ils étaient nés. L'auteur terminait l'article en déclarant qu'il ne mangerait jamais de viande de bœuf, sauf s'il s'agissait d'une bête à lui et dont il aurait supervisé la croissance et l'abattage. De même que Paola avait trop entendu parler de livres ce jour-là, de même Brunetti se dit soudain qu'il avait trop lu sur les bovins. Peu avant sept heures, il quitta son bureau, descendit les escaliers et laissa un mot à Foa où il lui demandait des informations sur les marées, puis il sortit de la questure ; il prit le chemin de la maison, en prenant finalement le campo Santa Maria Formosa, qui n'était plus bondé. Le campo San Bortolo était bien animé, mais il n'eut aucun mal à le traverser et il n'y avait pas non plus trop de monde sur le pont.

Il arriva dans un appartement vide avant sept heures et demie, enleva sa veste et ses chaussures, gagna sa chambre et récupéra son exemplaire des pièces d'Eschyle – il ne savait pas ce qui l'avait poussé à s'y replonger – et s'affala sur le canapé dans le bureau de Paola, impatient de lire un livre dépourvu de tout risque de sensiblerie – juste la sombre vérité humaine – et impatient de parler de la question des vaches avec elle.

Agamemnon, occupé à saluer sa femme après des années et des années d'absence, lui dit que le discours de bienvenue qu'elle avait prononcé, tout comme son éloignement, n'avaient que trop duré et Brunetti sentit les cheveux se dresser sur sa tête à la sottise de cet homme, lorsqu'il entendit la clef de Paola dans la serrure. Comment réagirait-elle, se demanda-t-il, s'il devait la tromper, la couvrir de honte et amener une nouvelle amante dans leur foyer ? Elle en ferait moins que Clytemnestre, soupçonna-t-il, et sans le moindre recours à la violence physique. Mais il ne douta pas un instant qu'elle s'évertuerait à le détruire par le verbe et par la puissance de sa famille, et il était sûr qu'elle le laisserait nu comme un ver.

Il l'entendit poser quelques sacs de commissions près de la porte. En accrochant sa veste, elle verrait la sienne. Il l'appela par son nom et elle répondit de même, lui disant qu'elle serait là dans une minute. Il entendit le frémissement des sachets en plastique et ses pas battant en retraite vers la cuisine.

Elle ne le ferait pas par jalousie, il le savait, mais à cause de son orgueil blessé et d'une sensation d'honneur trahi. Son père aurait juste un coup de fil à passer pour le faire muter dans un village de Sicile en plein marasme et infesté par la Mafia ; il lui suffirait d'une seule journée pour effacer tout signe de sa présence dans l'appartement. Y compris ses livres. Et elle ne prononcerait jamais plus son nom ; peut-être avec les enfants, qui sauraient pertinemment qu'il vaudrait mieux ne pas le nommer ou ne pas poser de questions sur lui. Pourquoi le fait de savoir tout cela le rendait-il si heureux ?

Elle arriva, avec deux verres de prosecco à la main. Il avait été si inquiet à l'idée de leur séparation et de sa vengeance qu'il n'avait pas entendu le bouchon sauter, même si c'était un bruit aussi beau que la musique à ses oreilles.

Paola lui tendit un verre et donna de petites tapes sur ses genoux jusqu'à ce qu'il relève ses pieds et lui fasse de la place. Il but une gorgée. « Mais c'est du champagne !

– Je sais, confirma-t-elle, en prenant une gorgée à son tour. Je me suis dit que je méritais une récompense.

– Pour quelle raison ?

– Parce que je supporte des insensés.

– Volontiers ? »

Elle émit un grognement de mépris. « Parce que j'écoute leurs inepties et fais semblant d'y prêter attention, ou que je fais semblant de penser que leurs idioties sont dignes d'une discussion.

– L'histoire des bons livres ? »

Elle rejeta les cheveux en arrière d'une main, se gratta nonchalamment la nuque. De profil, c'était la même femme que celle qu'il avait rencontrée et aimée il y a vingt ans. Quelques cheveux blancs se mêlaient à ses cheveux blonds, mais on les distinguait à peine, sauf de tout près. Le nez, le menton, la courbe des lèvres n'avaient pas changé. Si on la regardait de face, il le savait, elle avait bien quelques petites rides autour des yeux et aux coins de la bouche, mais elle faisait encore tourner les têtes dans la rue, ou dans les dîners.

Elle inspira profondément et se laissa tomber contre le canapé, en veillant à ne pas renverser une seule goutte de vin. « Je ne sais pas pourquoi je m'embête encore à enseigner », dit-elle et Brunetti ne lui fit pas remarquer que c'était parce qu'elle aimait ça. « Je pourrais m'arrêter. Nous sommes propriétaires de la maison et tu gagnes assez d'argent pour nous entretenir. » Et si les choses venaient à se compliquer, se garda-t-il d'ajouter, ils pourraient toujours mettre en gage leur Canaletto accroché à la cuisine. Laisse-la parler, laisse-la décompresser.

« Qu'est-ce que tu ferais, tu resterais sur ton canapé toute la sainte journée en pyjama, à bouquiner ? »

Elle tapota son genou de la main libre. « Alors comme

cela, tu m'empêcherais de m'installer à demeure sur mon divan, c'est ça ?

– Mais qu'est-ce que tu *ferais* ? » demanda-t-il, soudain sérieux.

Elle but une autre gorgée, puis répondit : « C'est bien là le problème, naturellement. Si *tu* démissionnais, tu pourrais toujours devenir vigile et faire des rondes toute la nuit en collant des petits papiers aux portes des maisons et des magasins pour montrer que tu es bien passé. Mais moi, qui est-ce qui viendra me demander de parler du roman anglais, hein ?

– Effectivement, approuva-t-il.

– Alors autant vivre », conclut-elle en le désarçonnant. Mais il avait tellement envie de parler des vaches qu'il ne lui demanda pas de développer.

« Qu'est-ce que tu sais, toi, sur cette histoire de vaches ?

– Oh, mon Dieu. Tu ne vas pas t'y mettre aussi », dit-elle en s'enfonçant dans le canapé, la main sur les yeux.

11

« Qu'est-ce que tu veux dire par "Tu ne vas pas t'y mettre aussi", demanda-t-il, même si ce qu'il tenait réellement à savoir, c'était qui elle mettait dans le lot.

– Comme je te l'ai déjà dit au moins trente-six mille fois ces dernières années : ne fais pas ton petit malin avec moi, Guido Brunetti », assena-t-elle d'un ton exagérément sévère. « Tu sais exactement qui c'est : Chiara, signorina Elettra et Vianello. Et vu ce que tu as dit, ça ne m'étonnerait pas que les deux derniers déclarent sous peu la questure zone sans-viande. »

Les lectures qu'il avait faites cet après-midi-là incitaient Brunetti à penser que ce n'était peut-être pas un mal. « C'est juste la frange la plus extrême, bien que d'autres gens là-bas commencent aussi à réfléchir à la question, avança-t-il.

– Si tu mettais un jour les pieds dans un supermarché et que tu regardais ce que les gens achètent, tu ne dirais pas cela, crois-moi. »

Les quelques fois où il avait fait cette expérience, Brunetti avait été – se l'avoua-t-il – sidéré par ce que les gens achetaient, vu qu'il y avait de grandes chances qu'ils ingèrent ces produits. Il avait si rarement fait les courses de tous les jours qu'il hésitait sur la nature de certains des articles vendus et ne comprenait pas bien si c'étaient des produits à consommer, ou servant à des fins domestiques, comme récurer les éviers, par exemple.

Il se souvint que, enfant, on l'envoyait acheter parfois une livre de haricots noirs. Il les rapportait à la maison dans le cylindre en papier journal dont l'épicier les avait enveloppés. Maintenant, ils arrivent dans des sacs en plastique transparents, fermés par une torsade dorée et il faut les acheter par kilos. Sa mère allumait le feu avec le journal, alors que le plastique et la torsade finissent aujourd'hui à la poubelle après avoir joui de leur quart d'heure de liberté hors des rayons.

« Nous ne mangeons plus autant de viande qu'auparavant, remarqua-t-il.

– C'est seulement parce que Chiara est trop jeune pour partir de la maison.

– Tu crois qu'elle partirait vraiment ?

– Elle arrêterait plutôt de manger.

– Elle est convaincue à ce point ?

– Oui.

– Et toi ? » demanda-t-il. C'était Paola, après tout, qui établissait chaque jour les menus.

Elle finit sa coupe de champagne et frotta le verre entre ses mains, comme si elle espérait en faire jaillir des étincelles.

« J'aime de moins en moins ça, finit-elle par dire.

– À cause du goût, ou à cause de ce que tu as lu sur la question ?

– Les deux, mon capitaine.

– Tu ne vas pas arrêter d'en cuisiner, hein ?

– Bien sûr que non, gros bêta. » Puis, en lui tendant son verre : « Surtout si tu vas me chercher encore un peu de champagne. »

Il s'exécuta aussitôt et, tout en allant à la cuisine,

il voyait danser dans sa tête des côtelettes d'agneau, du veau cuit au marsala et du poulet rôti.

Le lendemain matin, sur le chemin de la questure, Brunetti s'arrêta dans un bar pour prendre un café et lire le compte rendu du *Gazzettino* sur le corps trouvé dans le canal, suivi d'une brève description de l'homme et de la mention de son âge probable. Dans son bureau, il apprit que l'on n'avait signalé aucun porté disparu dans la ville ou dans la région environnante. Quelques minutes plus tard, Pucetti était à sa porte. Ou bien le jeune homme avait réussi à placer une puce dans l'oreille de Brunetti ou, plus vraisemblablement, l'agent en faction avait appelé Pucetti au téléphone dès l'arrivée de son supérieur.

Brunetti lui fit signe d'entrer ; Pucetti posa une photo du mort sur son bureau. Brunetti ignorait comment il avait réussi à isoler juste un photogramme, mais la photo faisait vraiment naturelle et montrait l'homme en train de regarder en face de lui, le visage complètement détendu. C'était un tout autre homme, comparé au cadavre gisant maintenant dans la chambre mortuaire de l'hôpital civil.

Brunetti fit un grand sourire et hocha la tête en signe d'approbation. « Bien joué, Pucetti. C'est lui, c'est bien l'homme que j'ai vu.

– J'ai fait des copies, monsieur.

– Bien. Scanne celle-ci et envoie-la au *Gazzettino*. Aux autres journaux, aussi. Et va voir si quelqu'un en bas le reconnaît.

– Oui, monsieur. » Pucetti laissa la photo sur la table de Brunetti et sortit.

Dans son bureau, signorina Elettra avait porté ce jour-là son dévolu sur le jaune, une couleur peu facile à porter. C'était mardi, jour des fleurs au marché, si bien que son bureau – et très probablement celui de Patta aussi – en était rempli, une touche de raffinement qu'elle avait introduite à la questure. « Elles ne sont pas jolies, mes jonquilles ? » demanda-t-elle à Brunetti qui entrait, en lui indiquant un quadruple bouquet posé sur le rebord de la fenêtre.

Les premiers frémissements du printemps auraient autrefois poussé un Brunetti encore célibataire à répliquer qu'elles étaient loin d'être aussi jolies que la personne qui les avait apportées, mais ce Brunetti se contenta de répondre : « Effectivement, puis il demanda : Et quelle débauche de couleur a transfiguré le bureau du vice-questeur ?

– Le rose. Je l'adore et il le déteste. Mais il a peur de se plaindre. » Elle regarda dehors un instant, puis revint à Brunetti et dit : « J'ai lu un jour que le rose, c'est le bleu marine de l'Inde. »

Cela lui prit un moment, mais Brunetti finit par rire de bon cœur. « C'est beau, fit-il, en pensant combien Paola apprécierait.

– Êtes-vous ici pour le mort ? s'enquit-elle, reprenant soudain son sérieux.

– Oui.

– Ça n'a rien donné du côté de mon ami. Peut-être que Rizzardi aura plus de chance.

– Peut-être vient-il d'une autre province, suggéra Brunetti.

– C'est possible, convint-elle. J'ai envoyé la demande habituelle aux hôtels, pour savoir s'il leur manque un client.

– Et alors ?

– Juste un Hongrois qui s'est retrouvé à l'hôpital pour une crise cardiaque. »

Brunetti pensa au vaste réseau d'appartements en location et de chambres d'hôtes qui maillait la ville entière. Beaucoup n'étaient pas déclarés ; ils échappaient ainsi à tout contrôle et aux impôts et n'indiquaient pas à la police qui était chez eux. Si un client ne revenait pas, quelle probabilité y avait-il que les propriétaires signalent son absence à la police, ce qui attirerait l'attention des autorités sur leurs opérations illicites ? Il était tellement plus simple d'attendre quelques jours puis de garder, en lieu et place de la location non payée, tout ce qu'avait laissé le client qui avait pris la poudre d'escampette, et on tirait un trait.

Au début de sa carrière, Brunetti croyait encore que tout citoyen digne de ce nom et respectueux de la loi, ayant appris par la presse le meurtre d'un homme dont la description était si proche de l'homme gisant dans la pièce n° 3, qui donnait sur le jardin, aurait pris contact avec la police. Mais les dizaines d'années passées au milieu des prévarications et des demi-mensonges auxquels les honnêtes citoyens étaient par trop enclins l'avaient guéri de telles illusions.

« Pucetti a une photo tirée d'une des vidéos. Il va l'envoyer à différents journaux et demander si quelqu'un le reconnaît, dit Brunetti. Mais je suis d'accord avec vous, signorina : les gens ne se volatilisent pas. »

12

Brunetti trouva Vianello dans la salle des policiers ; il était au téléphone. À la vue du commissaire, un grand soulagement se dessina sur son visage. Il dit quelques mots, haussa les épaules, en ajouta quelques autres et raccrocha.

Brunetti s'approcha de lui et lui demanda : « C'était qui ?

– Scarpa.

– Qu'est-ce qu'il veut ?

– Causer des ennuis. C'est son sport favori, je pense. »

Brunetti acquiesça et enchaîna : « Quelle sorte d'ennuis, cette fois ?

– Une histoire de reçus de carburant. Tu crois que Foa pourrait en acheter pour son bateau à lui et le mettre sur le compte de la police ? » Vianello marmonna quelque chose entre ses dents, que Brunetti fit semblant de ne pas avoir entendu. « Il n'y a pas un passage dans la Bible où on reproche aux autres des choses qu'on ne voit pas dans ses propres yeux ?

– Oui, il y a bien quelque chose dans ce genre, admit Brunetti.

– Foa est obligé d'aller chercher Patta pour l'emmener dîner à Pellestrina, et le ramener chez lui en cas de mauvais temps, et Scarpa chicane parce que Foa vole du carburant ? » Puis il assena : « Tous des timbrés. »

Brunetti, qui l'approuvait sur ce point aussi, lui dit : « Foa n'est pas un type à faire ça. Je connais son père. » Tous deux savaient qu'une telle affirmation suffisait à cautionner l'intégrité de Foa. « Mais pourquoi il s'en prend à Foa, maintenant ? » s'étonna Brunetti. Le comportement de Scarpa était souvent confus, et ses motivations toujours inexplicables.

« Peut-être qu'il a un cousin à Palerme qui sait conduire un bateau et qui cherche un emploi, suggéra Vianello. Il est mal barré s'il doit naviguer ici. »

Brunetti avait envie de lui demander si sa dernière remarque était à double sens, mais il préféra lui demander de sortir et d'aller s'asseoir sur la rive avec lui, et de discuter en regardant passer les bateaux.

Assis sur le banc, avec le soleil printanier qui leur chauffait le visage et les cuisses, Brunetti donna à Vianello la chemise contenant les photos. « Pucetti te l'a montrée, celle-ci ? »

Vianello fit signe que oui. « Je vois ce que tu veux dire pour le cou », dit-il en la lui rendant, puis il revint à leur premier sujet et lui demanda : « Jusqu'où tu crois qu'il pourrait aller, Scarpa ? »

Brunetti leva ses paumes dans un geste d'impuissance. « Dans ce cas précis, je pense qu'il est juste en train d'essayer de causer des ennuis à quelqu'un que tout le monde aime bien, mais je crois qu'il n'y a rien à comprendre avec des gens comme Scarpa. » Puis il ajouta : « Cette année, Paola donne un cours sur la nouvelle et dans l'une d'elles, on voit un sale type – il s'appelle carrément le désaxé – qui, après avoir exterminé une famille tout entière, y compris la vieille grand-mère, est tranquillement assis, en train de dire quelque chose du genre : "La méchanceté, y a qu'ça d'vrai[1]." » Comme pour conforter cette vérité, deux mouettes commencèrent à se battre au-dessus du quai pour une même proie en poussant des cris rauques.

« Je t'assure, quand Paola m'a lu ce passage, continua Brunetti, ça m'a fait penser à Scarpa. Tout ce qu'il aime, c'est la méchanceté.

– Tu veux dire qu'il *aime* ça, au sens littéral du terme ? » s'exclama Vianello.

Avant que Brunetti ne pût répondre, leur champ de vision fut perturbé sur la gauche par l'apparition d'un énorme paquebot de croisière – de huit ? neuf ? voire dix ponts ? Il traînait docilement derrière un vaillant remorqueur, mais comme l'amarre en fil d'acier qui les reliait plongeait mollement dans l'eau, cela trompait les apparences et il n'était pas aisé de comprendre lequel des deux bateaux propulsait l'autre et lequel décidait de leur direction. Quelle parfaite métaphore, songea Brunetti : c'était comme si le gouvernement faisait entrer la Mafia au port pour la mettre hors service et la détruire, mais que le bateau qui semblait chargé de cette opération avait, et de loin, le plus petit moteur ; l'autre pouvait donc à tout moment donner un bon coup sur le câble et rappeler à son bon souvenir de quel côté était le pouvoir.

« Et alors ? enchaîna Vianello.

– Oui, je crois que c'est vraiment ce qu'il aime, conclut Brunetti. Il y a des gens comme ça. Pas d'extase mystique, pas de Satan, pas d'enfance malheureuse ou de déséquilibre chimique dans le cerveau. Pour certaines personnes, la méchanceté, il n'y a que ça de vrai.

1. Librement traduit de *A Good Man is Hard to Find*, de Flannery O'Connor (*Les braves gens ne courent pas les rues*).

– C'est pour cela qu'ils continuent sur leur lancée ?

– Ça doit être ça, tu ne crois pas ? demanda Brunetti en guise de réponse.

– Mon Dieu, soupira Vianello. Puis, après avoir été coupé par le combat incessant des mouettes, il déclara : Je n'aurais jamais voulu croire une chose pareille.

– Évidemment.

– Et c'est nous qui en avons hérité ?

– Tant qu'il n'ira pas trop loin ou qu'il ne négligera pas trop son boulot.

– Et le cas échéant ?

– Alors on se débarrassera de lui.

– Ça a l'air simple, à t'entendre.

– Ça pourrait l'être.

– J'espère », soupira Vianello avec cette sincérité que la plupart des gens réservent à la prière.

« Pour revenir à notre homme – je ne comprends toujours pas pourquoi personne ne l'a signalé comme disparu. Les gens ont bien des familles, pour l'amour du ciel.

– C'est peut-être encore trop tôt », affirma Vianello.

Mais Brunetti restait sceptique et précisa : « La photo devrait sortir dans les journaux demain. Avec un peu de chance, quelqu'un nous appellera. » Il ne dit pas à Vianello qu'il avait longtemps hésité à la faire paraître, car la victime y avait tout d'un cadavre et bien peu d'un homme. « Il se pourrait que quelqu'un réagisse à celle de Pucetti.

– Et d'ici là ? » demanda l'inspecteur.

Brunetti se pencha et prit la chemise, la ferma et lui dit, en se mettant en route : « Allez viens, on va acheter des chaussures. »

La boutique des Fratelli Moretti à Venise est située à proximité du campo San Luca, ce qui est très pratique. Cela faisait une génération entière que Brunetti admirait leurs chaussures, mais en fait, il n'en avait jamais acheté. Ce n'était pas à cause du prix – tout était devenu cher à Venise – si bien que... Brunetti dut s'avouer qu'il n'y avait aucune raison spéciale à cela : tout simplement, il n'était jamais entré et s'était toujours contenté de lorgner la vitrine, sans trop savoir pourquoi. Il prit ce prétexte pour emmener Vianello au magasin et ils s'arrêtèrent devant pour regarder les chaussures pour hommes. « J'aime bien celles-ci », dit Brunetti, en désignant une paire de mocassins, ornés de glands marron foncé.

« Si tu les achètes, nota Vianello qui avait évalué la qualité du cuir, et si les choses tournent mal, tu pourras toujours les faire bouillir et vivre de ce bouillon de bœuf pendant quelques jours.

– Très drôle », fit Brunetti en entrant.

Une femme robuste, la responsable de la boutique, jeta un coup d'œil à leurs insignes et étudia la photo de l'homme mort, mais secoua la tête : « Il se peut que Letizia le reconnaisse », et elle leur indiqua les escaliers menant à l'étage supérieur. « Elle est occupée avec des clients, mais elle descendra dans une minute. » En attendant, Brunetti et Vianello tournicotaient dans la boutique ; Brunetti jeta un second coup d'œil aux mocassins.

Letizia, plus jeune et plus mince que l'autre femme, arriva, précédée d'un couple de Japonais, les bras chargés de quatre boîtes de chaussures. Elle ne devait pas être loin de la trentaine ; quelques épis fantaisistes pointaient dans ses cheveux blonds coupés court à la garçonne et son visage sortait de l'ordinaire grâce à son regard manifestement intelligent.

Brunetti attendit qu'elle ait fini et raccompagné les clients, avec lesquels elle échangea de profondes courbettes, qui ne semblaient pas du tout forcées de sa part.

Lorsque Letizia les rejoignit, la directrice lui expliqua qui ils étaient et ce qu'ils attendaient d'elle. Le sourire de Letizia exprima son intérêt, pour ne pas dire sa curiosité. Brunetti lui tendit la photo.

À la vue du visage du mort, elle déclara : « C'est l'homme de Mestre.

– De Mestre ? s'enquit Brunetti.

– Oui. Il était ici – oh, il doit y avoir deux mois de cela –, il voulait acheter une paire de chaussures. Je crois qu'il voulait des mocassins.

– Qu'est-ce qui fait que vous vous souveniez de lui, signorina ?

– Eh bien, commença-t-elle en lançant un coup d'œil furtif vers sa responsable qui était en train d'écouter, je ne veux pas dire du mal de nos clients, pas du tout, mais c'est parce qu'il était tellement bizarre.

– Du fait de son comportement ? demanda Brunetti.

– Non, pas du tout. Il était très agréable, très poli. C'était à cause de son apparence. » À ces mots, elle regarda de nouveau vers l'autre femme, comme si elle lui demandait la permission de tenir de tels propos. La directrice pinça les lèvres, puis hocha la tête.

Visiblement soulagée, Letizia poursuivit. « Il était très gros. Pas gros comme le sont les Américains. Vous savez, tous hors norme, et grands. C'étaient seulement son torse et son cou qui étaient vraiment gros. Je me souviens m'être demandé quelle devait être la taille de ses chemises et comment il pouvait en trouver une avec un col assez grand pour lui. Mais le reste était normal. » Elle observa le visage de Brunetti, puis celui de Vianello. « Il doit avoir aussi terriblement de mal à s'acheter un costume, maintenant que j'y pense : il a des épaules et une poitrine énormes. La veste doit faire deux ou trois tailles de plus que le pantalon. »

Avant qu'ils ne puissent réagir à ses remarques, elle ajouta : « Il a essayé une veste en daim, donc j'ai vu qu'il avait les hanches d'un homme normal. Ses pieds l'étaient aussi ; il chaussait du 43. Mais le reste était tout… oh, je ne sais pas comment dire, tout était atrocement gonflé.

– Vous êtes sûre que c'est bien lui ?

– Absolument.

– Qu'il est bien de Mestre ? intervint Vianello.

– Oui. Il a dit qu'il était en ville pour la journée et qu'il avait essayé d'acheter des chaussures dans notre magasin à Mestre, mais ils n'avaient pas sa pointure, donc il avait pensé venir jeter un coup d'œil ici.

– Vous aviez les chaussures en question ? s'informa Brunetti.

– Non, répondit-elle, manifestement déçue. Nous n'avions que la pointure au-dessus et la pointure en dessous. Nous n'avions sa pointure qu'en marron, mais il n'en voulait pas, il ne les voulait qu'en noir.

– Est-ce qu'il en a acheté d'autres ? demanda Brunetti, en espérant que ce soit le cas et en espérant plus vivement encore qu'il ait payé avec une carte de crédit.

– Non. C'est exactement ce que je lui ai suggéré, mais il m'a dit qu'il les voulait en noir parce qu'il en avait déjà une paire marron et qu'il aimait bien ce modèle. » Ce doit être les chaussures qu'il portait quand il a été tué, pensa Brunetti, en souriant à la jeune femme pour l'encourager à continuer.

Mais elle avait fini. « Et la veste en daim ?

– Elle ne lui allait pas aux épaules », expliqua-t-elle. Puis, d'une voix plus douce : « J'étais désolée pour lui quand il l'a essayée et qu'il ne pouvait même pas enfiler l'autre bras dans la manche. » Elle secoua la tête, avec une évidente empathie pour lui : « D'habitude, nous surveillons les gens qui essaient des vestes en daim, pour éviter qu'ils ne les volent. Mais lui, je n'ai pas pu. Ça l'a presque surpris, en un sens, mais il était triste, vraiment triste de ne pas pouvoir la passer.

– Il n'a rien acheté du tout ? s'enquit Vianello.

– Non. J'aurais aimé qu'il trouve une veste à sa taille, quand même. » Puis, pour éviter tout malentendu : « Pas parce que je voulais absolument vendre quelque chose mais juste pour qu'il puisse en trouver une qui lui aille, le pauvre.

– Est-ce qu'il a dit clairement qu'il habitait à Mestre ? » insista Brunetti.

Elle regarda sa collègue, comme pour lui demander de lui rappeler ce qu'il avait bien pu dire et l'induire à penser qu'il était de là. Elle pencha la tête sur le côté, vraiment à la manière d'un oiseau. « Il a dit qu'il y avait acheté quelques paires, ce qui m'a fait supposer qu'il devait y habiter. Après tout, d'habitude on achète ses chaussures là où on vit, non ? »

Brunetti fit un signe d'assentiment, en se disant que d'habitude on n'a pas la chance de tomber sur des vendeuses aussi aimables, où qu'on aille acheter ses chaussures.

Il les remercia toutes deux, elle et sa directrice, donna sa carte à Letizia et lui demanda de l'appeler si elle venait à se souvenir de toute autre chose que l'homme aurait pu dire.

Comme ils se dirigeaient vers la porte, Letizia émit

un petit bruit. Ce n'était pas un mot, tout juste un son aspiré. « C'est l'inconnu retrouvé dans l'eau ?

– Oui. Pourquoi me posez-vous cette question ? »

Elle fit un signe vers lui et Vianello, comme si leur présence, ou leur apparence, était déjà une réponse en soi, mais elle précisa : « Parce qu'il semblait inquiet, pas seulement triste. » Avant que Brunetti ne lui fasse remarquer qu'elle avait passé ce fait sous silence, elle poursuivit : « Je sais, je sais, j'ai dit qu'il était agréable et gentil. Mais par-dessous tout cela, il y avait quelque chose qui le préoccupait. Je pensais que c'était à cause de la veste, ou parce que nous n'avions pas les chaussures qu'il voulait, mais il y avait autre chose. »

Une personne douée d'un tel esprit d'observation n'avait pas besoin d'être éperonnée, donc Brunetti et Vianello gardèrent le silence et attendirent.

« D'habitude, quand les gens attendent que je leur apporte quelque chose – une autre pointure, ou une autre couleur –, ils regardent différentes chaussures autour d'eux, ils se lèvent et se promènent dans le magasin, ou ils vont jeter un coup d'œil aux ceintures. Mais lui, il restait simplement là, assis, à regarder fixement ses pieds.

– Avait-il l'air malheureux ? » demanda Brunetti.

Cette fois, elle mit plus de temps à répondre. « Non, maintenant que vous me le demandez, je dirais qu'il semblait tracassé. »

13

Brunetti et Vianello décidèrent de déjeuner ensemble, mais tous deux eurent un mouvement de recul à l'idée de manger dans un rayon de dix minutes autour de la place Saint-Marc.

« Comment on a pu en arriver là ? demanda Vianello. Avant, on pouvait bien manger partout en ville, franchement partout. C'était plutôt bon et ça ne te coûtait pas les yeux de la tête.

– C'était quand, avant Lorenzo ? »

Vianello ralentit pour y réfléchir. « Environ dix ans. » Puis il ajouta, avec un brin de surprise dans la voix : « Non, ça fait beaucoup plus longtemps, pas vrai ? »

Ils passaient devant l'endroit où se trouvait autrefois la librairie Mondadori, juste à quelques centaines de mètres des arcades donnant accès à la Piazza San Marco, et n'avaient toujours pas décidé où aller déjeuner. Ils furent soudain engloutis dans le flot de touristes qui fourmillaient et les coinçaient contre les vitrines du magasin. Devant eux, près de la place, cette vague aux tons pastel s'ouvrit en deux et déferla, sans tenir compte des schémas naturels suivis par les marées. Aveugle, se hâtant lentement et sans but précis, elle s'écoulait de l'extérieur à l'intérieur de la place et semblait n'avoir ni début ni fin.

Vianello se tourna vers Brunetti et plaqua sa main sur le front. « Je ne peux pas, dit-il. Je ne peux pas traverser la Piazza. On va prendre le bateau. » Ils tournèrent à droite et se frayèrent avec peine un chemin jusqu'à l'embarcadère. De longues files serpentaient à partir du guichet et les plates-formes flottantes s'enfonçaient dans l'eau sous le poids des gens qui attendaient l'arrivée des vaporetti.

Un bateau n° 1 arriva sur la droite et la queue avança d'un pas ou deux, même si elle n'avait nulle part où aller, si ce n'est direct dans l'eau. Brunetti sortit sa carte officielle de son portefeuille et contourna rapidement la barrière qui bloquait l'entrée du passage réservé aux passagers qui descendaient. Vianello le suivit. Ils n'avaient pas fait trois pas qu'un *marinaio* leur cria après depuis le point d'amarrage, leur faisant signe de revenir en arrière et de sortir.

Les deux hommes l'ignorèrent et s'approchèrent ; Brunetti exhiba sa carte. Lorsqu'il la vit, le matelot s'excusa platement et recula d'un pas pour leur permettre de monter sur le ponton. Il était jeune, comme la plupart d'entre eux aujourd'hui, petit et au teint mat, mais parlant vénitien. « Tout le monde essaye de truander et je suis obligé de crier pour les faire revenir. Un de ces jours, je vais en frapper un. » Mais le sourire qui accompagnait ses mots en démentait la possibilité.

« Les touristes ? demanda Brunetti, surpris que ces derniers fassent preuve d'un tel esprit d'initiative.

– Non, nous, monsieur, dit l'homme, désignant les Vénitiens. Les touristes sont comme des moutons, en vérité : ils sont très gentils, et la seule chose à faire avec eux, c'est de leur dire où aller. Les mauvais, en fait les pires, ce sont les vieilles dames : elles se plaignent des touristes, mais la plupart d'entre elles voyagent gratuit, si elles sont assez vieilles, ou resquillent de toute manière, si elles sont plus jeunes. » Comme pour le conforter dans son propos, une vieille femme arriva derrière Brunetti et Vianello et, les ignorant tous les trois, les poussa pour leur passer devant et alla se planter juste à l'endroit où les passagers étaient censés débarquer.

Le marin de service attacha le bateau à la bitte d'amarrage puis attendit, la main sur la porte coulissante, et pria la vieille femme de se mettre sur le côté pour laisser les passagers sortir ; indifférence totale. Il le lui demanda de nouveau, mais elle ne bougea pas d'un pouce. À la fin, cédant à la pression et aux murmures de mécontentement des gens bloqués derrière lui, il ouvrit la barrière et la masse s'engouffra. La vieille femme fut ballottée d'un côté et de l'autre comme un morceau d'épave sous la pression et les coups des épaules, des bras et des sacs à dos.

Elle leur rendit verbalement la pareille, en vomissant une kyrielle d'injures dans un vénitien teinté de l'accent de Castello, le quartier où se dirigeait le bateau. Elle maudit les ancêtres des touristes, leurs mœurs sexuelles et leur état de saleté jusqu'à ce que, le passage enfin libéré et le pont enfin dégagé, elle pût entrer dans la cabine et prendre place, au milieu d'un nuage de plaintes marmonnées contre les mauvaises manières de ces étrangers qui venaient gâcher la vie de l'honorable peuple vénitien.

Une fois que le bateau se fut éloigné du quai, Brunetti fit glisser les portes de la cabine, ce qui coupa le son de sa voix. Vianello finit par dire : « C'est une vieille bique, mais elle a raison au moins sur un point. »

Brunetti n'était pas en état de débattre sur ce point, désormais si sensible qu'on en entendait parler à tous les coins de rue. « On va où, alors ? » reprit-il, comme si la réaction de Vianello face à la masse de touristes n'avait pas brisé le fil de leur conversation.

« On n'a qu'à aller au Lido manger du poisson », suggéra l'inspecteur avec la gaieté d'un gamin en train de sécher ses cours.

Andri était juste à dix minutes à pied de l'arrêt de Santa Maria Elisabetta et le propriétaire, un ancien camarade de classe de Vianello, leur trouva une table dans le restaurant bondé. Il leur apporta d'office un demi-litre de vin blanc et un litre d'eau minérale et il annonça à Vianello qu'il avait une salade de crevettes, des artichauts crus au gingembre et de la soupe de poisson. Vianello acquiesça ; Brunetti acquiesça.

« Bon, alors Mestre », enchaîna Brunetti.

Avant que Vianello ne puisse formuler une phrase, le propriétaire était revenu avec du pain. Il le posa sur la table, leur demanda s'ils voulaient quelques fonds d'artichauts et disparut dès qu'ils lui eurent dit oui.

« Je n'ai pas envie de me retrouver au beau milieu d'une querelle territoriale avec cette histoire, dit finalement Vianello. Tu connais les règles mieux que moi. »

Brunetti approuva. « Je pense que je vais adopter la tactique de Patta et partir du principe qu'avoir envie de faire quelque chose te donne le droit de le faire. » Il leur versa à tous les deux du vin et de l'eau, et en but un grand verre. Il ouvrit un paquet de *grissini* et en mangea un, puis un autre – il avait faim. « Mais par correction, je vais les appeler et les prévenir que nous allons venir voir si quelqu'un dans le magasin de chaussures reconnaît l'homme sur la photo. »

Vianello se servit quelques gressins.

Le propriétaire revint avec les artichauts, les posa et repartit aussitôt. Il était treize heures et l'endroit était

106

plein. Les deux hommes étaient heureux de constater qu'il était rempli de gens du cru ; il y avait trois tables avec de nombreux ouvriers couverts de poussière et portant des vêtements épais et de grosses chaussures.

« Tu crois qu'il y a des endroits où tout le monde est prêt à coopérer ? » s'enquit Vianello.

Brunetti finit son premier artichaut et posa sa fourchette. « C'est une question rhétorique, Lorenzo ? » lui demanda-t-il, en sirotant son vin.

L'inspecteur rompit un morceau de pain et le sauça dans l'huile d'olive au fond de son assiette. « Ils sont bons. Je les aime bien sans ail. » Apparemment, c'était bien une question rhétorique.

« On y va en voiture, on sera de retour en un rien de temps. »

Le propriétaire remplit leurs assiettes vides de salade, avec quelques fins artichauts et une bonne quantité de toutes petites crevettes, parsemés de copeaux de gingembre.

« Si personne ne le reconnaît au magasin, on demandera aux gars là-bas de nous donner un coup de main », proposa Brunetti.

Vianello opina du chef et piqua quelques crevettes.

« J'appelle Vezzani et je lui dis qu'on passera le voir après le magasin. »

Si Mestre n'avait pas eu son centre-ville, petit mais attractif, tout Vénitien obligé d'aller s'y installer aurait vécu ce changement comme une tragédie, ou tout au moins, c'est ce que Brunetti avait toujours pensé. « Tomber de son piédestal », comme Aristote l'avait écrit, en établissant ses règles. Ainsi les rois devenaient-ils des mendiants aveugles ; les reines assassinaient leurs enfants ; les puissants mouraient pour des causes perdues ou finissaient leurs jours dans une misère noire. Si Mestre avait été un bas quartier, avec juste des gratte-ciel surgissant au milieu de la plus pure désolation ; si Mestre avait ressemblé davantage à Milan et moins à Venise, être forcé, ou choisir d'aller y vivre, après avoir connu la Sérénissime, aurait vraiment été une catastrophe. Cependant, même si tout exil restait une source de chagrin, pour ne pas dire de désespoir, le centre-ville était tout de même une consolation.

Le magasin de chaussures respirait autant l'élégance que sa boutique sœur à Venise et Brunetti y avait retrouvé les mêmes modèles et le même schéma d'organisation : une femme plus âgée, de toute évidence la responsable, et une plus jeune qui les accueillit avec un sourire. Brunetti, rompu aux codes de la préséance, alla vers celle qui devait être la directrice et se présenta. Elle ne sembla pas surprise par son arrivée ; visiblement, elle avait déjà reçu un coup de fil de Venise.

« Je voudrais vous demander, et à votre collègue aussi, de bien vouloir regarder la photo d'un homme et me dire si vous le reconnaissez.

– C'est vous qui êtes allés dans l'autre magasin ? s'enquit la plus jeune en traversant la boutique, ce qui lui valut un regard perçant de la part de sa supérieure.

– Oui, répondit Brunetti. La vendeuse nous a dit que cet homme voulait s'acheter des chaussures chez vous, mais que vous n'aviez pas sa pointure. » Il savait qu'elles étaient au courant que l'homme en question était le cadavre retrouvé dans le canal et elles savaient qu'il le savait, donc personne ne souffla mot.

La femme plus âgée, émaciée, et dotée d'une poitrine qui ne semblait pas avoir été placée là par mère nature, demanda à voir la photo. Brunetti la lui tendit. « Oui », dit-elle. Elle la passa à la jeune femme et croisa les bras sous *cette* poitrine.

À la vue du mort, la jeune femme déclara : « Oui, il est venu ici quelquefois. La dernière fois, c'était il y a environ deux mois.

– Est-ce vous qui l'avez servi, signorina ? demanda Brunetti.

– Oui. Mais nous n'avions pas sa pointure et il ne voulait rien d'autre. »

Puis, se retournant vers l'autre femme : « Vous souvenez-vous de lui, signora ?

– Non. Nous voyons passer tellement de clients ici », répondit-elle, et juste à ce moment-là entrèrent deux femmes, les bras chargés de paquets. Sans prendre la peine de s'excuser, la responsable se dirigea vers elles et leur demanda ce qu'elle pouvait faire pour elles.

Brunetti s'adressa à la plus jeune – tout juste sortie de l'enfance : « Y a-t-il un, ou plusieurs détails dont vous vous souveniez, signorina ? Vous avez dit qu'il était déjà venu chez vous ? »

Brunetti gardait toujours l'espoir d'un achat payé avec une carte de crédit. La jeune femme réfléchit un instant, puis confirma : « Oui, à plusieurs reprises. En fait, un jour il est venu avec une certaine paire de chaussures aux pieds et il a acheté les mêmes. »

Brunetti lança un regard à Vianello, qui avait l'art et la manière d'inciter les gens à répondre. L'inspecteur prit la parole : « Vous souvenez-vous de quelque chose de spécial chez lui, signorina ? Ou vous a-t-il frappée d'une façon particulière ?

– Vous voulez dire le fait qu'il avait autant grossi et qu'il était si triste ?

– Ah bon ? » fit Vianello, feignant la plus vive préoccupation.

Avant de répondre, elle sembla se remémorer les fois où cet homme était venu au magasin. « Oui, il avait pris du poids : je l'avais remarqué, même sous sa veste d'hiver, et il n'a rien dit, en vérité, qui aurait pu me laisser penser qu'il était seul ou triste, ou quelque chose comme ça. Mais c'est l'impression qu'il donnait ; il gardait le silence et ne faisait pas très attention à ce qui l'entourait. » Puis, afin de clarifier les choses pour tous deux, elle précisa : « Il a essayé environ huit paires de chaussures ; il y avait des boîtes partout autour de lui, par terre et sur la chaise à côté. Quand il a eu fini, sans en avoir trouvé qui fassent l'affaire, il m'a dit – je suppose qu'il devait avoir mauvaise conscience que je sois allée lui en chercher autant, et c'est sans doute pour cela d'ailleurs que je me souviens de lui –, il m'a dit qu'il allait m'aider à les remettre dans les boîtes. Mais il a rangé une chaussure noire avec une marron, ce qui fait que quand il n'en est resté plus qu'une noire, et que la seule boîte qu'il restait contenait une marron, nous avons dû rouvrir toutes les boîtes et y mettre les bonnes chaussures. Il était vraiment gêné et s'est excusé. »

Elle y songea un instant et affirma : « Personne ne s'embête jamais avec cela, vous savez. Les gens essaient dix, quinze paires de chaussures et s'en vont sans même dire merci. Donc, pour une fois qu'on me traitait avec respect, je dois dire que j'ai bien apprécié.

– Vous a-t-il dit son nom ?

– Non.

– Ou dit quoi que ce soit sur lui, que vous puissiez vous rappeler ? »

Elle sourit à ces mots. « Il a dit qu'il aimait les animaux.

– Pardon ? s'étonna Brunetti.

– Oui, c'est ce qu'il a dit. Pendant que je m'occupais de lui, une femme est entrée, une de nos clientes habituelles. Elle est très riche : il suffit de la regarder pour s'en apercevoir – avec sa manière de s'habiller, et tout le reste, et sa façon de parler. Mais elle a un adorable vieux chien qu'elle a pris à la SPA. Je lui ai demandé un jour d'où il venait, elle m'a dit qu'elle prenait toujours ses chiens à la SPA et qu'elle demandait toujours les plus vieux. On pourrait s'attendre à ce qu'une femme comme elle ait envie d'en avoir un, oh, je ne sais pas, une de ces petites choses peu ragoûtantes qui viennent s'asseoir sur vos genoux, genre caniche, ou quelque chose comme ça. Mais elle a pris ce petit bâtard, qui est peut-être croisé avec un briquet, mais impossible de dire ce qu'est l'autre moitié. Elle l'adore, et le chien l'aime vraiment. Du coup, ça ne me dérange pas plus que ça qu'elle soit si riche. » À cette réflexion, Brunetti se demanda si la révolution était plus imminente qu'il ne le pensait.

« Et pourquoi a-t-il dit qu'il aimait les animaux ? intervint Vianello.

– Parce que quand il a vu le chien, il a demandé à la femme quel âge il avait et lorsqu'elle lui a dit qu'il avait 11 ans, il lui a demandé si elle lui avait fait faire un examen pour l'arthrite. Elle lui a dit que non, à quoi il a répliqué qu'à son avis, vu comment le chien marchait, il en avait. De l'arthrite.

– Qu'est-ce que la femme a dit ?

– Oh, elle l'a remercié. Je vous l'ai dit : elle est très gentille. Puis, quand elle est partie, je lui ai posé des questions et il m'a dit qu'il aimait les animaux, surtout les chiens, et qu'il s'y connaissait un peu.

– Rien d'autre ? la pressa Brunetti, réalisant que c'était là une information précieuse pour la suite.

– Non, je dirais juste que c'est un homme agréable. Les gens qui aiment les animaux le sont habituellement, vous ne croyez pas ?

– Oui », approuva Vianello. Brunetti se contenta de hocher la tête.

La directrice était encore occupée avec les deux femmes ; toutes les trois étaient entourées de montagnes de boîtes et, devant elles, le sol était jonché de chaussures.

« Est-ce que votre collègue lui a parlé ? demanda Brunetti.

– Oh non. Elle suivait signorina Persilli. » Devant leur regard interrogateur, elle précisa : « La femme au chien. »

Brunetti sortit son portefeuille et lui donna sa carte. « Si quelque chose d'autre vous revient à l'esprit, signorina, je vous en prie, appelez-moi. »

Ils s'apprêtaient à regagner la porte lorsqu'elle les rappela. « C'est vraiment l'inconnu ? Le mort de Venise ? »

Dans un élan de franchise qui le surprit, Brunetti se retourna : « Je pense que oui. » Elle contracta sa bouche en une petite grimace et secoua la tête à cette nouvelle. « Donc si quelque chose devait vous revenir à l'esprit, appelez-nous, s'il vous plaît, cela pourrait nous aider.

– Ça me ferait plaisir de pouvoir vous aider », leur assura-t-elle.

Brunetti la remercia à nouveau et il sortit du magasin avec Vianello.

14

« Un homme atteint de la maladie de Madelung, qui aime les animaux et connaît bien les chiens », synthétisa Vianello, en retournant à la voiture.

Plus pragmatique, Brunetti suggéra : « On va en parler à Vezzani. Il devrait être rentré de Trévise à cette heure-ci. » Il était allé au magasin de chaussures avec le vif espoir, pour ne pas dire l'espérance de découvrir le nom de l'homme et son identité. Il était bien embarrassé, à présent, de constater qu'il avait trop anticipé le moment où il entrerait dans le bureau de Vezzani avec le nom de la victime en main. Cette possibilité s'étant envolée, il se résolut à faire la seule chose possible, et par laquelle ils auraient dû commencer : aller à la questure de Mestre et solliciter leur coopération.

Il s'installa sur le siège avant de la voiture et demanda au chauffeur de l'y emmener. Ce dernier lui rappela d'attacher sa ceinture et Brunetti, qui trouvait stupide de la mettre pour un si court trajet, s'exécuta tout de même. Il était largement quatre heures passées et la circulation lui paraissait plutôt dense, même si Brunetti était un piètre expert en matière de trafic routier.

À l'entrée du bâtiment, il montra sa carte officielle et annonça qu'il avait rendez-vous avec le commissaire Vezzani. Ils avaient fait partie, quelques années plus tôt, de la même équipe d'investigation pour l'affaire des bagagistes de l'aéroport – enquête que Pucetti menait encore –, avaient surmonté ces épreuves ensemble et en étaient sortis tous deux plus sages, plus pessimistes, et édifiés sur les limites qu'un bon avocat pouvait repousser pour défendre son client.

L'agent de service appela l'ascenseur et leur spécifia que le bureau du commissaire se trouvait au troisième étage. Vezzani était originaire de Livourne, mais il y avait si longtemps qu'il vivait en Vénétie qu'il en avait adopté les inflexions chantantes et il avait confié à Brunetti, pendant une de leurs pauses lors d'un interminable interrogatoire avec deux hommes accusés de vol à main armée, que ses enfants parlaient à leurs copains dans la variante mestrine du vénitien.

Vezzani se leva pour accueillir ses hôtes. C'était un homme grand, élancé, aux cheveux prématurément gris, coupés très court dans le vain espoir, sans doute, d'en dissimuler la couleur. Il serra la main de Brunetti et lui donna une tape amicale sur le bras et tendit la main à Vianello, avec qui il avait déjà travaillé aussi.

« Tu sais qui c'est ? demanda-t-il une fois qu'ils furent assis.

– Non. On a parlé aux femmes du magasin de chaussures, mais on n'est pas très avancés. Tout ce que l'une d'entre elles nous a appris, c'est qu'il aimait les chiens et qu'il connaissait bien les animaux. »

Même si pour Vezzani il était incongru de tenir de tels propos lors d'un achat de chaussures, il s'abstint d'en faire la remarque : « Et cette maladie dont tu m'as parlé ?

– La déformation de Madelung. Elle affecte les alcooliques ou les toxicos, mais Rizzardi a dit qu'il n'y avait aucun signe prouvant que cet homme buvait ou se droguait.

– Donc ça lui est juste tombé dessus ? »

Brunetti hocha la tête, se remémorant le cou épais et le torse bombé de la victime.

« Je peux voir la photo ? » demanda Vezzani.

Brunetti la lui tendit.

« Tu as dit que c'est Pucetti qui l'a prise ? s'enquit Vezzani.

– Oui.

– J'ai entendu parler de lui. » Puis, sur un ton différent, Vezzani ajouta : « Comme j'aimerais bien en avoir quelques-uns comme lui par chez moi.

– Ça se passe donc si mal, ici ? »

Vezzani haussa les épaules.

« Ou tu ne veux pas le dire, en fait », rectifia Brunetti.

Vezzani rit, mais d'un rire nerveux. « Si je voyais une offre d'emploi pour des services de ronde à Caltanissetta, ça me tenterait bien, crois-moi.

– Pourquoi ? »

Vezzani se frotta la joue droite de la paume de la main : sa barbe était si fournie que, malgré l'heure qu'il était, Brunetti pouvait déjà percevoir le bruit du grattement. « Parce qu'il ne se passe pas grand-chose et qu'en plus, même quand ça arrive, on ne peut pas faire grand-chose. » Puis, comme si le sujet était assommant, Vezzani se leva d'un bond et prit la photo avec lui : « Je vais descendre et la montrer aux jeunes. On verra bien si quelqu'un le reconnaît. » Brunetti se leva aussi et se dirigea vers un tableau d'affichage où étaient épinglées des notices portant le sceau du ministère de l'Intérieur. Les mêmes notes et rapports de service que ceux qu'il voyait entrer et sortir de son bureau. Peut-être qu'il pourrait mettre les leurs dans des mallettes, les amener à la gare et les laisser sans surveillance quelques minutes jusqu'à ce qu'on les vole. C'était le moyen le plus efficace de les éliminer. Devait-il le suggérer à Patta ? Il les parcourait des yeux, en imaginant la conversation avec son supérieur.

Vezzani revint rapidement. « Il est vétérinaire », déclara-t-il.

Tel un médium, Brunetti récita, en écho à la voix de la jeune femme du magasin de chaussures : « Il aime les animaux et connaît bien les chiens. » Puis il demanda : « Qui te l'a dit ?

– Un de nos hommes. Il l'a vu à l'école de son fils. » Vezzani pénétra davantage dans la pièce. « Ils avaient organisé une sorte de journée portes ouvertes où les parents sont invités pour parler aux enfants de leurs métiers. Il m'a dit qu'ils le font chaque année et l'année dernière, ce type a dit qu'il était véto et qu'il s'occupait d'animaux.

– Il en est sûr ? »

Vezzani hocha la tête.

« Il s'appelle comment ?

– Il ne s'en souvient pas, il a dit qu'il avait entendu juste la fin de son discours. Mais comme on n'invite que les parents à s'exprimer ce jour-là à l'école, la direction de l'établissement te le dira.

– C'est quelle école ?

– San Giovanni Bosco. Je peux les appeler, proposa Vezzani en se dirigeant vers son bureau. Ou on peut y aller et parler avec eux. »

La réaction de Brunetti fut immédiate. « Je ne veux pas me présenter là-bas avec une voiture de police, surtout si son fils y est encore élève. Les gens parlent toujours trop et ce n'est pas comme ça qu'il doit apprendre la vérité sur son père. »

Vezzani fut d'accord avec lui et Vianello, dont les enfants étaient encore scolarisés et qui, comme ses collègues, exerçait une profession à risque, opina du chef.

Vezzani donna rapidement son coup de téléphone et, après être passé par deux bureaux différents, il apprit le nom de la victime. C'était le docteur Andrea Nava ; son fils était bien inscrit à l'école, mais il y avait eu des problèmes familiaux et le père n'était pas venu à la dernière réunion des parents. Oui, il y avait bien participé l'année précédente, où il avait parlé des animaux domestiques et avait expliqué quelle était la meilleure manière de s'en occuper. Il avait invité les élèves à amener leurs animaux avec eux pour illustrer son intervention. C'était celle qui avait eu le plus de succès auprès des enfants et c'était vraiment dommage que le docteur Nava n'ait pas pu revenir cette année.

Vezzani nota l'adresse et le numéro de téléphone inscrits dans la liste des contacts de l'élève, remercia la personne au bout du fil sans lui expliquer pourquoi la police cherchait son père et raccrocha.

« Alors ? l'interrogea Vezzani, en les regardant l'un après l'autre.

– Mon Dieu, qu'est-ce que je déteste ça, marmonna Vianello.

– Ton homme était sûr de lui ? voulut savoir Brunetti.

– Absolument, répondit Vezzani. Puis, après une pause, il demanda : Est-ce qu'on appelle d'abord ?

– C'est loin d'ici ? » s'enquit Brunetti, en indiquant le papier dans la main de Vezzani.

Il y jeta un second coup d'œil. « C'est clairement à l'autre bout de la ville.

– Alors on appelle », décida Brunetti, qui n'avait pas envie de se retrouver bloqué dans les embouteillages, pour découvrir finalement que l'épouse, ou bien la fiancée, ou encore la compagne, ou qui que ce soit d'autre avec qui les hommes partagent leur vie aujourd'hui, n'était pas à la maison.

Vezzani décrocha, hésita un instant, puis tendit le combiné à Brunetti. « Parle-leur toi. C'est la tienne, d'enquête. » Il tapa le code d'accès à la ligne extérieure et composa le numéro.

Une voix de femme répondit à la troisième sonnerie. « Allô, dit-elle, sans se présenter.

– Bonjour, signora, commença Brunetti. Pourriez-vous me dire si c'est bien la maison du dottor Andrea Nava ?

– Qui êtes-vous, je vous prie ? demanda-t-elle d'une voix peu chaleureuse.

– Je suis le commissaire Guido Brunetti, signora. De la police de Venise. »

Puis, après un silence que Brunetti ne jugea pas excessivement long, elle demanda : « Quel est l'objet de votre appel ?

– Nous essayons de localiser le dottor Nava, signora et c'est le seul numéro que nous ayons de lui.

– Comment l'avez-vous trouvé ?

– C'est la police de Mestre qui nous l'a donné, répondit-il, en espérant qu'elle ne demande pas pour quelle raison la police de Mestre détenait ce contact.

– Il ne vit plus ici.

– Puis-je vous demander à qui ai-je l'honneur, signora ? »

Cette fois, le silence fut excessivement long. « Je suis sa femme, précisa-t-elle.

– Je vois. Serait-il possible de venir vous parler, signora ?

– Pourquoi ?

– Parce que nous avons besoin de vous parler de

votre mari, expliqua Brunetti, comptant sur ce ton sérieux pour la préparer à la suite.

– Il n'a rien fait, n'est-ce pas ? s'assura-t-elle, avec plus de surprise que d'inquiétude dans la voix.

– Non.

– Alors de quoi s'agit-il ? Brunetti put percevoir une irritation croissante dans le ton.

– Je préférerais vous parler en personne, si vous permettez, signora. » La conversation n'avait que trop traîné en longueur et il était maintenant impossible pour Brunetti de lui dire les choses au téléphone.

« Mon fils est là », lui apprit-elle.

Cela glaça Brunetti et le coupa net dans son élan. Comment distraire un enfant pendant que vous annoncez à sa mère que son mari est mort ? « Il y aura un de mes hommes avec moi, signora », énonça-t-il, sans expliquer ce que cela pouvait bien changer à l'affaire.

« Dans combien de temps pensez-vous arriver ?

– Dans vingt minutes, lança Brunetti au hasard.

– D'accord, je serai là, dit-elle, en guise de conclusion à leur entretien.

– Puis-je vérifier votre adresse, signora ?

– Via Enrico Toti, 26. Est-ce bien l'adresse que vous avez ?

– Oui, confirma Brunetti. Nous sommes chez vous dans vingt minutes », lui redit-il en la remerciant et raccrocha.

Puis, se tournant vers Vezzani : « Vingt minutes ?

– Même pas. Tu veux que je vienne ?

– Deux d'entre nous ça suffit, je pense. Je vais prendre Vianello avec moi, parce qu'on a déjà fait ce genre de choses ensemble. »

Vezzani se leva. « C'est moi qui vous emmène. Tu peux dire à ton chauffeur de disposer. Comme cela,

il n'y aura pas de voiture de police garée dehors. »
Voyant Brunetti sur le point de protester, il précisa :
« Je n'entrerai pas avec vous. J'irai prendre un café de
l'autre côté de la rue en vous attendant. »

15

Le numéro 26 était l'un des premiers de toute une rangée de duplex, bâtis le long d'une route qui partait d'un petit groupe de magasins à la périphérie de Mestre. Ils dépassèrent la maison ; Vezzani se gara une centaine de mètres plus loin. Lorsque les trois hommes sortirent de la voiture banalisée, Vezzani repéra un bar de l'autre côté de la rue. « Je vous attends là », dit-il.

Brunetti et Vianello suivirent l'alignement des maisons et grimpèrent les marches du numéro 26. Ils virent deux portes et deux sonnettes, sous lesquelles il y avait des fentes surmontées du nom des habitants. L'une, à l'inscription délavée par le soleil, portait les noms de « Cerulli et Fabretti » ; l'autre, qui venait d'être écrite à la main et était encore foncée, indiquait « Doni ». Brunetti appuya sur cette sonnette-là.

Quelques secondes plus tard, un garçon aux cheveux bruns, d'environ 8 ans, leur ouvrit la porte. Il était mince, avait les yeux bleus, et une expression étonnamment sérieuse pour un enfant de son âge. « Êtes-vous les policiers ? » demanda-t-il. Dans une main, il brandissait une espèce d'arme futuriste en plastique : un pistolet à rayons, peut-être. De son autre main pendait un ours en peluche élimé, avec le ventre tout râpé.

« Oui, c'est nous, dit Brunetti. Comment tu t'appelles ?

– Teodoro », répondit-il et il s'écarta de la porte en disant : « *Mamma* est au salon. » Ils demandèrent la permission d'entrer ; le garçon referma la porte derrière eux. À la fin d'un couloir qui semblait couper la maison en deux, ils pénétrèrent dans une pièce donnant sur un jardin où régnait un chaos invraisemblable. Dans ce genre de banlieue, Brunetti s'attendait à voir des jardins d'une rigueur militaire, avec des fleurs et des légumes poussant en ligne droite, et où l'on élague et nettoie à tour de bras, sans se soucier de la saison. Celui-ci, en revanche, avait l'air négligé et la vigne y envahissait ce qui avait dû être autrefois des haies de buissons ou des plates-bandes soignées. Des rames en bois, qui avaient soutenu les tomates et les haricots, étaient aujourd'hui affaissées et englouties, suite à la lente invasion des vignes et des ronces, comme si le jardin avait été abandonné à la fin de l'été et n'avait pas suscité le moindre intérêt au retour du printemps.

Cependant, la pièce où le garçon les mena contrastait nettement avec ce désordre. La plus grande partie du sol en marbre était recouverte d'un tapis de Hériz tissé à la machine ; devant un divan bleu foncé, accolé au mur, se trouvaient une table basse avec des magazines minutieusement empilés, ainsi que deux fauteuils, couverts d'un imprimé à fleurs dominé par le même ton que le divan, et sur les murs, des gravures encadrées d'une corniche foncée, du genre de celles que l'on achète dans les magasins de meubles.

L'enfant entra en disant : « Voilà les policiers, *mamma*. » La femme se leva à leur arrivée et fit un pas vers eux, les mains sur les hanches. Elle était d'une taille moyenne, mais la rigidité de sa posture la faisait plus grande qu'elle ne l'était. Elle devait être proche de la quarantaine, avec des cheveux bruns tombant sur les épaules. Ses lunettes rectangulaires accentuaient le côté anguleux de son visage. Sa jupe lui arrivait juste en dessous des genoux ; son haut gris pouvait être en soie.

« Merci, Teodoro », dit-elle. Elle fit un signe de tête en leur direction : « Je suis Anna Doni. » Son visage s'adoucit, mais elle ne sourit pas.

Brunetti fit les présentations et la remercia d'avoir accepté de les recevoir.

Le garçon dévisagea les adultes en train de discuter. Sa mère se tourna vers lui : « Tu devrais aller faire tes devoirs, maintenant. »

L'enfant aurait voulu protester, mais préféra ne pas faire d'histoires. Il hocha la tête et quitta la pièce sans un mot, en emportant à la fois son arme et son ami.

« Je vous en prie, messieurs », dit la femme, en leur indiquant le divan. Elle s'assit dans un fauteuil, puis se leva à moitié pour rajuster sa jupe.

« J'aimerais que vous me disiez pourquoi vous êtes venus.

– C'est au sujet de votre mari, signora », précisa Brunetti. Il se tut un instant, mais elle ne posa aucune question. « Pourriez-vous me dire quand vous l'avez vu, ou que vous avez eu de ses nouvelles, pour la dernière fois ? »

Au lieu de répondre, elle demanda : « Vous savez que nous sommes séparés ? »

Brunetti fit signe que oui comme s'il était parfaitement au courant, mais ne l'interrogea pas à ce propos. Elle finit par dire : « Je l'ai vu il y a un peu plus d'une semaine, lorsqu'il a raccompagné Teodoro à la maison. » En guise d'explication, elle ajouta : « Il a le droit de visite et il peut prendre Teo un week-end sur deux et l'emmener dormir chez lui. » Enfin elle appelait son enfant par son diminutif, songea Brunetti.

« S'agit-il d'une séparation à l'amiable, signora ? » demanda Vianello en s'immisçant brusquement dans la conversation, pour signaler à Brunetti qu'il avait décidé de jouer le rôle du « bon flic », en cas de besoin.

« C'est une séparation, rétorqua-t-elle de manière laconique. J'ignore dans quelle mesure cela peut se passer à l'amiable.

– Combien de temps avez-vous été mariée, signora ? » s'enquit Vianello, avec la plus vive empathie pour ce qu'elle venait de dire. Puis, comme pour lui suggérer qu'elle avait le droit de refuser de répondre, il ajouta : « Pardonnez-moi mon indiscrétion. »

À ces mots, elle se bloqua. Elle décroisa les mains et saisit les bras du fauteuil. « Je pense que cela n'a que trop duré, messieurs, déclara-t-elle d'un ton soudain péremptoire. Il est temps de me dire de quoi il s'agit et je déciderai ensuite à quelles questions répondre ou non. »

Brunetti avait espéré pouvoir retarder le plus possible le moment de le lui apprendre, mais désormais, il n'avait plus le choix. « Si vous avez lu les journaux, signora, commença-t-il, vous savez que l'on a retrouvé à Venise un corps dans un canal. » Il marqua une pause assez longue pour qu'elle puisse mieux saisir ce qui allait suivre. Elle s'agrippa aux accotoirs de son fauteuil et fit un signe de tête affirmatif. Sa bouche s'ouvrit comme si l'air autour d'elle s'était brusquement transformé en eau et qu'elle n'arrivait plus à respirer.

« Il semble que l'homme ait été assassiné. Tout porte à croire que cet homme soit votre mari. »

Elle s'évanouit. Pendant toutes ses années dans la police, Brunetti n'avait encore jamais vu personne perdre connaissance. Il avait vu deux suspects, un homme et une femme qui avaient fait semblant, tour à tour, de tomber dans les pommes, mais les deux fois, il avait immédiatement deviné qu'ils étaient juste en train d'essayer de gagner du temps. Mais elle, elle s'était vraiment évanouie. Elle avait les yeux révulsés et sa tête tomba sur le dossier de la chaise. Puis, comme un pull posé négligemment sur un meuble, elle glissa par terre, à leurs pieds.

Brunetti réagit plus vite que Vianello ; il poussa son fauteuil sur le côté et s'agenouilla près d'elle. Il attrapa un des coussins sur le divan et le plaça sous sa tête puis – seulement parce qu'il l'avait vu faire dans les films – il saisit sa main et lui prit le pouls. Il battait, lentement et régulièrement ; sa respiration semblait normale, comme si elle s'était simplement endormie.

Brunetti regarda Vianello, qui se tenait au-dessus de lui. « Est-ce qu'on appelle une ambulance ? » s'inquiéta l'inspecteur.

Signora Doni ouvrit les yeux et tendit une main pour remettre en place ses lunettes. Elle regarda tout autour d'elle, comme si elle ne savait plus très bien où elle était. Il se passa une bonne minute avant qu'elle ne leur dise : « Aidez-moi à m'asseoir, s'il vous plaît. »

Vianello s'accroupit de l'autre côté de la femme et, ensemble, ils l'aidèrent à se relever, en la tenant comme si elle risquait de faire une nouvelle syncope. Elle les remercia et attendit qu'ils la lâchent, puis elle s'enfonça dans son fauteuil, en prenant appui d'une main.

« Voulez-vous boire quelque chose ? » demanda Brunetti, question qui sonnait à ses oreilles comme tout droit sortie d'une comédie romantique.

« Non, dit-elle. Je me sens bien. J'ai juste besoin de rester un instant assise tranquillement. »

Les deux hommes s'éloignèrent à ces mots et allèrent à la fenêtre contempler le jardin à l'aspect si désolé. Ils étaient disposés à attendre un bon moment les premiers mots ou les premiers sons que la femme émettrait.

Elle finit par dire : « Je vais tout à fait bien, maintenant. »

Ils retournèrent vers le divan. « S'il vous plaît, ne le dites pas à Teo », les pria-t-elle.

Brunetti fit un signe d'approbation et Vianello secoua la tête, tous deux lui signifiant la même chose.

« Je ne sais pas comment… à propos de son père », commença-t-elle, d'une voix de plus en plus hésitante. Elle respira à fond plusieurs fois et Brunetti réprima son envie de lui demander à nouveau si elle voulait quelque chose à boire. « Dites-moi ce qui s'est passé », dit-elle.

Il n'y avait aucun moyen de maquiller la vérité pour la rendre plus supportable. « Votre mari a reçu des coups de couteau et a été jeté dans un canal. Son corps a été trouvé lundi matin à l'aube et il a été transporté à l'hôpital. Il n'avait aucun papier sur lui : c'est pourquoi cela nous a pris autant de temps pour vous trouver. »

Elle opina du chef plusieurs fois, puis prit en considération tout ce qu'elle venait d'entendre. « Il n'y avait aucune description physique dans les journaux, souligna-t-elle. Ni mention de sa maladie.

– Nous avons donné à la presse les seules informations dont nous disposions, signora.

– Je l'ai lue, s'écria-t-elle en colère. Mais elle ne mentionnait pas la maladie de Madelung. Il est impensable que votre médecin légiste n'ait pas détecté une affection de ce genre. » Elle avait fait le choix de ne pas l'écouter ou de ne pas le croire, réalisa Brunetti lorsque sa voix finit par céder au sarcasme. Puis, s'adressant plus à elle-même qu'à eux, elle dit : « Si j'avais vu cela, j'aurais appelé. » Brunetti ne le mit pas en doute.

« Je suis désolé, signora. Désolé que vous l'ayez appris de cette manière.

– Il n'y a pas de bonne manière de l'apprendre, répliqua-t-elle froidement, et voyant la réaction de Brunetti, elle ajouta : Y en a-t-il une ?

– Depuis combien de temps souffrait-il de cette maladie ? lui demanda-t-il par pure curiosité.

– C'est difficile à dire, répondit-elle. Au début, il pensait qu'il était juste en train de prendre du poids. Rien n'y faisait : même s'il mangeait très peu, il n'arrêtait pas de grossir. Cela a continué pendant au moins un an. Alors il s'est renseigné auprès d'un ami. Ils étaient allés à l'université ensemble, mais Luigi a continué ses études de médecine, j'entends de médecine humaine. Il lui a dit ce que c'était, à son avis, mais au début, nous ne l'avons pas cru. Nous ne pouvions pas le croire, en fait : Andrea n'avait jamais bu plus d'un ou deux verres de vin au dîner, souvent même pas, si bien que cela nous semblait impossible. » Elle changea ses jambes de place et tourna sur sa chaise.

« Et puis, il y a environ six mois, on lui a fait une biopsie et un scanner. Et le diagnostic était sans appel. » D'une voix neutre, elle assena : « Il n'y a aucun traitement, ni aucuns soins pour cela. » Puis, avec un sourire amer, elle continua : « Mais on n'en meurt pas. Ça fait de vous une vraie barrique, mais ça ne vous tue pas. »

Elle effaça son sourire amer des lèvres et dit : « Mais vous n'êtes pas venu pour parler de cela, n'est-ce pas ? »

Brunetti essaya d'évaluer jusqu'où il pouvait pousser ses questions et décida de courir le risque de lui parler en toute franchise. « Effectivement, signora. » Il marqua une pause, puis demanda : « Y a-t-il quelqu'un qui pouvait vouloir du mal à votre mari ?

– À part moi, vous voulez dire ? » spécifia-t-elle sans la moindre once d'humour. Brunetti fut décontenancé par sa remarque et, regardant Vianello, il vit que l'inspecteur l'était tout autant.

« À cause de votre séparation ? » s'enquit Brunetti.

Elle regarda par la fenêtre, observant le chaos dans le jardin. « À cause de ce qui a causé la séparation, lâcha-t-elle enfin.

– C'est-à-dire ? demanda Brunetti.

– Le plus vieux cliché du monde, commissaire. Une collègue de travail, de dix ans de moins que lui. » Puis, avec une réelle rancœur, elle rectifia : « Ou que moi, ce qui est sans doute plus proche de la vérité. » Elle regarda Brunetti droit dans les yeux, comme pour suggérer que lui aussi vivait avec une femme et qu'il attendait simplement le bon moment pour en faire autant.

« Il vous a quittée pour elle ? s'informa Brunetti.

– Non. Il avait une liaison avec elle et lorsqu'il me l'a raconté – je suppose que le mot juste ici est "avoué" –, il m'a dit que lui ne voulait pas, que c'était elle qui l'avait séduit. » Tel un thermomètre sur lequel le soleil matinal commence à briller, sa voix devenait plus âpre au fur et à mesure qu'elle parlait.

Brunetti attendit. Ce n'était pas le moment qu'un homme coupe une femme en plein discours.

« Il m'a dit qu'à son avis, elle avait voulu le piéger. » Elle leva brusquement une main et fit un geste, comme si elle voulait chasser cette femme, son mari, ou encore le souvenir de ses paroles. Puis, basculant dans l'amertume, elle proclama : « Ce n'est pas la première fois qu'on entend un homme faire une telle déclaration, n'est-ce pas ? »

Vianello se glissa dans la conversation et demanda, de sa voix de « bon flic » : « Vous avez dit qu'il vous l'a raconté, signora. Pourquoi l'a-t-il fait ?

– Il m'a dit que la femme allait me contacter pour m'en parler, donc il voulait être le premier à le faire. » Elle leva la main et se frotta le front plusieurs fois. « À me le dire, voilà. »

Elle posa un regard inexpressif sur l'inspecteur, puis se tourna vers Brunetti. « En fait, il ne m'a pas quittée pour elle, commissaire. C'est moi qui lui ai dit de s'en aller.

– Et il est parti ?

– Oui. Il est parti le jour même. Ou, plus exactement, le lendemain. » Elle resta tranquillement assise un moment, pensive. « Nous devions nous mettre d'accord sur ce que nous allions dire à Teo. » Puis, d'une voix plus douce, elle ajouta : « Je ne pense pas qu'il y ait grand-chose à leur dire – aux enfants – pas vraiment. »

Brunetti eut envie de savoir ce qu'ils avaient dit à leur fils, mais ne pouvant justifier cette question, il préféra lui demander : « Quand cela est-il arrivé ?

– Il y a trois mois. Nous avons parlé tous deux à nos avocats et signé les papiers.

– Et qu'est-ce que cela impliquait, signora ?

– Vous voulez dire, de divorcer ?

– Oui.

– Bien sûr. » D'un ton plus lent et beaucoup plus songeur, elle précisa : « Pas à cause de cette liaison ; je vous prie de bien le comprendre. Mais parce qu'il ne l'assumait pas, parce qu'il a joué les victimes. » Puis, d'une voix bouillonnante de colère, elle s'exclama, un bras en travers de sa poitrine et la main saisissant son épaule comme pour contenir sa rage : « Je hais les victimes. Je hais les gens qui ne sont pas capables d'assumer leur infamie et qui en reportent la responsabilité sur quelqu'un ou quelque chose d'autre. » Elle tenta de se taire, mais elle perdit la bataille : « Je hais cette forme de lâcheté. Les gens ont des aventures. Ce n'est pas nouveau. Mais pour l'amour du ciel, au moins qu'ils l'admettent. Et n'allez pas en faire porter le chapeau à quelqu'un d'autre. Il suffit de dire que vous l'avez fait et si vous en êtes désolé, dites que vous en êtes désolé, mais n'allez pas rendre responsable quelqu'un d'autre de votre faiblesse ou de votre stupidité. »

Elle s'arrêta, épuisée, non pas tant peut-être par son emportement que par le contexte : elle était en présence de deux parfaits étrangers, après tout, des policiers, de surcroît, venus lui annoncer la mort de son mari.

« En admettant que vous ne soyez pas la personne responsable, signora, enchaîna Brunetti avec le plus ténu des sourires, en espérant que son ironie la détournerait du pli que la conversation semblait avoir pris, avez-vous une idée de qui aurait pu vouloir du mal à votre mari ? »

Elle soupesa sa question et son visage s'adoucit : « Avant de vous répondre, laissez-moi vous dire une chose. »

Brunetti fit un signe d'assentiment.

« Les journaux ont dit que l'homme – Andrea – a été trouvé lundi matin à Venise », affirma-t-elle, mais c'était en fait une question.

Brunetti y répondit par un « Oui ».

« J'étais ici avec ma sœur, cette nuit-là. Elle avait amené ses deux enfants, et nous avons dîné ensemble, puis ils ont tous dormi ici. »

Brunetti s'autorisa un coup d'œil en direction de Vianello et vit que le « bon flic » hochait la tête. La voix de signora Doni happa son attention : « Quant à votre autre question, je ne vois personne. Andrea était un… » Elle s'arrêta ici, prenant peut-être conscience que l'heure était venue de faire son éloge funèbre. « C'était quelqu'un de bien. » Elle prit trois profondes inspirations et continua : « Je sais bien qu'il avait des problèmes au travail, ou à cause de son travail. C'est seulement pendant les derniers mois où nous étions encore ensemble que j'ai réalisé cela ; c'est quand il était… »

Sa voix diminua jusqu'à devenir inaudible et Brunetti attendit qu'elle fît le tri dans ses souvenirs. Puis elle recommença à parler. « Il se peut qu'il se soit senti coupable de ce qu'ils étaient en train de faire. Mais il y avait peut-être autre chose. » Elle fit une longue pause. « Nous ne nous sommes pas beaucoup parlé les mois qui ont précédé son aveu. »

– Où travaille-t-il, signora ? » demanda Brunetti, très gêné de constater qu'il s'était exprimé au présent. Surtout ne pas chercher à réparer la gaffe, ce serait pire.

« Son bureau n'est pas loin d'ici. Mais deux jours par semaine, il travaille ailleurs. » Inconsciemment – ou peut-être influencée par Brunetti –, elle avait aussi parlé au présent.

Pour Brunetti, le travail d'un vétérinaire devait être plutôt standardisé ; il se demandait à quelle autre activité le docteur Nava pouvait bien s'adonner, à part s'occuper de sa clientèle privée. « Travaillait-il comme vétérinaire pour cet autre emploi aussi ? »

Elle fit signe que oui. « On le lui a proposé il y a environ six mois. Avec la crise financière, il y avait moins de patients à sa clinique. Ce qui est surprenant, en fait, car les gens habituellement sont prêts à tout pour leurs animaux et ne regardent pas à la dépense. » Elle tordit les mains, en ce geste classique de désespoir, et Brunetti se demanda si elle avait un emploi ou si elle restait à la maison pour s'occuper de leur fils. Et si c'était le cas, que deviendrait-elle, maintenant ?

« Ce qui fait que lorsque cette proposition s'est présentée, il l'a acceptée, expliqua-t-elle. Nous avions le crédit pour la maison à rembourser, les frais pour la clinique, sans compter ses traitements médicaux. » Face à leur surprise, elle précisa : « Andrea devait faire tout cela dans le privé. Le temps d'attente pour un scanner à l'hôpital était de plus de six mois. Et il payait aussi de sa poche toutes les visites des spécialistes. C'est la raison pour laquelle il avait accepté cet emploi.

– Qui consistait en quoi, signora ?

– À travailler à l'abattoir. Les abattoirs doivent avoir un vétérinaire sur place. Pour vérifier si les bêtes sont en assez bonne santé pour être utilisées.

– Comme viande, vous voulez dire ? » s'enquit Vianello.

Elle fit oui de nouveau de la tête.

« Deux jours par semaine ? demanda Brunetti.

– Oui. Le lundi et le mercredi. Ce sont les jours où les éleveurs les amènent. Il s'était arrangé avec la clinique pour ne pas avoir à y être le matin, son personnel pouvait très bien accepter des patients en cas de besoin. » Elle s'arrêta sur ces mots, s'écoutant en train de décrire tout ce processus. « Cela ne vous paraît pas bizarre de parler de "patients", quand il s'agit d'animaux ? » Elle sourit et secoua la tête. « C'est fou, en fait.

– De quel abattoir s'agit-il, signora ? s'informa Brunetti.

– Celui de Preganziol », répondit-elle et elle ajouta, comme si cela y changeait quelque chose : « C'est seulement à un quart d'heure en voiture. »

Brunetti revint à sa réflexion sur ce que les gens étaient capables de faire pour leurs animaux : « Parmi les propriétaires d'animaux domestiques qui consultaient votre mari, y a-t-il eu quelqu'un qui se soit fâché contre lui ?

– Vous voulez dire, si quelqu'un l'a menacé ?

– Oui.

– Il ne m'a jamais rien dit d'aussi grave, même si quelques personnes l'ont accusé de ne pas avoir fait tout son possible pour sauver leur bête. » Elle dit cela d'un ton neutre et l'impassibilité de son visage laissait deviner ce qu'elle pensait de ce comportement.

« Est-il possible que votre mari vous ait dissimulé quelque chose de cette teneur ? demanda Vianello.

– Vous voulez dire pour que je ne m'inquiète pas pour lui ? » C'était une simple question, dénuée du moindre brin de sarcasme.

« Oui.

– Non, pas avant que les choses tournent mal. Il me disait tout. Nous étions… » commença-t-elle, puis elle s'interrompit pour trouver le mot approprié, « … très proches. Mais il ne m'a jamais rien dit de tel. Il a toujours aimé son travail là-bas.

– Les soucis que vous évoquiez étaient donc liés à l'autre emploi, signora ? » demanda Brunetti.

Ses yeux semblèrent dévier de leur cap et elle porta son attention vers le jardin négligé, où il n'y avait pas le moindre signe de vie. « C'est à ce moment-là que son comportement a commencé à changer. Mais c'était à cause de… d'autres choses, dirais-je.

– Est-ce là qu'il a rencontré cette femme ? » Brunetti avait imaginé, pour une raison ou une autre, que c'était une personne qui travaillait dans son cabinet.

« Oui. Je ne sais pas ce qu'elle y fait : ça ne m'intéressait pas de savoir quel était son emploi.

– Connaissez-vous son nom, signora ?

– Il avait la délicatesse de ne jamais le prononcer », déclara-t-elle avec une colère mal réprimée. « Tout ce qu'il m'a dit, c'est qu'elle était plus jeune. » À ces derniers mots, sa voix devint aussi dure que l'acier.

« Je vois. Quelle impression vous a-t-il faite, la dernière fois que vous l'avez vu ? »

Il la vit se remémorer cette rencontre et il observait les émotions qui jaillissaient sur son visage. Elle inspira profondément, pencha la tête sur le côté pour ne plus avoir les deux hommes dans son champ de vision : « C'était il y a dix jours environ. » Elle prit encore quelques longues inspirations et son bras croisa de nouveau sa poitrine pour ancrer sa main sur son épaule. Elle finit par dire : « Il avait la garde de Teo ce week-end-là et, lorsqu'il l'a ramené, il m'a dit qu'il voulait me parler. Il m'a dit qu'il y avait quelque chose qui l'inquiétait.

– À quel propos ? » demanda Brunetti.

Elle lâcha sa main et la joignit à celle sur ses genoux. « J'ai supposé que c'était à propos de cette femme, alors je lui ai dit que je ne voulais rien entendre. »

Elle s'arrêta et tous deux purent lire dans les souvenirs que lui éveillaient ces mots. Aucun d'eux ne parla cependant et elle reprit la parole. « Il m'a dit qu'il se passait des choses qui ne lui plaisaient pas et qu'il voulait m'en parler. » Elle regarda Vianello, puis Brunetti. « C'était le pire qu'il ait jamais fait, la plus lâche de ses actions. »

On entendit un bruit provenant d'ailleurs dans la maison et elle se leva à moitié de son fauteuil. Mais le bruit cessa et elle se rassit. « Je savais ce qu'il voulait me dire. À propos d'elle. Que peut-être ça ne se passait pas si bien que ça et qu'il était désolé. Mais je n'y ai pas prêté attention. À ce moment-là. Je ne voulais pas l'écouter, donc je lui ai dit que tout ce qu'il avait à me dire, il pouvait le dire à mon avocat. »

Elle reprit son souffle et continua. « Il m'a dit que ce n'était pas vraiment à propos d'elle. Il ne l'appelait pas par son nom. Il disait "elle". Comme si c'était la chose la plus naturelle du monde pour lui de me parler d'elle. Chez moi. » Pendant son discours, elle les avait dévisagés tour à tour, mais à présent, elle se concentrait sur ses mains, qu'elle gardait jointes sur ses genoux. « Je lui ai dit qu'il pouvait partir.

– Et il est parti, signora ? demanda Brunetti après un long silence.

– Oui. Je me suis levée et je suis sortie de la pièce, puis je l'ai entendu quitter la maison et sa voiture démarrer. C'est la dernière fois que je l'ai vu. »

Brunetti, qui était en train de regarder les mains de la femme, fut surpris lorsqu'il aperçut la première larme. Elle rebondit sur le dos de sa main et disparut dans le tissu de sa jupe, puis une autre larme, et une autre encore, puis elle se leva et sortit rapidement de la pièce.

Au bout d'un moment, Vianello dit : « Dommage qu'elle ne l'ait pas écouté.

– Pour elle, ou pour nous ?

– Pour elle. »

16

Il ne leur restait qu'à attendre son retour. Ils discutaient à voix basse sur ce qu'elle avait dit et sur les pistes que leur ouvraient ces propos.

« Il faut que l'on trouve cette femme et que l'on comprenne ce qui se passait », déclara Brunetti.

Le regard de Vianello était facile à décrypter.

« Non, pas ça », spécifia Brunetti en secouant la tête. « Elle a raison : c'est un cliché, et un des plus éculés. Je veux savoir s'il y avait autre chose que cette liaison qui le tracassait.

– Tu ne crois pas que ça suffit pour préoccuper un homme marié ? » demanda Vianello. Brunetti ne savait trop jusqu'à quel point la question de Vianello ne reflétait pas les critiques de signora Doni.

« Bien sûr que si, lui concéda Brunetti. Mais la plupart des hommes mariés qui ont une maîtresse ne finissent pas forcément en flottant dans un canal avec trois coups de couteau dans le dos.

– Certes », reconnut Vianello. Puis, en indiquant d'un signe de tête la porte que signora Doni avait franchie, il dit : « Si j'avais affaire à quelqu'un comme elle, je crois qu'une liaison me perturberait terriblement.

– Qu'est-ce que ferait Nadia ?

– Elle prendrait mon pistolet et me descendrait,

probablement », répondit Vianello avec un petit sourire où perçait un brin de fierté. « Et Paola ?

– On habite au quatrième étage. Et on a une terrasse.

– Une petite maligne, ta femme. Est-ce qu'elle laisserait un mot sur l'ordinateur sans le signer ?

– J'en doute. Ce serait trop évident. » Se piquant au jeu, il continua à y réfléchir. « Elle dirait probablement à la ronde qu'il y avait pas mal de mois que j'étais déprimé et que j'avais parlé d'en finir.

– Qui est-ce qu'elle irait convaincre de se ranger de son côté et de dire qu'ils te l'ont entendu dire aussi ?

– Ses parents. » Brunetti se ravisa aussitôt : « Non, seulement son père. Sa mère ne mentirait pas. » Une idée lui traversa l'esprit et il affirma, avec un plaisir manifeste sur son visage comme dans sa voix : « Je ne crois pas qu'elle mentirait à mon sujet. Je pense qu'elle m'aime bien.

– Et pas son père ?

– Oui, mais d'une manière différente. » Brunetti savait qu'il était impossible de mettre des mots sur cette sensation, mais avoir pris soudainement conscience de l'estime de la comtesse lui mettait du baume au cœur.

Les pas de signora Doni résonnèrent dans le couloir et ils se levèrent lorsqu'elle pénétra dans la pièce. « Je voulais aller voir ce que faisait Teo, expliqua-t-elle. Il sait qu'il se passe quelque chose de grave et il est inquiet.

– Vous lui avez dit que nous sommes des policiers ? » demanda Brunetti, même si le garçon les avait désignés de cette manière.

Elle le regarda droit dans les yeux. « Oui. Je pensais que vous viendriez en uniforme, donc je ne voulais pas qu'il soit surpris », enchaîna-t-elle rapidement, comme si elle s'était attendue à cette question. Peut-être encouragée par leur silence, elle finit par aborder la question délicate : « J'ai pris peur lorsque vous m'avez interrogée sur Andrea parce qu'il appelait habituellement une ou deux fois dans la semaine, et là, j'étais sans nouvelles depuis son départ. » Elle posa les paumes de ses mains sur les cuisses et les observa. « En fait, je savais ce que vous alliez me dire. »

Sans tenir compte de cette réflexion, Brunetti poursuivit : « Vous nous avez dit que son comportement avait changé après avoir commencé l'autre travail. » Brunetti, qui savait que c'était là un point sensible, chercha à se frayer un chemin au milieu des émotions inextricables de la femme. « Vous avez dit que vous étiez proches tous les deux, signora. » Il marqua une pause, pour lui laisser le temps d'intégrer cette affirmation. « Vous souvenez-vous combien de temps après avoir débuté là-bas il a commencé à montrer les premiers signes d'inquiétude ? »

Il comprit, à la raideur de sa bouche, qu'elle avait quasiment atteint les limites de cet entretien. Elle reprit la parole et toussota : « Il n'est pas resté longtemps, là-bas ; peut-être un mois. Mais c'est alors que la maladie a empiré. Il s'était mis à moins manger pour essayer de perdre du poids et cela l'a rendu grincheux, je dois dire. » Elle se renfrogna à ce souvenir. « Je ne pouvais rien lui faire manger, à part des légumes et des pâtes, du pain et un peu de fruits. Il disait que ça marcherait. Mais ça ne servait à rien : il continuait à grossir.

– N'a-t-il jamais évoqué le moindre problème ? Autre que sa maladie ? »

Elle avait visiblement perdu son calme ; Brunetti s'efforça alors d'adopter une attitude plus détendue, qu'il espérait contagieuse.

« Il n'aimait pas ce nouvel emploi. Il disait que c'était

dur de mener les deux de front, surtout maintenant que la maladie s'était aggravée, mais il ne pouvait pas le quitter car nous avions besoin de ces revenus supplémentaires.

– Ce devait être un lourd fardeau pour un homme qui n'était pas en bonne santé », nota Vianello, avec bienveillance.

Elle le regarda et sourit. « Andrea était comme ça, dit-elle. Il se faisait du souci pour les gens qui travaillaient pour lui à la clinique. Il se sentait responsable et ne voulait pas mettre la clef sous la porte. »

Brunetti ne tiqua pas à cette remarque. Par le passé, avant de bien connaître le cœur humain, il aurait pointé du doigt la dissonance entre son comportement envers son mari et ces réflexions, mais le temps avait érodé son besoin de cohérence ; maintenant il ne l'exigeait pas à tout prix et n'en condamnait plus l'absence. Elle était en proie aux plus vives émotions et Brunetti se doutait que la plus forte devait être le remords, et non pas la colère.

« Pourriez-vous nous dire où se trouve sa clinique, signora ? » demanda-t-il. Vianello sortit un carnet de sa poche.

« Via Motta 145. C'est seulement à cinq minutes d'ici. » Brunetti eut l'impression qu'elle était mal à l'aise. « Ils m'ont appelée hier et m'ont dit qu'Andrea n'était pas allé travailler. Je leur ai dit que je ne…, que je ne savais pas où il était. » Comme toute personne n'ayant pas l'habitude de mentir, elle baissa les yeux sur ses mains et Brunetti la soupçonna de leur avoir répondu à eux aussi que c'était le cadet de ses soucis.

Elle s'efforça de le regarder et continua. « Il vivait dans un petit appartement au deuxième étage de l'immeuble. Dois-je les appeler et les prévenir de votre arrivée ?

– Non, merci, signora. Je préfère y aller sans être annoncé.

– Pour voir si quelqu'un essaye de s'échapper en apprenant que vous êtes de la police ? » lança-t-elle, d'un ton mi-figue, mi-raisin.

Brunetti sourit. « Quelque chose dans ce genre. Avec votre mari absent depuis deux jours et nous qui débarquons en plus sans animaux dans les bras, il y a de fortes chances qu'ils devinent qui nous sommes au premier coup d'œil. »

Elle mit un moment à comprendre qu'il était en train d'en rajouter. Elle se garda de sourire.

« Y a-t-il autre chose ?

« Non, signora », et Brunetti conclut, de manière très formelle. « Je voudrais vous remercier de nous avoir accordé si généreusement votre temps. » Et en tant que père, il déclara : « J'espère que vous trouverez la meilleure façon de le dire à votre fils », en utilisant inconsciemment le possessif italien au pluriel.

« Oui, c'est bien cela.

– Quoi donc ?

– C'est bien notre fils à tous les deux.

Vezzani les attendait au bar, où il regardait à la télé une de ces émissions sur la cuisine qui passent l'après-midi, avec le *Gazzettino* ouvert sur la table devant lui, et une tasse à côté.

« Un café ? » proposa-t-il.

Ils hochèrent la tête ; Vezzani fit un signe au garçon et commanda deux cafés et un verre d'eau. Ils vinrent s'asseoir à sa table. Il replia le journal et le lança sur la quatrième chaise vide. « Qu'est-ce qu'elle vous a dit ?

– Qu'il avait une liaison avec une femme au travail »,
lui apprit Brunetti.

Vezzani ouvrit la bouche en un « Oh » de surprise et
leva les deux mains. « Eh bien, qui n'a déjà entendu une
telle histoire ? Mais où va-t-on ? » Le serveur s'approcha
avec les cafés et un verre d'eau pour Vezzani.

Ils burent puis Vezzani, d'un ton plus sérieux,
demanda : « Quoi d'autre ?

– Il travaillait aussi dans un abattoir, commença
Vianello.

– Celui de Preganziol ?

– Oui, confirma Brunetti. Il y en a d'autres ?

– Je crois qu'il y en a un à Trévise, mais c'est
une autre province. Preganziol, c'est le plus près par
rapport à nous. »

Vezzani demanda : « Pourquoi ont-ils besoin d'un
véto dans un abattoir ? Pas pour sauver la vie des
animaux, que je sache.

– Non, pour vérifier qu'ils sont en bonne santé, et
j'imagine qu'il doit aussi s'assurer qu'ils sont abattus
dans de bonnes conditions, expliqua Brunetti. Il y a
des directives européennes à ce sujet.

– Trouve-moi une seule activité sans réglementation
européenne et tu gagnes un prix », plaisanta Vezzani, en
faisant semblant de porter un toast et il but une gorgée
d'eau. Puis, son verre encore en l'air : « Il avait des
problèmes avec ses clients ?

– Sa femme dit que non, répondit Brunetti. Elle a
dit que certaines personnes n'étaient pas contentes de
la façon dont leurs animaux étaient traités. Mais le
problème n'est pas là.

– J'ai entendu des gens proférer des horreurs, intervint brusquement Vianello. Certains seraient capables
des pires violences contre ceux qui font du mal à

leurs bêtes. Je pense qu'ils sont idiots, mais je n'ai pas d'animaux domestiques, donc peut-être que ça m'échappe.

– Ça semble vraiment exagéré, approuva Vezzani, mais je n'arrive plus à comprendre les gens. S'ils vous tuent parce que vous avez abîmé leur voiture, énonça-t-il, en se référant à une affaire récente, imaginez de quoi ils seraient capables si vous faites du mal à leur teckel.

– Tu sais où est la clinique ? » demanda Brunetti. Il posa quelques pièces sur la table et se leva. « Via Motta 145. Il paraît que c'est là qu'il vivait aussi. »

Vezzani, debout, leur dit : « Oui, je connais cet endroit. Allons leur parler. »

Autrefois, la clinique devait être une résidence de banlieue de deux étages, assez grande pour deux familles. De chaque côté se trouvaient des maisons identiques, entourées chacune d'une vaste étendue de gazon. Lorsqu'ils ralentirent, ils purent entendre un chien aboyer derrière le bâtiment et un autre qui lui faisait écho : une voix humaine s'éleva ; une porte claqua, puis le silence.

Vezzani eut du mal à se garer. Il avança d'une centaine de mètres environ, mais les places de stationnement étaient rares. C'est donc cela, se demanda Brunetti, que de vivre sur la *terraferma*[1] ? Il se tourna vers Vianello, assis à l'arrière ; les deux hommes s'échangèrent un regard, mais aucun des deux ne pipa mot.

Vezzani émit un bruit trahissant son irritation et s'engagea dans un rond-point, pour revenir à la clinique. Il se gara du mauvais côté de la rue, juste en face. Il sortit un ticket en plastique du pare-brise, le posa sur

1. « Terre ferme ». Manière vénitienne de désigner le continent.

le tableau de bord et sortit de la voiture, en claquant la portière derrière lui. Brunetti et Vianello sortirent, mais sans claquer les leurs.

Les trois hommes remontèrent le petit bout de trottoir jusqu'à la porte d'entrée. Sur un côté, une plaque en métal portait le nom de Clinica Amico Mio[1], avec en dessous les horaires d'ouverture. Dott. Andrea Nava y figurait en qualité de directeur.

Vezzani ouvrit la porte sans sonner ; Brunetti et Vianello le suivirent à l'intérieur. Il n'y a donc vraiment pas moyen, se dit Brunetti, d'éliminer l'odeur des animaux. Il l'avait déjà sentie chez des amis qui avaient des animaux domestiques, dans les appartements de gens qu'il avait arrêtés, dans des bâtiments abandonnés, et une fois, dans un magasin d'antiquités où il était allé interroger un témoin. Il avait l'impression que cette odeur âcre et riche en ammoniaque pénétrerait ses vêtements et persisterait des heures encore après son départ. Et Nava avait vécu quelque temps dans un appartement au-dessus.

L'entrée était très lumineuse. Le sol était couvert de linoléum gris, et sur le côté se trouvait un bureau, où était assis un homme jeune portant une blouse blanche de labo. « Bonjour, dit-il en souriant. Que puis-je faire pour vous ? »

Vezzani se mit à l'écart pour permettre à Brunetti de s'approcher de lui. Le garçon ne devait pas avoir 18 ans et respirait la bonne santé et le bien-être. Brunetti remarqua ses deux rangées de dents parfaites, ses yeux marron si grands qu'ils lui évoquèrent la description de « Héra aux yeux de vache », même si c'était un garçon au teint rose qu'il avait devant lui.

1. « Clinique Mon Ami ».

« Nous cherchons le responsable, dit Brunetti en lui souriant en retour, impossible de faire autrement.

– Est-ce pour un animal ? » demanda le jeune homme, sans que rien dans le ton ne laisse entendre s'il attendait une réponse affirmative. Il se pencha sur le côté pour regarder autour d'eux.

« Non, dit Brunetti, en effaçant son sourire. C'est à propos du dottor Nava. »

À ces mots, le sourire du garçon suivit le même chemin que celui de Brunetti. Il étudia les policiers de plus près, comme s'il cherchait à savoir quel bon vent les amenait. « L'avez-vous vu ? finit-il par demander.

– Je pourrais peut-être parler au responsable ? » s'enquit Brunetti.

Le garçon se leva, soudain pressé. « C'est signora Baroni, en fait, leur apprit-il. Je vais la chercher. » Il s'éloigna d'eux brusquement et ouvrit une porte juste derrière lui. La laissant ouverte, il descendit un petit couloir et entra dans une pièce sur la droite. Des bruits d'animaux parvenaient de cette porte : des aboiements et un bruit de tous les diables, difficile à identifier.

Moins d'une minute plus tard, une femme fit son apparition. Laissant aussi la porte ouverte derrière elle, elle s'approcha de Brunetti qui était le plus près d'elle. Bien qu'on pût lire, sur son visage, qu'elle avait une génération de plus que le réceptionniste, rien ne le laissait deviner à l'aisance et à la fluidité de ses mouvements.

« Clara Baroni, dit-elle, en serrant la main de Brunetti et en faisant un signe de tête aux autres. Je suis l'assistante du dottor Nava. Luca m'a dit que vous étiez venu parler de lui. Savez-vous où il est ? »

Gêné par la situation, Brunetti trouvait que cette pièce, où ils étaient plantés tous les quatre comme des piquets, était loin d'être le contexte idéal pour ce qu'il avait à dire, mais il ne voyait pas d'alternative. « Nous venons de parler à l'épouse du dottor Nava », commença-t-il, et il ajouta, au cas où ce serait encore nécessaire : « Nous sommes de la police. »

Elle acquiesça, l'encourageant à continuer.

« Le docteur a été tué. » Il ne put trouver une façon plus douce de le dire.

« Comment ? demanda-t-elle, le visage blêmissant sous le choc. Dans un accident ?

– Non, signora. Pas dans un accident, répondit Brunetti de manière évasive. Il n'avait aucune pièce d'identité sur lui, c'est pour cela qu'il nous a fallu tout ce temps pour remonter jusqu'à lui. » Pendant que Brunetti lui parlait, elle détourna les yeux et se mit à regarder dans le vide. Elle s'agrippa d'une main au bureau du réceptionniste. Aucun des policiers ne souffla mot.

Après un moment qui parut interminable, elle se remit droite et revint vers Brunetti. « Pas dans un accident ? s'enquit-elle de nouveau.

– Apparemment non, signora », dit Brunetti.

Comme un chien sortant de l'eau, elle s'ébroua de tout son corps et demanda d'une voix ferme : « Mais alors, comment ?

– Il a été victime d'un crime. »

Elle se mordit la lèvre supérieure. « Est-ce l'homme de Venise ?

– Oui », répondit Brunetti, se demandant pourquoi elle ne les avait pas contactés, si elle avait eu ce soupçon. « Pourquoi posez-vous cette question, signora ?

– Parce que nous sommes sans nouvelles de lui depuis deux jours et même sa femme ne savait pas où il était.

– Nous avez-vous appelés, signora ?

145

– La police ? » demanda-t-elle sans chercher à masquer son étonnement.

Brunetti avait envie de lui demander qui d'autre, mais il s'en abstint et lui répondit par un simple « oui ».

Comme si elle réalisait à cet instant qui étaient les trois hommes debout dans la pièce, elle suggéra : « Peut-être devrions-nous aller dans mon bureau. »

Ils la suivirent le long d'un couloir, où l'odeur des animaux était de plus en plus forte, et ils entrèrent dans une pièce sur la droite. Le réceptionniste était assis sur une chaise à dossier droit, appuyée contre un mur, avec un lapin noir et blanc sur les genoux. Le lapin n'avait qu'une oreille, mais, mis à part ce détail, il était bien replet et avait le poil brillant. Un gros chat gris dormait au soleil, sur le rebord de la fenêtre placée derrière eux. Il ouvrit un œil à leur entrée, puis le referma.

À leur arrivée, le garçon se pencha et posa le lapin par terre, puis sortit sans rien dire. Le lapin bondit sur Vianello et renifla le bas de son pantalon, fit la même chose avec Vezzani, puis avec Brunetti. Non content de cela, il bondit sur signora Baroni et se dressa sur ses pattes postérieures, contre sa jambe. Brunetti fut surpris de voir que ses pattes de devant arrivaient bien au-dessus de ses genoux.

Elle s'inclina et le prit, en disant : « Allez, viens, Livio. » L'animal se blottit confortablement au creux de ses bras. Elle alla s'asseoir derrière son bureau. Vianello prit appui contre le rebord de la fenêtre, laissant aux commissaires les deux chaises en face du bureau. Dès que signora Baroni s'assit, le lapin en profita pour s'endormir dans son giron.

Comme si le fil de la conversation n'avait pas été interrompu, la femme expliqua, en grattant machinalement d'une main le ventre du lapin : « Je n'ai pas appelé parce que, à part aujourd'hui, Andrea n'a été absent qu'un seul jour. Je voulais rappeler sa femme, et puis vous êtes arrivés. » Son attention se détourna du lapin et elle regarda les trois hommes tour à tour, comme pour s'assurer qu'ils l'écoutaient bien et qu'ils avaient compris. « Et puis, quand vous avez dit qu'il a été victime d'un crime, j'ai tout de suite pensé évidemment à l'homme de Venise.

– Pourquoi "évidemment", signora ? » demanda Brunetti d'un ton affable.

Elle recommença à caresser le lapin qui semblait s'être transformé en un bout d'étoffe, aux pattes écartées. « Parce que l'article disait que l'homme n'avait pas été identifié et qu'Andrea avait disparu de la circulation, que vous êtes des policiers et que vous êtes ici. C'est pourquoi j'en suis arrivée à cette conclusion. » Elle passa le lapin, qui refusait de sortir de son état comateux, sur son autre genou : « Ai-je tort ? »

Brunetti déclara : « Nous n'avons toujours pas pu l'identifier de manière définitive, et il s'empressa d'ajouter : Il y a désormais peu de doute, mais nous avons besoin d'une identification formelle. » Il lui dit qu'il avait oublié de le demander à l'épouse de Nava, mais c'était faux.

« Qui doit y procéder ? s'informa-t-elle.

– Quelqu'un qui le connaissait bien.

– Est-ce que ce doit être forcément un parent ?

– Pas nécessairement, non.

– Sa femme est la personne la plus appropriée, non ?

– Oui. »

Signora Baroni prit le lapin, le secoua pour lui redonner un semblant de conscience et le posa doucement à ses pieds. Il bondit jusqu'au mur derrière elle, s'étendit par terre et se rendormit aussitôt. Elle se tenait bien droite sur sa chaise et, croisant le regard de Brunetti, elle proposa : « Puis-je m'en charger ? J'ai travaillé avec lui pendant six ans.

– Oui, bien sûr. Pourquoi ?

– Ce serait trop dur pour Anna. »

Brunetti fut surpris, mais soulagé que l'on épargne au moins cela à l'épouse de Nava.

Signora Baroni semblait savoir beaucoup de choses sur la vie à la fois personnelle et professionnelle de Nava. Oui, elle était au courant de leur séparation ; oui, elle pensait qu'il n'était pas content de son travail à l'abattoir. Elle soupira à cette évocation et ajouta que Nava avait clairement spécifié que, même s'il trouvait ce travail fort pénible, il se sentait obligé de le garder pour pouvoir, entre autres, assura-t-elle, garantir son salaire ici. À ces mots, elle ferma les yeux un moment et se frotta le front.

« Il disait que c'était une boutade, bien sûr, précisa-t-elle en regardant Vianello. Mais ce n'en était pas une. »

Brunetti demanda : « A-t-il raconté des choses sur son travail, là-bas, signora ? »

Elle se pencha et prit le lapin endormi, qui n'ouvrit pas les yeux. Elle se mit à caresser son unique oreille et finit par leur apprendre : « Il ne me l'a jamais dit, mais je pense qu'il y avait autre chose que le travail qui le tracassait.

– Une idée de ce que cela pouvait être ? » demanda Brunetti.

Elle haussa les épaules, ce qui dérangea le lapin. Il sauta de nouveau par terre, mais cette fois, il avança jusqu'à un radiateur et se coucha à côté.

« Je suppose que c'était une femme. C'est souvent le cas, n'est-ce pas ? »

Aucun ne pipa mot.

« Il n'en a jamais parlé, si c'est ce que vous voulez savoir. Et je ne lui ai rien demandé, parce que je ne voulais pas savoir. Ça ne me regardait pas. »

Puis elle leur expliqua en quoi consistait son travail : prendre les rendez-vous ; envoyer des échantillons aux laboratoires et relever les résultats pour chacun des animaux ; envoyer les factures et tenir les comptes ; aider à l'occasion pour les examens et les soins. Luca et un autre assistant, qui n'était pas là ce jour-là, étaient chargés d'accueillir les patients, de donner à manger aux animaux et d'aider le docteur Nava pour les protocoles ; non, il n'avait jamais été menacé par le moindre client, même si certains ont beaucoup souffert à la mort de leurs animaux domestiques. Au contraire, la plupart des gens se rendaient compte du mal qu'il se donnait pour leurs bêtes et, du coup, ils l'aimaient bien.

Oui, il vivait à l'étage au-dessus, depuis trois mois à peu près. Lorsqu'elle sut qu'ils avaient les clefs et qu'ils voulaient jeter un coup d'œil à son appartement, elle leur dit qu'elle n'y voyait pas d'inconvénient.

Elle les conduisit à une porte, à l'autre bout du couloir : « Comme c'était au départ une seule et unique maison, on entre chez lui par ici. »

Brunetti la remercia et ouvrit la porte avec une clef du trousseau qu'il avait trouvé dans la poche de Nava et qu'il avait sorti de la salle des preuves. Au sommet de l'escalier se trouvait une autre porte, non verrouillée, qui s'ouvrait sur un vaste espace dégagé sur toute la longueur du bâtiment, comme si les constructeurs d'origine s'étaient arrêtés avant de le diviser en deux pièces séparées. Dire que c'était à peine meublé serait un euphémisme : en face d'un canapé deux places, on voyait par terre un petit téléviseur et, devant lui, toujours par terre, une pile bien rangée de DVD. Il y avait une table en bois devant la fenêtre qui donnait sur l'arrière du bâtiment et permettait de voir les maisons d'en face. À gauche de cette fenêtre, une plaque de cuisson électrique à deux feux, dont l'émail était abîmé à force d'avoir été récuré, était posée sur une étroite table en bois. Des casseroles propres étaient accrochées au-dessus d'un petit évier. Sur le sommet d'un petit réfrigérateur, il y avait une coupe en céramique pleine de pommes.

Sous l'avant-toit, à l'arrière de la pièce, s'étendait un lit simple, où la couverture et les draps avaient été tirés avec une précision militaire. À l'opposé, le long de l'autre mur, se trouvait un autre lit avec une couverture au motif de Mickey bordée avec soin, et quelques peluches.

Une armoire en carton prenait appui contre le mur arrière. Brunetti vit quelques costumes et un pardessus dont le poids avait plié la tringle en forme de U. En dessous, quelques paires de petites baskets et, à leur droite, trois paires de chaussures plus grandes, dont l'une d'elles, remarqua Brunetti, étaient des mocassins bruns ornés de glands et usés jusqu'à la corde. Des chemises blanches, enveloppées dans du plastique, étaient empilées sur une étagère disposée au-dessus de la tringle de la penderie. L'étagère inférieure portait des sous-vêtements soigneusement pliés et des vêtements d'enfant.

La salle de bains était tout aussi spartiate que le reste de l'appartement et Brunetti fut frappé par sa propreté. En fait, ne traînaient ni tasses vides, ni vêtements sales ou emballages d'aliments, ni même d'assiettes à laver, ou de ces détritus que Brunetti associait au domicile de gens abandonnés, ou seuls.

La table de chevet de l'homme était jonchée de

quelques magazines et quelques livres. Brunetti les parcourut du regard. Il y avait un livre sur le végétarisme et, collée à l'intérieur, une photocopie de la liste des meilleures combinaisons de céréales et légumes censées produire des protéines et des aminoacides. Il y avait aussi la version papier d'un article sur l'empoisonnement au plomb et un manuel vétérinaire sur les maladies des bovins. Brunetti les feuilleta rapidement, regarda deux photos et reposa cet ouvrage.

Les deux autres policiers firent le tour de l'appartement, mais aucun ne s'arrêta pour rapporter quelque chose d'intéressant, ou pour signaler un objet, ou quelque chose d'incongru. Dans la salle de bains il n'y avait que du savon, des rasoirs et des serviettes de toilette. Dans la commode au pied du lit se trouvaient des sous-vêtements masculins propres et pliés et, dans le tiroir du bas, des serviettes propres et des draps.

Aucun signe de désordre produit par la présence permanente d'un enfant. Seuls les vêtements donnaient quelques indications sur les occupants des lieux : selon toute probabilité, un homme d'une certaine taille et un petit garçon.

« Tu penses que c'était sa façon à lui de vivre, ou que quelqu'un est passé par là ? » se résolut à demander Brunetti.

Vezzani haussa les épaules, hésitant à répondre. Vianello jeta encore un long coup d'œil circulaire : « Ça me fait mal de le dire, mais je pense qu'il vivait vraiment comme ça.

– Le pauvre », commenta Vezzani. Sur quoi, n'ayant rien trouvé à rajouter, ils sortirent de l'appartement.

17

Les hommes convinrent qu'il était plus sage d'aller à l'abattoir le lendemain matin, aux heures d'ouverture. Pendant que Vezzani roulait sur le pont en direction de Piazzale Roma, Brunetti regardait, sur sa droite, le vaste complexe industriel de Marghera. Il ne songeait pas à la dose quotidienne de poison mortel que crachaient ces cheminées, mais à l'abattoir et au fait que l'aube était le moment le plus propice aux morts violentes. Le KGB ne venait-il pas chercher les gens au cœur de la nuit, profitant que les sens de leurs victimes fussent émoussés par le sommeil ?

La sonnerie du téléphone de Vianello le tira de ces réflexions et l'inspecteur, installé à l'arrière de la voiture, annonça : « C'était Foa. Il dit qu'il ne peut pas venir nous chercher. Il est bloqué en bas de chez Patta, il attend qu'il descende avec sa femme. Il doit les emmener à Burano.

– Encore une affaire de police, aucun doute là-dessus », commenta Vezzani, prouvant que la réputation de Patta s'était répandue jusqu'à la questure de Mestre.

« Si la police doit mener une enquête sur un restaurant, c'en est bien une », affirma Vianello. Brunetti lui dit de rappeler au chauffeur personnel de Patta qu'il attendait toujours le rapport sur les marées de la nuit du meurtre de Nava. Vianello lui transmit le message et referma son téléphone d'un coup sec.

« Eh, les gars, est-ce que vous vous rendez compte de la chance que vous avez ? » commença Vezzani.

Brunetti se tourna vers lui et demanda : « De travailler pour Patta ? »

Vezzani rit. « Non, de travailler sur Venise. Il n'y a guère de crime valant la peine qu'on en parle. » Sans leur laisser le temps de protester, il ajouta : « Je ne parle pas de ce Nava, mais en général. Les pires criminels sont les hommes politiques, mais comme on ne peut rien faire contre eux, ils ne comptent pas. Donc, qu'est-ce que vous avez, finalement ? Quelques cambriolages, quelques touristes à qui on a volé le portefeuille ? Le type qui a tué sa femme et qui vous appelle pour avouer son crime ? Si bien que vous passez la journée à lire des circulaires pondues par ces idiots de Rome, ou à attendre que le prochain ministre de l'Intérieur soit arrêté, comme cela vous vous retrouvez avec un nouveau chef et de nouvelles circulaires, ou vous descendez prendre un café dans la rue et vous vous asseyez au soleil pour lire le journal. » Il débita cette tirade sur le ton de la plaisanterie, mais Brunetti le soupçonnait de penser chacun de ses mots.

Brunetti jeta un coup d'œil furtif au rétroviseur, mais il vit juste l'épaule gauche de Vianello. D'un ton neutre, il énonça : « Les gens prient bien pour la pluie. Nous pourrions peut-être prier pour un meurtre. »

Vezzani détourna les yeux de la route et regarda rapidement Brunetti, mais il ne put rien décrypter, ni sur son visage, ni dans sa voix.

À Piazzale Roma, Brunetti et Vianello descendirent de la voiture et se penchèrent pour serrer la main à Vezzani, puis Brunetti déclara que c'était un de leurs chauffeurs qui les conduirait à l'abattoir le lendemain matin. Vezzani ne prit pas la peine de protester, leur dit au revoir et partit.

Brunetti regarda Vianello, qui haussait les épaules.

« Si c'est sa façon de voir, on ne peut rien y faire », philosopha Brunetti.

Vianello le suivit vers l'embarcadère du numéro 1. L'inspecteur aurait pu rentrer plus vite chez lui en prenant le numéro 2. Brunetti y vit donc le signe que Vianello voulait continuer à discuter avec lui.

Ils croisaient les gens qui venaient en sens inverse en toute hâte ; la plupart gardaient leur gauche, mais certains serpentaient plus près de l'eau pour passer plus vite et arriver quelques secondes plus tôt aux autobus qui les emmenaient sur le continent.

Ils passèrent devant les taxis dansant sur l'eau. Vianello finit par dire : « Je peux le comprendre, quelque part. Après tout, nos *calli* ne sont pas jalonnées de prostituées et on ne nous appelle jamais pour aller inspecter les usines des Chinois et y arrêter tout le monde. Ni leurs bordels, d'ailleurs.

– Et on n'a pas affaire à des gens saouls au volant, renchérit Brunetti.

– Ça, ça relève de la police routière, Guido », rectifia Vianello, avec un semblant de reproche.

Imperturbable, Brunetti ajouta : « Ni pour des incendies criminels. Les gens ne mettent pas le feu aux usines.

– C'est parce qu'on n'en a plus. Que du tourisme », répliqua Vianello démoralisé, accélérant le rythme de ses pas au son du vaporetto qui approchait. L'inspecteur exhiba sa carte à la jeune femme en uniforme sur le bateau en train de s'amarrer.

La porte coulissante se referma derrière eux et ils allèrent s'asseoir à l'intérieur. Ni l'un ni l'autre ne pipa mot jusqu'au moment où ils passèrent sous le pont des Scalzi. « Tu crois qu'il est jaloux ? » lança Vianello.

Sur la gauche, ils virent l'église de San Geremia glisser vers eux et l'instant d'après se dresser, sur la droite, la façade à colonnes du musée d'Histoire naturelle.

« C'est plutôt normal, tu ne crois pas ? » répliqua Brunetti.

Ce n'est qu'en arrivant à la porte de son appartement que Brunetti mesura à quel point il était fatigué. Il se sentait comme une toupie qu'on aurait fait tourner dans tous les sens, toute la sainte journée. Il en avait trop appris et avait trop bougé ; et tout ce qu'il voulait, maintenant, c'était s'asseoir tranquillement et dîner en écoutant sa famille discuter de sujets autres que la criminalité ou la mort. Il avait envie d'une soirée paisible, dans la plus douce des harmonies.

Tout ardent que fût son souhait, il ne coïncidait pas avec celui de sa chère et tendre. Il s'en aperçut au premier coup d'œil et à la manière dont elle lui dit bonsoir lorsqu'il entra dans son bureau.

« Ah, te voilà », dit-elle avec un large sourire, sans doute trop enjoué pour être honnête. « Je voulais te poser une question d'ordre juridique. »

Brunetti s'assit d'abord sur le canapé, puis lui dit : « Après huit heures du soir, je ne travaille plus qu'en qualité de consultant privé et je tiens à être rétribué pour mon temps et pour toute information que je pourrais fournir.

– En prosecco ? »

Il enleva ses chaussures d'un coup de pied et s'étendit de tout son long. Il tapota le coussin jusqu'à ce que la forme lui convienne et s'allongea. « À moins que ce ne soit une question sérieuse ou non rhétorique ; dans ce cas, j'exige d'être rétribué en champagne. »

Elle enleva ses lunettes, les plaça au creux des pages du livre qu'elle était en train de lire et sortit de la pièce. Brunetti ferma les yeux et se remémora sa journée, à la recherche d'un détail reposant à garder à l'esprit jusqu'au retour de Paola. Il revit l'ours en peluche dans la main de Teo, avec la fourrure de son estomac tout élimée, tant il l'avait frotté ou mâchonné. Brunetti se vida la tête de toute autre image et se concentra sur le nounours, qui lui rappela ceux que ses enfants avaient aimés, puis sur le sien dont il se souvenait encore, même s'il ne savait plus qui lui avait offert et ce qu'il était devenu : mystères qui s'étaient évaporés depuis bien longtemps de sa mémoire.

Le cliquetis des verres le ramena de son enfance à la vie adulte. Il ouvrit alors les yeux et la bouteille de Moët et Chandon, dans la main de sa femme, facilita grandement la transition.

Elle remplit le second verre et s'approcha du canapé. Il enleva ses pieds pour lui faire de la place et prit la coupe qu'elle lui offrait. Il la tendit vers la sienne et eut un grand plaisir à entendre le cliquetis des verres, puis il but la première gorgée. « Très bien, dit-il lorsqu'elle vint s'asseoir près de lui. Je t'écoute. »

Elle essaya de lui lancer un regard surpris, mais comme il ne changea pas d'expression, elle renonça à sa tentative et but un peu de son vin. Elle s'enfonça dans le canapé et laissa sa main gauche tomber sur son mollet. « Je veux savoir si c'est un crime de savoir qu'il se passe quelque chose d'illégal et de ne pas le dénoncer. »

Il prit une autre gorgée, s'abstint de la distraire en lui faisant des compliments sur son champagne et prit sa question en considération. Tout comme il avait fait réapparaître l'ours en peluche de Teo, il convoqua le droit pénal qu'il avait étudié à l'université.

« Oui et non, finit-il par dire.

– Et à quel moment est-ce un crime ?

– Par exemple, si tu es un agent de la fonction publique, tu es tenu d'informer les autorités.

– Et d'un point de vue moral ?

– Je ne suis pas expert en morale, assena Brunetti, en retournant à son champagne.

– Est-il juste d'empêcher un crime d'être commis ?

– Tu veux que je te dise oui.

– Je veux que tu dises oui.

– Oui. » Puis Brunetti précisa : « Au plan moral. Oui. »

Paola y réfléchit en silence, puis elle se leva et retourna remplir leurs deux coupes. Elle revint, toujours silencieuse, lui tendit la sienne et se rassit. Conformément à son habitude, longue de dizaines et dizaines d'années, elle posa sa main gauche sur sa jambe.

Elle s'appuya contre le dossier du canapé, croisa les jambes et prit une autre gorgée. Tandis qu'elle contemplait le tableau – le portrait d'un naturaliste anglais portant une aigrette –, qu'ils avaient trouvé il y a bien longtemps, bizarrement, à Séville, elle dit : « Tu ne me demandes pas où je veux en venir ? »

Il regarda sa femme, et non pas le naturaliste ni son aigrette, et répondit : « Non.

– Pourquoi ?

– Dans l'immédiat, parce que j'ai eu une longue journée, que je suis très fatigué, et que je n'ai plus un millimètre carré de mon cerveau ou de mon cœur pour y faire entrer le moindre souci supplémentaire.

Et qu'à la manière dont tu me poses la question, ça me paraît tout à fait possible.

– Et à plus ou moins longue échéance, pourquoi ne veux-tu pas en entendre parler ?

– Parce que si ça doit causer des soucis, je le saurai tôt ou tard, donc tu n'as pas besoin de m'en parler maintenant. » Il se pencha vers elle et posa sa main sur la sienne. « Là, vraiment je ne peux pas, Paola. »

Elle tourna sa paume, serra celle de Brunetti très fort et dit : « Alors, je vais commencer à préparer le dîner, d'accord ? »

18

Brunetti se réveilla plusieurs fois dans la nuit ; il réfléchissait à la question de Paola et essayait de deviner ce que cela signifiait : qu'était-elle en train de mijoter ? Car il se doutait bien qu'elle était en train de mijoter quelque chose. Après toutes ces années d'expérience, il savait en détecter les signes avant-coureurs : une fois, elle avait commencé en lui demandant ce qu'il pensait de ses missions ; elle les prenait trop à cœur et se mettait en quête de faits concrets plutôt que de concepts et d'idées abstraites, et semblait perdre son sens de l'humour et son goût de l'ironie. Au fil des ans, elle avait eu plusieurs poussées de zèle, qui avaient d'ailleurs été une source de problèmes. Brunetti flairait qu'il y en avait une autre dans l'air.

Chaque fois qu'il se réveillait, il sentait plus fort que jamais la présence du bloc inerte posé à ses côtés et ne cessait de s'émerveiller du don qu'avait Paola de sombrer dans les bras de Morphée, quoi qu'il pût advenir autour d'elle. Il pensait aux nuits blanches qu'il avait passées à s'inquiéter pour la famille, ou pour son travail ou encore pour son avenir, ou celui de la planète, ou simplement à cause de ses problèmes de digestion, alors que près de lui reposait ce monument à la paix et à la tranquillité, dénué de tout mouvement, doué tout juste de respiration.

Il se réveilla de nouveau un peu avant six heures ; inutile d'essayer de retourner se coucher. Il descendit à la cuisine et se prépara un café, chauffa le lait et revint au lit.

Comme il avait fini *Agamemnon* et qu'il avait besoin d'une pause avant de continuer cette saga familiale désormais familière, Brunetti fit ce qu'il faisait souvent dans ce cas : il ouvrit au hasard les *Méditations* de Marc Aurèle, à l'instar des chrétiens fervents auxquels on préconisait de consulter la Bible de cette manière. C'était un peu comme jouer aux machines à sous, il devait bien l'avouer : parfois, il en sortait d'ineptes sentences, qui ne rimaient à rien et ne l'enrichissaient pas le moins du monde. Mais parfois, les mots coulaient vers lui comme un fleuve de pièces, qui débordait du bac de cette machine à sous et s'étalait à ses pieds.

Il ouvrit le livre II et trouva ceci : « Il arrive bien difficilement qu'on soit malheureux pour ne pas savoir ce qui se passe dans le cœur des autres ; mais il est impossible qu'on ne le soit, si l'on ignore ce qui se passe dans son propre cœur[1]. » Il leva les yeux et regarda par la fenêtre. Le rideau, qui n'était tiré qu'à moitié, laissait entrer la lumière, non pas de l'aube qui pointait, mais de l'éclairage public qui enveloppait la ville tout entière.

Il prit en considération les mots du sage empereur, puis il songea à Patta, sur lequel il y avait beaucoup à dire, dont le fait qu'il était indéniablement heureux.

1. Livre II, chapitre 8, *Réflexions morales de l'empereur Marc Antonin, avec des remarques de Mr. & Mad. Dacier*, Amsterdam, chez Jean Wolters, 1710.

Or, s'il y avait quelqu'un sur cette planète qui n'était vraiment pas conscient des mouvements de son âme, c'était bien le vice-questeur Patta.

Même si cet ouvrage s'était révélé incapable d'opérer une nouvelle combinaison gagnante, Brunetti ne se découragea nullement et ouvrit le Livre XI. « Il n'y a ni voleur, ni tyran de la volonté[1]. » Cette fois, il referma le volume et le posa près de lui. Il prêta de nouveau attention à la lumière provenant de la fenêtre et à la maxime qu'il venait de lire : ni l'une ni l'autre ne pouvaient l'éclairer. Les ministres étaient arrêtés à une fréquence effroyable ; le chef du gouvernement lui-même se vantait, en plein cœur d'une crise financière de plus en plus grave, de n'avoir aucun souci pécuniaire et de posséder dix-neuf maisons ; le Parlement était devenu une véritable honte publique. Mais où était donc la foule en colère, pourquoi ne descendait-elle pas dans la rue ? Qui se levait au Parlement pour discuter du pillage pur et simple du pays ? Par contre, si une jeune fille vierge venait à être tuée, le pays entier devenait fou ; si l'on venait à égorger quelqu'un, la presse en parlait des jours et des jours. De quelle volonté le peuple pouvait-il encore jouir, qui n'ait été réduite en cendres par la télévision et la vulgarité galopante de l'administration actuelle ? Oh que oui, un voleur peut bel et bien voler votre volonté. « Et il ne s'est pas gêné, d'ailleurs », s'entendit-il dire à haute voix.

Brunetti, en proie à un mélange de rage et de désespoir – la dernière émotion saine laissée aux citoyens –, repoussa les couvertures et sortit du lit. Il resta un bon moment sous la douche, s'accordant le luxe de se raser dessous, sans se préoccuper de la quantité d'eau

---

1. Livre XI, chapitre 36, *ibid.*

consommée, de l'énergie dépensée pour la chauffer, ni du fait qu'il était en train de se servir d'un rasoir jetable. Il était fatigué de prendre soin de la planète : qu'elle prenne soin d'elle toute seule, pour une fois.

Il retourna dans sa chambre et se choisit un costume-cravate, mais se rappelant où il devait aller avec Vianello ce matin-là, il remit le costume dans la penderie, enfila un pantalon en velours côtelé marron et une grosse veste en laine. Il chercha en bas de l'armoire sa paire de chaussures bateau, avec leurs épaisses semelles en caoutchouc gaufré. Il n'avait pas vraiment d'idée claire sur la tenue appropriée pour visiter un abattoir, mais il savait qu'un costume ne l'était pas.

Il était sept heures et demie lorsqu'il quitta la maison. Il fut pénétré par l'air tonifiant du matin, promesse d'air pur et de douce chaleur à venir. C'étaient vraiment les plus belles journées de l'année, avec les montagnes parfois visibles depuis la fenêtre de sa cuisine et les nuits suffisamment fraîches pour aller chercher une seconde couverture dans l'armoire.

Il marcha, s'arrêta pour acheter le journal – *La Repubblica* et non pas la presse locale – puis alla chez Ballarin prendre un café et un croissant. La pâtisserie était pleine, mais pas encore bondée, si bien que la plupart des gens pouvaient encore trouver une place au comptoir. Brunetti amena son café à la petite table ronde, plaça le journal à gauche de sa tasse et étudia les gros titres. Une femme de plus ou moins son âge, et aux cheveux couleur acajou, posa sa tasse pas très loin de la sienne, étudia les mêmes gros titres en sirotant son café, puis elle se tourna vers lui et dit, en vénitien : « C'est à vomir, n'est-ce pas ? »

Brunetti leva son croissant et le secoua en signe d'impuissance. « Que pouvons-nous faire ? » lui vintil spontanément aux lèvres, avant de se remémorer les mots de Marc Aurèle. Le voleur lui aurait-il donc volé sa volonté pendant le bref trajet entre sa maison et le bar ? Ainsi, faisant passer sa première remarque pour une fioriture rhétorique, il la regarda droit dans les yeux : « Si ce n'est voter, signora. »

Elle le toisa comme si elle avait été arrêtée dans la rue par un des patients de l'asile du Palazzo Boldù, un fou furieux, prêt à lui révéler le Secret de la Création. Dégoûté par sa propre lâcheté morale, Brunetti se sentit forcé d'ajouter : « Et leur faire l'aumône, si on les croise dans la rue. »

Elle prit ces réflexions en considération et, semblant satisfaite que cet homme ait si vite recouvré ses esprits, elle posa la tasse dans la soucoupe et la rapporta au comptoir. Elle lui sourit, lui souhaita une bonne journée, paya et sortit.

Arrivé à la questure, Brunetti alla directement à la salle des policiers, mais personne de l'équipe du jour n'était encore arrivé. Dans son bureau, il vérifia s'il y avait de nouveaux dossiers, mais sa table était comme il l'avait laissée la veille. Il se servit de son nouvel ordinateur pour jeter un coup d'œil aux autres journaux, mais il n'y avait rien de plus sur l'homme assassiné ni sur l'avancée de l'enquête et ils n'avaient même pas pris soin de publier la photo qui leur avait été envoyée. La nouvelle que le corps en décomposition, découvert deux jours plus tôt dans un trou peu profond près de Vérone, était celui d'une femme qui avait été portée disparue depuis trois semaines, suscitait beaucoup plus d'intérêt que notre victime. Elle était jeune et jolie sur la photo, si bien que sa mort avait jeté l'autre aux oubliettes.

L'arrivée de Vianello coupa court à ses réflexions.

« L'assistant de Foa attend », dit-il, puis il ajouta, en guise d'explication : « Il n'est pas de service avant cet après-midi. Il y a une voiture à Piazzale Roma. » Brunetti remarqua que l'inspecteur avait lui aussi réfléchi à leur destination du jour ; il portait un jean qui avait dû subir mille et un lavages, une veste en cuir marron et une paire de chaussures tout terrain.

Brunetti jeta un coup d'œil sur son bureau, se demandant s'il y avait quelque chose à prendre avec lui, mais il ne vit rien. Procrastiner lâchement ; sa recherche n'avait que ce but : procrastiner lâchement. « Bien. On y va », dit-il et ils descendirent prendre le bateau.

Il leur fallut une heure pour arriver à Preganziol, avec d'abord l'accumulation de voitures et d'autobus apparemment immobilisés à Piazzale Roma, puis l'intense circulation sur le Ponte della Libertà et dans la banlieue de Mestre. Ils ne purent atteindre leur vitesse de croisière qu'après être descendus sous la bretelle de raccordement et s'être engagés sur l'autoroute n° 13.

Ils passèrent devant le porche des villas Fürstenberg et Marchesi et se mirent à rouler parallèlement à la voie ferrée. Ils ralentirent pour traverser Mogliano Veneto et longèrent une autre villa ; le nom défila trop vite pour que Brunetti pût le lire. Le chauffeur ne regardait ni à droite, ni à gauche ; à la place de la villa, il aurait pu y avoir un chapiteau de cirque ou un réacteur atomique : rien ne pouvait le distraire de son volant. Ils traversèrent un petit ruisseau, croisèrent une autre villa, puis le chauffeur tourna à droite, emprunta une route étroite à deux voies et finit par s'arrêter devant ce qui avait tout l'air d'être une zone industrielle.

C'était un monde de béton qui s'étalait sous leurs yeux, avec des barrières fermées par des chaînes, des bâtiments anonymes et des camions qui allaient et venaient. La plupart des édifices, nus, étaient constitués de rectangles dépourvus d'enduits, avec des toits plats et très peu de fenêtres, chacun entouré d'une aire en ciment taché et la plupart clôturés. Seuls les lettrages sur quelques camions et le kiosque ouvert à tout vent, où des ouvriers étaient en train de boire du café et de la bière, apportaient une touche de gaieté à l'ensemble.

Le chauffeur se tourna pour parler à Brunetti. « Nous voilà arrivés, monsieur », annonça-t-il en indiquant un portail percé dans l'enceinte de métal qui entourait un des bâtiments. « Là, sur la gauche. » Alors seulement Brunetti avisa la trace d'une grosse cicatrice luisante qui ne pouvait résulter que d'une brûlure ; elle partait au-dessus de son œil gauche et s'élargissait en montant, jusqu'à atteindre la largeur de trois doigts, puis disparaissait sous le bord du chapeau.

Brunetti ouvrit la portière. Dès qu'il posa le pied à terre, il entendit un bruit : un grondement venant de loin, qui aurait pu provenir de crécelles et de hochets, ou des ébats d'amants passionnés, voire d'un hautbois mal joué. Cependant, Brunetti savait ce que c'était et, s'il ne l'avait pas su, la puissante odeur de fer lui aurait indiqué ce qui se passait derrière ces portes.

Pendant le trajet en voiture, Vezzani avait appelé Brunetti et lui avait dit que, comme le directeur n'était pas là, il avait expliqué à son assistante que deux policiers de Venise étaient en route. C'est elle qui les accueillerait. Lorsque Brunetti rapporta ce message à Vianello, l'inspecteur répéta : « Elle », en haussant les épaules.

Le chauffeur klaxonna plusieurs fois : Brunetti doutait qu'on l'eût entendu. Mais après quelques secondes, comme dans un film, apparut un nouveau son, plus dur et plus mécanique que l'autre, et les deux battants du portail commencèrent à s'ouvrir vers l'intérieur.

Brunetti attendit que la porte s'immobilise pour décider s'il retournait à la voiture, ou franchissait le seuil. L'odeur métallique s'accentua. Les portails et le cliquetis du mécanisme qui les propulsait s'arrêtèrent en même temps, ne laissant percevoir que le bruit de fond, maintenant plus fort. Un couinement aigu, qui devait provenir d'un porc, domina tous les autres bruits, puis prit fin aussi vite qu'il avait commencé, comme si le son s'était bloqué contre un mur. Cependant, le niveau sonore ne baissa pas pour autant : on aurait pu croire aux cris d'une cour d'école, où les enfants sont tout excités de pouvoir sortir jouer, mais il n'y avait rien d'enjoué dans ce brouhaha. Et personne ne risquait de sortir.

Brunetti se tourna vers la voiture juste au moment où Vianello quittait son siège arrière et s'apprêtait à le rejoindre. Quelque chose ne tournait pas rond et, lorsque Brunetti regarda par terre et vit que le sol était recouvert de gravier, il réalisa que les bruits de pas de Vianello étaient recouverts par les sons provenant des portails ouverts.

« J'ai dit au chauffeur d'aller prendre un café et qu'on l'appellera quand on aura fini », déclara l'inspecteur. Puis, en réponse à l'expression de Brunetti, il ajouta, d'un ton neutre : « Quelle odeur ! »

Tandis qu'ils se dirigeaient vers l'entrée, Brunetti s'étonnait de sentir les gravillons rouler sous ses pieds, sans entendre le bruit de ses pas. Lorsqu'ils franchirent le seuil, une porte s'ouvrit dans le bâtiment juste à leur droite, un grand rectangle construit en blocs de ciment, couvert d'un toit en panneaux d'aluminium. Une petite femme s'arrêta un moment dans l'embrasure de la porte, puis descendit les deux marches et alla à leur rencontre, mais le bruit de ses pas était également étouffé par les sons provenant de derrière elle.

Ses cheveux noirs coupés très court lui donnaient un côté masculin rapidement tempéré par sa poitrine généreuse et sa jupe fort cintrée à la taille. Elle avait de belles jambes, remarqua Brunetti, et un sourire calme et accueillant. Lorsqu'elle les rejoignit, elle leva la main et la leur tendit, d'abord à Vianello, qui était plus proche d'elle, ensuite à Brunetti, puis elle recula d'un pas pour mieux voir ces deux hommes, bien plus grands qu'elle.

Elle indiqua le bâtiment et partit dans sa direction, parlant en vain, puisque chaque mot était inéluctablement couvert par le bruit.

Ils gravirent l'escalier avec elle et la suivirent dans le bâtiment, où le bruit diminua et s'estompa davantage encore lorsque la femme passa derrière eux pour fermer la porte. Ils se trouvaient maintenant dans un petit vestibule strictement utilitaire d'environ deux mètres sur trois, au sol en ciment. Les murs étaient en placoplâtre blanc et nus. Le seul objet dans la pièce était une caméra vidéo suspendue au plafond et pointée sur la porte, où ils se tenaient debout. « Oui, dit-elle, à la vue du soulagement lisible sur leur visage, c'est plus tranquille ici. Sans cela, nous deviendrions tous fous. » Elle approchait des 30 ans, mais ne les avait pas encore, et elle dégageait la grâce d'une femme à l'aise dans son corps et sans complexes.

« Je suis Giulia Borelli, l'assistante du dottor Papetti. Comme je l'ai expliqué à votre collègue, le dottor Papetti est à Trévise ce matin. Il m'a demandé de vous aider de mon mieux. » Elle esquissa un sourire, de ceux que l'on réserve aux visiteurs ou aux clients potentiels. Combien de femmes aimeraient travailler dans un abattoir ? se demanda Brunetti.

Puis, avec un regard de curiosité non dissimulée, elle demanda : « Vous êtes vraiment de la police de Venise ? » Sa voix était curieusement grave pour une si petite femme et elle possédait le rythme musical de la Vénétie.

Brunetti confirma. En s'approchant, il vit les taches de rousseur éparpillées sur son nez et ses joues ; elles contribuaient à son impression générale de bonne santé. Elle passa les doigts de sa main droite dans les cheveux. « Venez dans mon bureau, nous pourrons parler », suggéra-t-elle.

L'odeur riche en fer s'était aussi atténuée à cet endroit. Était-ce dû à la climatisation ? se demanda Brunetti et, si c'était le cas, comment ce devait être en hiver, où cette partie du bâtiment était chauffée ? Ils la suivirent ; ils franchirent une porte et prirent un couloir qui conduisait à l'arrière du bâtiment. Il se rendait compte combien ses sens avaient été malmenés et saturés depuis qu'il était sorti de la voiture. Son ouïe et son odorat avaient été tellement surchargés de sensations qu'ils n'étaient plus aptes à percevoir le moindre nouveau son ou la moindre nouvelle odeur, alors que la vacuité de la pièce et du corridor avait aiguisé sa vision.

Signorina Borelli ouvrit une autre porte et leur céda le pas pour les laisser entrer. Cette pièce, aussi, était quasiment nue. Il y avait un bureau avec un ordinateur et quelques papiers dessus, quatre chaises et c'est tout. Plus dérangeante encore était l'absence de fenêtres : toute la lumière provenait de multiples rangées de néons au plafond qui créaient un éclairage terne et sans texture, privant la pièce de toute impression de profondeur.

Elle s'assit derrière le bureau, les laissant prendre place en face d'elle. « Votre collègue m'a dit que vous vouliez parler du dottor Nava », énonça-t-elle d'une voix neutre. Elle se pencha, en tendant son corps vers eux.

« Effectivement, répliqua Brunetti. Pourriez-vous me dire quand il est venu travailler ici ?

– Il y a environ six mois.

– Et pour quelle fonction ? » s'enquit Brunetti, en évitant aussi bien l'emploi du présent que du passé et espérant le faire avec naturel. Vianello sortit son carnet et commença à prendre des notes.

« Pour inspecter les bêtes qui nous sont amenées.

– Dans quel but ?

– Pour vérifier si elles sont en bonne santé.

– Et si ce n'est pas le cas ? »

Signorina Borelli sembla surprise à cette question, comme si la réponse allait de soi. « Alors elles ne sont pas abattues. L'éleveur les reprend.

– D'autres fonctions ?

– Inspecter une partie de la viande. » Elle recula au fond de sa chaise et leva un bras qu'elle passa derrière elle, sur sa gauche. « Elle est réfrigérée. Évidemment, il ne peut pas l'inspecter entièrement, mais il vérifie des échantillons et décide si elle est propre à la consommation.

– Et si elle ne l'est pas ?

– Alors elle est détruite.

– Comment ?

– On la brûle.

– Je vois. D'autres fonctions encore ?

– Non.

– Combien de jours par semaine est-il ici ? » demanda

Brunetti, comme s'il ne détenait pas déjà cette information de l'épouse de la victime.

« Deux. Le lundi et le mercredi matin.

– Et les autres jours ? Que fait-il ? »

Même si cette question la déstabilisa, elle répondit sans hésiter : « Il a un cabinet privé. La plupart des vétérinaires en ont un. » Elle sourit et haussa les épaules, puis ajouta : « Ce n'est pas facile de vivre avec ce qu'ils gagnent ici.

– Mais vous ne savez pas où ?

– Non », dit-elle avec regret, puis elle précisa : « Mais c'est probablement dans nos documents, avec son dossier de candidature. Je pourrais facilement vous le trouver. »

Brunetti leva une main, à la fois pour la remercier et décliner son offre. « Pouvez-vous m'éclairer sur la manière dont les choses se passent ici ? Je veux dire, comment se fait-il qu'il inspecte les animaux seulement sur deux jours ? » Il écarta les mains pour marquer sa perplexité.

« C'est très simple, en fait », dit-elle, avec une expression que l'on choisit habituellement pour commencer à expliquer quelque chose qui n'est pas simple. « La plupart des éleveurs amènent leurs animaux ici la veille de l'abattage ou le jour même. Cela leur fait économiser l'argent qu'ils dépenseraient pour les garder et les nourrir. Le dottor Nava les inspecte le lundi et le mercredi et ils sont traités après. » Elle fit une pause pour voir si Brunetti la suivait et Brunetti lui adressa un signe d'assentiment. Mais il ne faisait pas que la suivre ; il réfléchissait aussi au verbe « traiter ».

« Et s'il ne les voit pas ? » intervint Vianello, en recourant aussi à ce temps présent délibérément trompeur.

Elle leva les sourcils, soit parce qu'elle découvrait que l'inspecteur pouvait parler, soit à cause de la question elle-même. « Cela ne s'est jamais produit auparavant. Par chance, son prédécesseur a accepté de venir et d'assurer les inspections jusqu'au retour du dottor Nava. »

Impassible, Brunetti demanda : « Et le nom de son prédécesseur ? »

Elle ne put dissimuler sa surprise. « Pourquoi voulez-vous le savoir ?

– Au cas où il s'avérerait nécessaire de lui parler.

– Meucci. Gabriele Meucci.

– Merci. »

Signorina Borelli se redressa, comme si elle pensait que c'était fini, mais Brunetti continua : « Pourriez-vous me donner le nom des autres personnes avec lesquelles le dottor Nava est en contact ici ?

– À part moi et le directeur, le dottor Papetti, il y a le chef des équarrisseurs, Leonardo Bianchi. Il se peut qu'il connaisse d'autres gens, mais nous sommes ceux avec lesquels il a affaire le plus souvent. »

Elle sourit, mais son sourire avait perdu de sa force. « Je pense qu'il est temps que vous m'expliquiez pourquoi vous me posez toutes ces questions, commissaire. Peut-être que je regarde trop la télévision, mais d'habitude, c'est le genre de conversation qui se tient lorsque quelqu'un est mort et que la police essaie d'obtenir des informations sur le défunt. »

Vianello gardait la tête penchée sur son carnet, en laissant le soin à son supérieur de répondre.

« Nous avons de bonnes raisons de croire que le dottor Nava a été victime d'une agression », rétorqua Brunetti, enfreignant la règle de ne lâcher les informations qu'à petites doses.

En cet instant précis, comme pour donner plus de mystère à cette expression, un bruit aigu pénétra dans la pièce, faisant fi de l'isolation phonique censée la protéger de la réalité qui se déployait au-delà de ces murs. Contrairement au long cri précédent, celui-ci ne sortit pas uniformément ; il s'agissait de trois petits coups, comme ceux des vaporetti ordonnant d'abandonner le navire. Il y eut trois autres cris, étouffés cette fois, puis l'animal qui les avait produits fut forcé d'abandonner le navire, et le bruit cessa.

« Est-il mort ? » demanda signorina Borelli, visiblement secouée.

Troublé par l'objet de sa curiosité, Brunetti laissa s'écouler quelques secondes avant de répondre. « Nous pensons que oui.

– Qu'est-ce que cela signifie : vous pensez que oui ? » s'enquit-elle sur un ton insistant, en les regardant l'un après l'autre. « Vous êtes de la police, bon sang. Si vous vous ne le savez pas, alors qui peut le savoir ?

– Nous n'avons pas encore d'identification formelle, répondit Brunetti.

– Cela signifie-t-il que vous allez me demander d'en faire une ? » s'informa-t-elle en colère et d'un ton outragé, suscité par la dernière remarque de Brunetti.

« Non, lui assura calmement Brunetti. Nous avons déjà trouvé quelqu'un pour le faire. »

Elle se pencha subitement en avant, sa tête tendue comme un serpent prêt à attaquer et dit : « Vous êtes des gens sans cœur, n'est-ce pas ? Vous me dites qu'il a été victime de violences, et le fait que vous soyez ici signifie qu'il est mort et le fait que vous me posiez ces questions signifie que quelqu'un l'a tué. » Elle se frottait les paupières en parlant et semblait avoir du mal à finir certains mots.

Vianello leva les yeux de son carnet et observa les traits de signorina Borelli.

Elle appuya les coudes sur le bureau et enfonça le visage dans ses mains. « On trouve quelqu'un de bien et c'est à lui que ça arrive. » Brunetti ne savait comment interpréter ce « quelqu'un de bien », car sa voix ne laissait rien transparaître. Jugeait-elle Nava comme un homme compétent, ou comme un homme d'honneur ?

Après un bref instant, et sans avoir encore complètement retrouvé ses esprits, elle assena : « Si vous avez d'autres questions, vous pouvez les poser au dottor Papetti. » Du plat de la main, elle tapa le bureau et le bruit sembla la calmer. « Que voulez-vous d'autre ?

– Serait-il possible de jeter un coup d'œil à vos équipements ?

– Vous ne voulez pas », dit-elle sans réfléchir.

– Pardon ? fit Brunetti.

– Vous ne voulez pas voir ce que nous faisons ici, quand même ? » Elle s'exprima d'un ton parfaitement paisible et raisonnable. « Personne ne le fait. Croyez-moi. »

Peu de remarques auraient pu aussi fortement exhorter Brunetti à aller voir ce qui s'y passait.

« Nous, si », rétorqua-t-il et il se leva.

19

Vu le soin que Vianello et Brunetti mirent à protéger leurs vêtements, ils auraient très bien pu se rendre en smoking à l'abattoir. Devant l'insistance de Brunetti pour voir où avait travaillé le dottor Nava, signorina Borelli appela l'équarrisseur en chef, Leonardo Bianchi et lui demanda de les retrouver dans les vestiaires. Puis elle les fit sortir de son bureau, descendre un couloir en ciment, monter un escalier et entrer dans une pièce spartiate qui rappelait à Brunetti celles des lycées dans les films américains : des casiers en métal s'alignaient le long des murs et, au milieu, il y avait une table abîmée et marquée par des brûlures de cigarettes et des coulées de liquide épais et sec. Sur les bancs gisaient des exemplaires froissés de *La Gazzetta dello Sport*, tout comme des chaussettes abandonnées et des gobelets vides.

Ils traversèrent la pièce en silence et, menés par Giulia Borelli, ils avancèrent vers un des casiers. Elle sortit un trousseau de sa poche et prit une petite clef pour ouvrir le cadenas. Elle enfonça la main et en retira une combinaison en papier blanc pliée, de celles que portent les hommes de la brigade du crime, la secoua pour l'ouvrir et la tendit à Brunetti, et en tendit une autre à Vianello. « Enlevez vos chaussures. »

Brunetti et Vianello obéirent. Le temps qu'ils remettent leurs chaussures, elle avait trouvé deux paires de couvre-chaussures en plastique transparent. Elle les passa sans souffler mot à Brunetti. Vianello et lui les glissèrent sur leurs pieds, puis arrivèrent les couvre-chefs en plastique transparent, semblables à ceux que Paola porte dans la douche, qu'ils mirent sur leurs cheveux.

Signorina Borelli les toisa, sans rien dire. La porte opposée à celle qu'ils avaient franchie s'ouvrit et un grand homme barbu entra dans la pièce. Il portait une longue blouse grise qui avait été blanche autrefois : il y avait de grandes taches rouges sur le devant et sur les côtés. Brunetti fixa ses pieds, content qu'elle leur ait donné ces surchaussures.

L'homme, sans doute l'équarrisseur en chef, fit un signe de tête à signorina Borelli et regarda les deux hommes avec indifférence. Elle s'abstint de les présenter. « Venez avec moi, messieurs », dit l'homme. Brunetti et Vianello suivirent Bianchi vers la porte. Lorsqu'il l'ouvrit, ils recommencèrent à entendre des cris et des hurlements, ainsi que des bruits sourds et métalliques.

Il les guida dans un étroit couloir, en direction d'une porte située à peu près à 5 cinq mètres d'eux. Brunetti percevait très nettement le bruit de frottement que produisait sa combinaison de sécurité et la sensation de glissement sous ses pieds lorsque ses chaussures bougeaient dans leurs protections en plastique. Il baissa les yeux pour détecter le type de revêtement du sol ; c'était le meilleur moyen pour pouvoir calculer son degré d'adhérence. Il hésita l'espace d'une seconde devant une trace de sang, une empreinte de semelle qui leur montrait le chemin. Il écarta rapidement son pied droit sur le côté et descendit à pas lourds, de manière à éviter de marcher sur l'autre empreinte, en réalisant trop tard que cela ne changeait rien, en fait ; il le faisait juste pour conjurer le sort.

Brunetti lança un rapide coup d'œil derrière lui ; il aperçut le visage tendu de Vianello et retourna rapidement son attention sur le dos de Bianchi. Un frisson le parcourut : le bruit croissant avait annihilé tous les autres sens et l'avait empêché de sentir le froid. Vianello émit un bourdonnement à peine audible. Le bruit et le froid s'intensifiaient au fur et à mesure qu'ils s'approchaient de la porte. Bianchi s'arrêta devant et posa sa main sur la barre en métal. Il suffisait de la pousser vers le bas pour ouvrir la porte.

Il fixa Brunetti, regarda Vianello derrière lui, sans mot dire, mais sa question se lisait dans ses yeux. Brunetti douta un instant de la pertinence de tout cela, mais l'épouse de Nava avait bel et bien dit qu'il se passait ici des choses qui préoccupaient le vétérinaire.

Brunetti leva le menton, ce qui pouvait être perçu comme un signe de commandement ou d'encouragement. Bianchi s'écarta de lui, poussa la barre vers le bas et ouvrit la porte. Ils furent submergés par le bruit, le froid et la lumière. Les cris et les hurlements, les bruits sourds et les gémissements se mélangèrent en une cacophonie moderne qui n'agressa pas que leur simple ouïe. La majorité des sensations acoustiques sont neutres. En vérité, les bruits sont tous les mêmes : leur caractère menaçant vient des circonstances. L'eau qui coule, elle aussi, n'est rien de plus que ce flux. Mais une baignoire qui déborde, ou un torrent qui dévale la montagne : c'est le contexte qui fait toute la différence. Décomposez une symphonie et l'air se remplira de bruits étranges, sans liens ni suite. Un cri de douleur, cependant, est toujours le même, qu'il provienne d'un animal à deux ou quatre pattes, et une voix humaine qui s'élève en colère engendre la même réaction, quelles que soient la langue où elle s'exprime ou la personne à qui elle s'adresse.

La puissance des stimuli émis aux autres sens eut raison de ses méditations : l'odeur, aussi violente qu'un coup de poing, provoqua un haut-le-cœur chez Brunetti et ses yeux cherchèrent à fuir la couleur rouge, dans toutes ses nuances. Son esprit chercha une diversion mentale pour échapper à cet environnement. Il songea à William James : oui, William James, le frère de l'homme que sa femme aimait plus que tout et dont il gardait le vague souvenir de ce qu'il avait écrit, il y a plus de cent ans : l'œil humain est toujours attiré vers des choses qui bougent, vers une autre chose que Brunetti avait oubliée, et vers le sang.

Brunetti chercha à brandir ces mots devant lui, comme un bouclier. Ils se tenaient sur une passerelle grillagée, protégée des deux côtés par des rambardes et perchée à au moins trois mètres au-dessus de la zone de travail qui s'étendait sous leurs pieds. Comme il voyait sans trop voir, et percevait les choses une fois sur deux, il supposa, étant donné tout l'espace vide en dessous d'eux, que la tournée touchait à sa fin. Six ou sept hommes, avec de longues vestes en caoutchouc blanc, des bottes et des casques jaunes, allaient et venaient en bas, dans les cabines en ciment et faisaient des choses, avec des couteaux et des instruments pointus, à des porcs et des moutons ; d'où le bruit. Les animaux tombaient aux pieds de ces hommes, mais certains parvenaient à s'enfuir, s'écrasant contre les murs avant de glisser et de s'écrouler. D'autres, blessés et en sang, et incapables de se relever, continuaient à s'agiter dans tous les sens, leurs pieds tapant contre le sol et les murs, pendant que les hommes esquivaient leurs sabots.

Certains moutons, remarqua Brunetti, étaient proté-
gés des lames de couteaux par leur épaisse toison et il
fallait les frapper à coups redoublés sur la tête avec ce
qui ressemblait à des baguettes métalliques, terminées
par des crochets. Les crochets étaient utilisés parfois
dans d'autres buts, mais Brunetti regarda ailleurs avant
de pouvoir en être sûr, même si les gémissements qui
suivaient toujours le moment où il détournait les yeux
ne lui laissaient aucun doute sur ce qui était en train
de se passer.

Tandis que les moutons faisaient des bruits sourds
– des grognements et des bêlements –, Brunetti fut
frappé par le fait que les porcs émettaient des sons
que lui ou Vianello auraient pu produire, s'ils s'étaient
retrouvés en bas à leur place et non en hauteur. Quant
aux veaux, ils mugissaient.

L'odeur pénétra ses narines : ce n'était pas seulement
celle, âcre, du sang, mais aussi la puanteur envahis-
sante des abats et des excréments. Juste au moment où
Brunetti en prenait conscience, jaillit un bruit d'eau,
et il remercia inconsciemment le ciel. Il en chercha
la source et vit sous eux l'un des hommes en blanc
laver au jet une cabine vide, avec une sorte de pompe
à incendie. L'employé était debout, jambes écartées, la
meilleure posture pour contrecarrer la force de l'eau
qu'il répandait sur le sol de la cabine, et agitait ce flot
en avant et en arrière, de manière à tout laver et tout
évacuer par une grille ouverte dans le ciment.

Les parois de la cabine étaient en fil barbelé, si bien
que l'eau ruisselait vers celle d'à côté, en emportant,
dans un tourbillon, le sang qui coulait du groin et de
la bouche d'un porc couché contre un mur. Il grattait
le sol des pieds, dans la vaine tentative de s'éloigner
de l'homme qui se tenait debout, au-dessus de lui. Cet

homme se servait de sa perche en métal, et lorsque Brunetti regarda derrière lui, le porc semblait avoir pris son envol et montait vers eux, peut-être pour quitter à tout jamais cet endroit et continuer son chemin – qui sait où ? Brunetti tourna la tête lorsque le corps de l'animal, qui se contractait nerveusement, arriva près de lui, attaché au bout d'une chaîne en acier par un crochet planté dans son cou. Brunetti chercha Vianello, le trouva, mais avant qu'ils ne puissent parler, une éruption soudaine éclaboussa de rouge la poitrine de l'inspecteur. Vianello, abasourdi, jeta un coup d'œil en bas et leva une main pour essayer d'enlever ce rouge, mais il ne put achever son geste : sa main retomba sur le côté et il regarda Brunetti, le visage dénué d'expression.

Un bruit de manivelle ramena leur attention vers le porc qui se raidissait et s'éloignait d'eux à présent, pour gagner le double battant en plastique d'une large porte à l'autre bout de la pièce. Lorsqu'il vit le corps du porc pousser la porte, puis disparaître, Brunetti abandonna son idée saugrenue d'intervenir ou de sauver la bête condamnée.

Brunetti se racla la gorge et tapa sur l'épaule de Bianchi. « Où est-ce qu'ils vont, une fois sortis d'ici ? » demanda-t-il par-dessus les bruits métalliques et les cris.

L'équarrisseur indiqua l'arrière du bâtiment et partit dans cette direction. Brunetti, veillant à ne pas perdre des yeux le dos de l'homme, suivait, et Vianello, sidéré, traînait derrière eux. Au bout de la passerelle, ils parvinrent à une épaisse porte en métal, dotée d'une poignée horizontale, en métal aussi. Bianchi l'ouvrit et la franchit si rapidement qu'il sembla à peine ralentir son pas. Les deux autres le suivirent et c'est Vianello qui referma la porte derrière eux.

Brunetti se demanda dans un premier temps s'ils avaient réussi à s'échapper de cet endroit et s'ils n'étaient pas en quelque sorte au cœur d'une forêt, même s'il n'avait pas le souvenir d'avoir vu des arbres derrière le bâtiment. Il faisait nuit ; la lumière s'insinuait comme dans un bois au petit matin. Il aperçut une étendue remplie de formes qui semblaient monter vers le ciel. Des buissons, peut-être, ou de jeunes peupliers tout couverts de feuilles ? Certes, ils n'étaient pas assez grands pour être des arbres adultes, mais ils étaient épais ; il en conclut qu'il s'agissait de buissons. Les trois hommes se séparèrent et chacun se mit à marcher de son côté.

S'ils étaient dehors, la lumière du jour avait changé, et il faisait plus froid. Les yeux de Brunetti s'habituèrent progressivement à la faible lueur et les contours des buissons ou des arbres devinrent plus distincts. Il crut voir tout d'abord des feuilles d'automne, jusqu'à ce qu'il s'aperçût que le rouge était des muscles, et le jaune, des filons de graisse. Vianello et lui s'en étaient totalement remis à leur guide Bianchi et ils l'avaient suivi sans réfléchir au milieu des quarts de bœufs, de porcs et de moutons ; les bêtes étant suspendues sans tête, on ne pouvait les distinguer qu'à leur taille, et qui pouvait faire la différence entre un mouton et un petit veau ? Rouges et jaunes, et avec leurs nombreux filons de graisse blanche.

Vianello craqua le premier. Il passa devant Brunetti, ne s'inquiétant plus du tout de Bianchi et de ce que lui ou n'importe qui d'autre pouvait penser, et chancela tel un ivrogne devant la porte. Il la poussa en vain, puis la tambourina violemment deux fois et finit par lui donner un coup de pied. L'équarrisseur, surgissant au milieu de ce bosquet de cadavres, tira une poignée que Vianello ne pouvait deviner dans l'obscurité et la porte s'ouvrit. Dans l'autre pièce, éclairée d'une plus forte lumière, Brunetti regardait Vianello s'éloigner, une main au niveau de son épaule, prêt à s'accrocher à la rambarde en fil de fer de la passerelle au cas où il ne pourrait plus continuer.

Se forçant à marcher lentement et fixant des yeux le dos de Vianello qui battait en retraite, Brunetti franchit la porte, mais n'attendit pas que Bianchi le rejoigne. Il se dirigea vers l'autre extrémité de ce passage, en émettant le même bourdonnement que Vianello qui, comprenait-il à présent, parvenait à couvrir partiellement les bruits provenant d'en dessous. Il sentit quelque chose près de lui, à sa hauteur, semblant aller à la même allure. Brunetti s'arrêta un moment, mais se ressaisit rapidement et continua à marcher, les yeux droit devant lui, et sans succomber à la tentation de regarder ce qui flottait à ses côtés.

Il trouva Vianello, affaissé sur un des bancs du vestiaire, un bras sorti de sa combinaison de protection, l'autre oublié, ou coincé à l'intérieur : tel un héros de l'*Iliade*, brisé par la défaite, l'armure à moitié tailladée pendouillant le long du corps, avec l'ennemi sur le point de l'achever et de le dépouiller de tout. Brunetti s'assit à côté de lui, puis se pencha en avant et posa ses avant-bras sur ses cuisses, et demeura ainsi, les yeux rivés sur ses chaussures. Vus depuis la porte, on aurait dit deux sportifs d'âge moyen et bizarrement habillés, épuisés par le match et attendant que leur coach vienne commenter leurs performances.

Mais aucun signe du coach Bianchi. Brunetti s'inclina, fit glisser les surchaussures en plastique et les fit valser d'un coup de pied sur le côté, puis il se mit debout et tâtonna pour ouvrir la fermeture Éclair de sa combinaison. Il en sortit les bras, la descendit en dessous des genoux et s'assit de nouveau pour l'enlever vite fait par-dessus ses chaussures. Comme il n'y avait rien d'autre à faire, il la ramassa et tenta négligemment de la plier, puis il la laissa tomber tout simplement sur le tas déposé sur le banc à côté de lui.

Se tournant vers Vianello, Brunetti remarqua qu'il n'avait pas bougé d'un pouce. « Viens, Lorenzo. Le chauffeur nous attend dehors. »

Avec la langueur d'un homme endormi ou évoluant sous l'eau, Vianello libéra son autre bras et se servit des deux mains pour se relever. Il descendit d'un coup sec la combinaison, sans se rendre compte qu'il n'avait pas tiré la fermeture Éclair jusqu'en bas. Elle restait bloquée à la taille et aux hanches, et même s'il poussait dessus de toutes ses forces, elle lui résistait.

« La fermeture Éclair, Lorenzo », dit Brunetti, en la lui montrant, mais hésitant à l'aider. Vianello comprit. Il s'assit aussi, d'abord pour enlever ses chaussures, ensuite pour faire glisser la combinaison par-dessus ses pieds, puis pour se chausser de nouveau. Il eut un moment de confusion avant de saisir qu'il devait enlever les protections en plastique avant de remettre ses chaussures, mais une fois qu'il l'eut réalisé, il en finit rapidement. Il roula sa combinaison en boule et comme Brunetti, il la laissa sur le banc, à côté de celui où il s'était assis.

« Bon, dit Vianello, on y va. »

Comme Bianchi et signorina Borelli continuaient à briller par leur absence, les deux hommes rebroussèrent chemin et gagnèrent l'entrée. Lorsqu'ils sortirent, le soleil inonda leur corps, leur tête, leurs mains et même leurs pieds, avec une générosité et une grâce qui rappelaient à Brunetti les gravures qu'il avait vues d'Akhenaton recevant la bénédiction radieuse d'Aton, le dieu du soleil. Ils se tenaient là, aussi silencieux que des statues égyptiennes, pendant que le soleil les purifiait des miasmes et de l'air fétide du bâtiment.

Peu après, ils virent la voiture surgir juste devant eux ; ni l'un ni l'autre ne l'avait entendue arriver, tant leurs oreilles bourdonnaient encore du vacarme de l'abattoir.

Le chauffeur baissa la vitre. « Alors, prêts à partir ? »

20

Cette fois, tous deux montèrent à l'arrière de la voiture. Même s'il ne faisait pas spécialement chaud, Brunetti et Vianello baissèrent les vitres et s'assirent, la tête appuyée contre le siège, pour laisser l'air les envelopper. Le chauffeur, conscient qu'il se passait quelque chose qui lui échappait, garda le silence mais eut la présence d'esprit d'appeler la questure avec le téléphone de la voiture et de demander qu'un bateau vienne les chercher à leur arrivée à Piazzale Roma.

Sur le chemin du retour, ils traversèrent une paisible campagne, qui se préparait à accueillir l'abondance de l'été. Les arbres portaient leurs premiers bourgeons verts prêts à se métamorphoser, comme par magie, en feuilles. Brunetti rendit grâce à la nature pour cette verdure et ses promesses. Les oiseaux – Brunetti les reconnut mais ne put les nommer – étaient perchés au milieu des pousses vertes, et se racontaient les uns les autres leur vol récent vers le nord.

Ils ne remarquèrent pas les villas cette fois, seulement les voitures qui venaient en sens inverse et celles qui les doublaient, pour se retrouver dans la file devant eux. Ils ne parlèrent pas non plus ; ni entre eux, ni au chauffeur. Ils laissèrent le temps au temps, sachant que le temps effacerait certains de ces souvenirs. Brunetti prêta de nouveau attention au paysage. Comme c'était joli, pensait-il. Quelles jolies choses poussaient ici : des arbres, de la vigne, qui se réveillaient tout juste du sommeil de l'hiver ; même l'eau, coulant dans le fossé sur le côté de la route, aiderait bientôt les plantes à retrouver la frénésie de la vie.

Il se retourna pour voir les voitures qui suivaient et ferma les yeux. Après un bref instant, la voiture s'arrêta et le chauffeur lui dit : « Nous voici arrivés, commissaire. » Brunetti ouvrit les yeux et aperçut le guichet de l'ACTV et, par-delà, l'eau et l'embarcadère du vaporetto n° 2.

Vianello était déjà en train de sortir de l'autre côté de la voiture lorsque Brunetti remercia le chauffeur et ferma la portière doucement. Il était content de voir Vianello dire quelque chose au conducteur. L'inspecteur sourit, frappa légèrement du plat de la main le toit du véhicule et se dirigea vers l'eau.

Ils descendirent les marches et prirent sur la gauche, où ils virent l'assistant de Foa en train de parler avec un chauffeur de taxi, tout en gardant les yeux sur l'endroit où ils étaient censés apparaître. À la grande surprise de Brunetti, le jeune homme était exactement le même que quelques heures plus tôt. Le chauffeur porta la main à sa casquette, mais ce pouvait être aussi bien un geste de reconnaissance amicale qu'un salut officiel : Brunetti espérait que ce soit le premier.

Le chauffeur s'avança pour lui tendre le *Gazzettino* de ce matin-là, plié et coincé derrière le volant. Mais Brunetti avait besoin d'horizon, de couleur, de beauté et de vie, et pas des lignes serrées de mots imprimés, si bien qu'il n'esquissa pas le moindre mouvement pour le prendre et le conducteur se pencha pour mettre le moteur en marche.

« Ne passe pas derrière la gare. Remonte le Grand Canal. » Même si ce trajet prenait plus de temps, il leur évitait de longer la route d'où ils verraient les cheminées de Marghera ; il leur évitait aussi de passer entre l'hôpital et le cimetière. Brunetti et Vianello choisirent tous deux de rester sur le pont au soleil sans échanger un mot. Il dardait ses rayons sur eux, réchauffant leur tête et les faisant transpirer sous leurs vestes. Brunetti sentait sa chemise moite coller à son dos, et même de légères gouttes perler juste au-dessus de sa tempe. Comme il avait oublié ses lunettes de soleil, il se fit, tel un capitaine au long cours du XVIIIe siècle, une visière de la main et regarda au loin. Et il vit non pas un atoll tropical, entouré de plages immaculées, ni même les eaux tumultueuses du cap de Bonne-Espérance, mais le pont de Calatrava, emmailloté de langes à cette époque, avec des touristes à manches courtes se penchant sur le côté pour photographier le bateau de la police. Il leur sourit et leur fit un signe de la main. C'est en silence que tous trois passèrent sous ce pont, puis sous le suivant et les autres encore, et qu'ils contournèrent la basilique et San Giorgio, sur la droite. Quel effet cela doit faire, essayait d'imaginer Brunetti, de voir tout cela pour la première fois ? Avec un regard vierge ? Il songea que cette débauche de beauté était à l'opposé de ce qu'il venait de vivre à Preganziol, même si chacune de ces expériences submerge et bouleverse le spectateur à sa façon.

Le chauffeur fit glisser la vedette sur le quai face à la questure, sauta avec la corde d'amarrage à la main et la noua au-dessus du taquet. Au moment où Brunetti sortait du bateau, le conducteur commença à lui dire quelque chose, mais le moteur se mit soudainement à éructer et Brunetti sauta sur le pont. Le temps qu'il coupe le moteur, Brunetti et Vianello étaient déjà à l'intérieur du bâtiment.

Brunetti ne savait que dire à Vianello : il ne se souvenait pas de s'être retrouvé dans cette position, même si l'expérience qu'ils venaient de partager était si intense qu'elle rendait futile tout commentaire, ou quasiment toute conversation future. C'est l'agent en faction qui mit fin au malaise, en disant : « Commissaire, le vice-questeur veut vous voir. »

Il se sentit presque soulagé à l'idée de devoir parler à Patta : l'inévitable pénibilité de cet entretien lui garantissait le retour à la vie ordinaire. Il jeta un coup d'œil à Vianello : « Je vais lui parler et après je viendrai te chercher et on descendra au bar. » Retrouver d'abord la vie ordinaire et, ensuite, jouir de la compagnie des gens de tous les jours.

Comme signorina Elettra n'était pas à son bureau, Brunetti frappa à la porte de Patta sans connaître à l'avance le degré, ou la cause, de l'irritation de son supérieur. Il n'avait aucun doute sur l'état d'esprit du vice-questeur : ce n'était que dans les moments de grave contrariété avec ses subordonnés qu'il daignait ordonner, au rez-de-chaussée, de dire à Brunetti d'aller le voir dès son retour. Avant d'affronter cette rencontre, Brunetti, tel un gymnaste prêt à bondir pour attraper les anneaux, prit plusieurs profondes inspirations et se prépara au mieux à sa prestation.

Il frappa à la porte d'un geste ferme, afin de rendre ce bruit le plus viril possible : trois coups rapides, annonçant son arrivée. Brunetti interpréta le cri qu'il obtint en réponse comme une invitation à entrer. Patta était vêtu en gentleman-farmer. Son supérieur était allé résolument trop loin dans sa recherche de la perfection vestimentaire, car il était paré ce jour-là d'une véritable veste de chasseur : un tweed marron clair, plutôt long et coupé près du corps avec, sur l'épaule droite, la pièce de rigueur en daim marron et, à l'opposé, sur la gauche, une seule poche. En dessous se trouvaient des poches à rabat, aisées à déboutonner, afin de faciliter l'accès aux cartouches. Patta portait cette veste avec une chemise blanche à fins carreaux et sa cravate en soie verte était couverte de petits moutons jaunes qui rappelaient à Brunetti ceux de la mosaïque située derrière le maître-autel de la basilique de Sant'Apollinare in Classe de Ravenne.

À l'instar de saint Thomas, qui ne put croire à la résurrection du Christ tant qu'il n'eut mis sa main dans la blessure au flanc de son Seigneur, Brunetti ressentait une urgence irrépressible à aller poser sa joue sur la pièce en daim marron cousue sur l'épaule de Patta, car cette pièce était la preuve, toute ridicule fût-elle, de l'existence du monde. Encore meurtri par le spectacle de l'après-midi, l'esprit de Brunetti avait besoin, en cet instant, de se prouver que la vie ordinaire, en vérité, tout ce qui faisait la vie, était encore là, et quelle meilleure preuve que cette tenue grotesque ? Ici se trouvait un Patta en train de parler au téléphone, ici se trouvait la consistance, ici se trouvait la Preuve. Le vice-questeur leva les yeux, prononça quelques mots et raccrocha.

Brunetti résista à la tentation de se pencher et de regarder sous le bureau pour voir si le vice-questeur avait aux pieds ce qu'il imaginait être, d'après ses lectures de romans anglais, de « solides chaussures de marche ». Parvenu aux côtés de son supérieur, il dut faire un effort pour ne pas céder à l'irrépressible envie de le remercier de le rappeler à la vie : « Di Oliva a dit que vous vouliez me parler, monsieur. »

Patta prit le *Gazzettino*, le journal que Brunetti avait

renoncé à lire dans le bateau. « Avez-vous vu cela ? » demanda Patta. « Non, monsieur, répondit Brunetti. Ma femme m'a fait lire *L'Osservatore romano* cette semaine. » Il allait ajouter que c'était le seul journal qui lui donnait un compte rendu quotidien des audiences du Saint-Père, tout comme *The Times* donnait l'agenda de la famille royale, mais il ne savait pas très bien – n'ayant plus lu ce journal depuis des décennies – si c'était encore vrai, ni si sa gratitude lui permettait de continuer à asticoter Patta. Il se contenta donc, en véritable mauviette, de hausser les épaules et allongea le bras pour saisir le journal.

Patta le surprit en le lui tendant gentiment : « Asseyez-vous et lisez-le. C'est à la page cinq. Puis dites-moi quel était le mobile. »

Se hâtant d'obéir, Brunetti s'assit, ouvrit le journal et trouva rapidement le gros titre : « L'inconnu, trouvé dans le canal, serait un vétérinaire de la région. » L'article donnait le nom de Nava et son âge et précisait qu'il vivait à Mestre, où il dirigeait une clinique vétérinaire privée. Il rapportait aussi qu'il était séparé de sa femme et qu'il avait un fils. La police qui enquêtait sur sa mort envisageait l'hypothèse d'une vengeance personnelle.

« *Vendetta privata* ? s'enquit Brunetti en levant les yeux.

– C'est précisément ce que je voulais vous demander, commissaire », répliqua Patta d'un ton sarcastique qui s'arrêta juste avant de passer au regard sadique. « D'où vient donc cette idée ?

– De sa femme, de ses parents, ou de toute personne avec laquelle le journaliste s'est entretenu, ou peut-être parce que ça sonnait bien à ses oreilles. Dieu seul le sait. » Brunetti soupesa un instant la possibilité, plus ou moins avisée, de lui suggérer que ce pouvait être aussi tout simplement une rumeur circulant à la questure, mais comme la vie est longue, il eut la sagesse de se taire.

« Vous refusez de répondre ? demanda Patta, d'une voix neutre.

– Monsieur le vice-questeur, répondit Brunetti du ton le plus calme et le plus raisonnable possible, peu importe d'où ils tirent cette idée. » Connaissant les failles et les sombres recoins du cerveau de Patta, Brunetti enchaîna : « Si on y réfléchit, "une vengeance personnelle" est une bien meilleure idée que celle d'une agression fortuite. » Il prenait bien soin de garder ses yeux sur le journal et de tenir ces propos sans prêter attention à Patta, comme s'il s'était engagé dans une vaine spéculation. Probablement que cela n'avait aucune importance, pour Patta, qu'un homme ait reçu des coups de couteau et qu'il ait été jeté dans un canal, dans la mesure où c'était quelqu'un de la région. Mais s'il s'était agi d'un touriste, le crime l'aurait dérangé, et si la victime avait été un touriste venant d'un riche pays européen, qui sait quels moyens le vice-questeur aurait mis en œuvre.

« Possible », admit Patta à contrecœur ; Brunetti prit sa réponse pour un : « Vous avez probablement raison ». Il replia le journal et le posa devant Patta. Il affecta un air pressé, mais obéissant.

« Qu'avez-vous fait ? finit par demander Patta.

– J'ai parlé à sa femme. Sa veuve.

– Et alors ? » s'enquit Patta, mais sur un tel ton que Brunetti décida que ce n'était pas le bon jour pour poursuivre cette joute oratoire avec lui.

« Elle m'a dit qu'ils étaient séparés ; qu'il n'était pas question qu'elle demande le divorce. Il avait une liaison avec une collègue. Pas à sa clinique, mais à l'abattoir où il travaillait : juste à la sortie de Preganziol. » Il fit une pause pour permettre à Patta de poser des questions, mais son supérieur opina simplement du chef. « Sa femme dit qu'il était tracassé.

– Pour d'autres raisons que cette liaison ?

– C'est ce qu'il semblerait, d'après ce qu'elle dit, ou à la façon dont elle le dit. Je voulais me faire une idée de cet endroit. » Brunetti ne put en exprimer davantage.

« Et donc ?

– Ce n'est pas un bel endroit : on y tue les animaux et on les découpe », expliqua Brunetti sans prendre de gants. « J'ai parlé à la femme qui devait être sa maîtresse. »

Avant qu'il ne puisse continuer, Patta lui coupa la parole : « Vous ne lui avez pas dit que vous étiez au courant de leur liaison, n'est-ce pas ?

– Non, monsieur.

– Que lui avez-vous dit ?

– Qu'il était mort.

– Comment a-t-elle réagi ? »

Brunetti avait déjà pris le temps de réfléchir à cette question. « Elle était en colère que nous ayons mis si longtemps à le lui dire, mais elle n'a rien dit de spécial sur lui.

– Elle n'avait aucune raison de le faire, je suppose », répliqua Patta. Puis, se montrant remarquablement sensible à la réaction de Brunetti, il se hâta d'ajouter : « De son point de vue, bien sûr. » Mais le naturel revenant au galop, il demanda d'un ton insistant : « Qu'est-ce que peut bien faire une femme à travailler dans un endroit pareil ?

– Je ne sais pas, monsieur », affirma Brunetti, même si ces mots faisaient écho à ses propres pensées.

« Je n'ai pas l'impression que vous ayez glané beaucoup d'informations », nota Patta, avec un malin plaisir.

Au contraire, Brunetti n'en avait que trop mais il ne voulait discuter de cette question ni avec Patta ni avec personne. Il se contenta de lui jeter un regard plein de gravité : « Vous avez raison, monsieur le vice-questeur. Je n'ai pas beaucoup appris sur son activité là-bas, ni sur ce que cette femme pouvait bien y manigancer. Si elle manigançait quelque chose. » Il se sentit soudain trop fatigué et, même si cela lui coûtait de l'admettre, il avait en plus trop faim pour se quereller avec Patta. Il s'autorisa à regarder par la fenêtre de son bureau, celle qui donnait sur le même *campo* que le sien.

Il eut soudain envie de demander à Patta s'il avait déjà perçu la vue depuis sa fenêtre comme la métaphore de ce qui les différenciait. Ils regardaient tous deux la même chose, mais comme le bureau de Brunetti se trouvait à l'étage supérieur, il avait la plus belle vue. Non, sans doute était-il plus sage de ne pas poser cette question à Patta.

« Bien, alors prenez cette affaire en main », déclara Patta de la voix qu'il utilisait lorsqu'il lui fallait devenir un meneur d'hommes et mettre en place d'urgence une action dynamique.

De par sa longue expérience, Brunetti savait que c'était la voix qui exigeait le plus haut degré de déférence, si bien qu'il répondit : « *Sì, dottore* » et s'en alla.

En bas, Vianello était à son bureau. Il ne lisait ni ne parlait avec ses collègues, et n'était pas non plus au téléphone. Il était assis, immobile et en silence, apparemment captivé par la surface plane de son bureau. Lorsque Brunetti entra, les autres hommes présents dans la pièce le dévisagèrent d'un air gêné, presque comme s'ils craignaient de le voir coffrer Vianello pour un méfait ou un autre.

Brunetti s'arrêta au bureau de Masiero et lui demanda,

du ton le plus normal, s'il avait réussi à obtenir des informations sur les voitures cambriolées au parking municipal de Piazzale Roma. Le policier lui apprit que, la veille, trois des vidéos du parking avaient été sabotées et qu'on avait ouvert six voitures par effraction.

Bien qu'il ne fût pas impliqué dans cette enquête et n'eût pas le moindre intérêt pour la question, Brunetti continua à interroger l'agent de police, en parlant plus fort que d'habitude. Pendant que Masiero lui énonçait sa théorie, à savoir que les vols devaient être l'œuvre de quelqu'un qui y travaillait ou y garait sa voiture, Brunetti surveillait du coin de l'œil Vianello, qui ne bougeait toujours pas et gardait le silence.

Brunetti s'apprêtait à suggérer de cacher ou de masquer les caméras, lorsqu'il perçut un mouvement du côté de Vianello qui vint à ses côtés. « Oui, un café, voilà ce qu'il me faut. »

Sans dire un mot de plus à Masiero, Brunetti quitta la salle des policiers et précéda Vianello dans l'escalier, puis le long du quai qu'ils remontèrent jusqu'au bar, au pied du pont. Ni l'un ni l'autre n'avait grand-chose à dire, même si Vianello fit remarquer, d'une voix terne, qu'il serait probablement plus facile de tout simplement vérifier l'emploi du temps des gens qui travaillaient au garage les nuits des vols. Et, continua-t-il, il ne serait pas bien compliqué non plus de vérifier sur l'ordinateur la liste de ceux qui s'étaient servis de leur passe pour garer ou sortir leur voiture les nuits en question.

Ils entrèrent dans le bar et, unis dans la faim, ils étudièrent les *tramezzini* proposés au comptoir. Mamadou demanda ce qu'ils voulaient. Brunetti en commanda un à la tomate et aux œufs et un à la tomate et mozzarella. Vianello dit qu'il voulait la même chose. Tous deux prirent du vin rouge et emportèrent leurs verres dans la petite salle au fin fond du café.

En un clin d'œil, Mamadou revint avec les sandwiches. Vianello les ignora et but la moitié de son vin ; tout comme Brunetti, qui fit ensuite un signe à Mamadou, en levant son verre et en indiquant celui de Vianello.

Il reposa son verre et prit un des *tramezzini*, au hasard. Quand on a faim, on se dépêche, on ne tergiverse pas. Moins de mayonnaise que dans ceux de Sergio, constata Brunetti dès la première bouchée, et c'était tant mieux. Il finit son verre et le tendit à Mamadou qui était revenu sur ces entrefaites.

« Et alors ? finit par dire Brunetti, une fois le serveur reparti avec les verres vides.

– Qu'est-ce qu'il a dit, Patta ? » demanda Vianello, puis il sourit au regard de Brunetti. « Alvise t'a vu entrer dans son bureau.

– Il m'a dit de continuer, sans spécifier ce qu'il voulait dire. Je suppose qu'il voulait dire l'affaire Borelli.

– Je ne pense pas qu'une femme ait envie de travailler dans un tel endroit », dit Vianello, en faisant écho à son opinion et à celle de Patta, tout en parvenant à la rendre plus acceptable. Puis l'inspecteur le surprit en racontant : « Mon grand-père était paysan.

– Je croyais qu'il était vénitien », dit Brunetti, comme si les deux choses étaient incompatibles.

« Pas jusqu'à ses vingt ans environ. Il est arrivé ici juste avant la Première Guerre mondiale. C'est le père de ma mère. Sa famille mourait de faim dans une ferme dans le Frioul, ce qui fait qu'ils ont pris le fils du milieu et l'ont envoyé travailler à la ville. Mais il a grandi dans une ferme. Je me souviens, quand j'étais petit, il me racontait comment c'était de travailler pour un seigneur et maître. Le propriétaire de la ferme passait à cheval chaque jour et comptait les œufs, ou tout au moins les poules, et il exigeait des œufs en plus, s'il n'avait pas eu le nombre qu'il estimait lui revenir. » Vianello regarda par la fenêtre du bar les gens qui montaient et descendaient le pont. « T'imagines : ce type possédait la plupart des fermes de la région et il passait son temps à compter les œufs. » Il secoua la tête à cette pensée et ajouta : « Il me disait que la seule chose qu'ils pouvaient faire, parfois, c'était de boire un peu du lait qui reposait pendant la nuit. »

Ému à ce souvenir, Vianello posa son verre sur la table ; il avait oublié ses sandwiches. « Il m'a dit qu'un de ses oncles est mort de faim. Ils l'ont trouvé dans sa grange, un matin d'hiver. »

Brunetti, qui avait entendu ce genre d'histoires quand il était enfant, ne posa aucune question.

Vianello regarda Brunetti dans les yeux et sourit. « Mais ça ne sert à rien, n'est-ce pas, de parler de tout cela ? » Il prit un de ses sandwiches, mordit dedans du bout des dents, comme pour se rappeler ce que c'était que manger, apparemment le trouva bon et finit le *tramezzino* en deux bouchées. Et il fit un sort à l'autre aussi.

« Elle m'intrigue, cette Borelli, reconnut Brunetti.

– Signorina Elettra trouvera tout ce qui existe à son sujet », observa Vianello, récitant pour la énième fois l'un des sept piliers de la sagesse de la questure.

Brunetti finit son vin et reposa son verre. « Patta n'aimerait pas qu'il s'agisse d'un vol », dit-il en en récitant un autre. « Allez, on y retourne. »

21

Le fait d'avoir pu s'asseoir et parler autour d'un verre de vin, en mangeant un morceau, les avait soulagés et requinqués, et en sortant du bar, ils eurent l'impression que leurs vestes étaient enfin débarrassées de cette odeur persistante. Tandis qu'ils longeaient le quai, Brunetti déclara qu'il demanderait à signorina Elettra de jeter un coup d'œil sur la vie de signorina Borelli. Vianello proposa de voir ce qu'on pouvait trouver sur Papetti, le directeur de l'abattoir, en partant à la fois de sources officielles et « d'amis du continent », peu importe de qui il s'agissait. Une fois à la questure, l'inspecteur entra dans la salle des policiers et Brunetti monta au bureau de Patta.

Signorina Elettra était à son ordinateur, les bras levés au-dessus de la tête, les mains jointes. « J'espère que je ne vous dérange pas », dit Brunetti en entrant.

« Pas du tout, dottore », répondit-elle en baissant les bras, mais en continuant à remuer les doigts. « Je suis restée assise derrière cet écran toute la journée et je crois bien que j'en suis lassée. »

Si son fils lui avait dit qu'il était lassé de manger, ou Paola qu'elle était lassée de lire, Brunetti n'en aurait pas été plus étonné. Il voulait lui demander si elle était lassée de…, mais il ne parvenait pas à trouver le mot désignant de manière adéquate ce qu'elle faisait tout le temps. Fouiner ? Farfouiller ? Violer la loi ?

« Est-ce que vous préféreriez faire autre chose ? demanda-t-il.

– Est-ce une question de politesse, ou une vraie question, signore ?

– Je crois que c'en est une vraie », affirma Brunetti.

Elle passa la main dans les cheveux : « Je crois que si j'avais eu à choisir une profession, j'aurais aimé être archéologue.

– Archéologue ? » répéta Brunetti. Le rêve secret de tant de gens qu'il connaissait.

Elle afficha son sourire et son ton les plus mondains. « Bien sûr, seulement à condition de faire des découvertes sensationnelles et de devenir très, très célèbre. »

Mis à part Carter et Schliemann, songea Brunetti, peu d'archéologues avaient connu la gloire.

Refusant de la croire sur ce point, il demanda, sur un ton éminemment sceptique : « Seulement pour la renommée ? »

Elle resta un long moment à réfléchir en silence, puis elle sourit et avoua : « Non, pas vraiment. J'aurais aimé découvrir de jolis petits objets, bien sûr – c'est la seule chose qui fasse connaître les archéologues –, mais ce que j'aimerais vraiment savoir, c'est comment les gens vivaient au quotidien et jusqu'à quel point ils étaient comme nous. Ou différents, en fait. Même si je ne suis pas sûre que ce soit l'archéologie qui nous renseigne là-dessus. »

Brunetti, qui pensait que ce n'était pas, effective-ment, le rôle de l'archéologie et que la littérature avait beaucoup plus à dire sur l'aspect et la vie des gens, fit un signe d'assentiment. « Qu'est-ce que vous regardez dans les musées ? Les belles pièces, ou les boucles de ceinture ?

– Toute la question est bien là, répondit-elle. Parmi les objets quotidiens, il y en avait de tellement beaux que je ne sais jamais quoi regarder. Les boucles de ceinture, les épingles à cheveux, même les assiettes en argile. » Elle y songea un instant et ajouta : « Ou peut-être que nous les considérons comme beaux uniquement parce qu'ils sont faits à la main. Nous avons tellement l'habitude de voir des choses produites en série que nous disons qu'ils sont beaux seulement parce qu'ils sont tous différents les uns des autres et que nous en sommes venus à donner plus de valeur à ce qui est fait artisanalement. »

Elle eut un petit rire et poursuivit : « Je les soup-çonnerais pour la plupart d'être prêts à échanger leur belle tasse en argile contre un pot de confiture en verre avec un couvercle, ou leurs peignes en ivoire gravés à la main contre une douzaine d'aiguilles faites à la machine. »

Pour montrer son approbation, il surenchérit : « Proba-blement qu'ils seraient prêts à vous donner tout ce que vous demanderiez en échange d'une machine à laver. »

Elle rit de nouveau. « *Je* donnerais n'importe quoi en échange d'une machine à laver. » Puis, reprenant son sérieux, elle ajouta : « Je soupçonne que la plupart des gens – en tout cas les femmes – seraient disposés à renoncer à leur droit de vote en échange d'une machine à laver. Moi la première, Dieu le sait. »

Au début, Brunetti pensait qu'elle plaisantait, en exagérant comme à son habitude, mais il réalisa qu'en fait, pas du tout.

« Vous le feriez vraiment ? demanda-t-il, ayant peine à le croire.

« – Pour voter dans ce pays ? Absolument.

– Et dans un autre ? »

Cette fois, elle se passa les deux mains dans les cheveux et baissa la tête, comme si les noms des pays du monde s'étalaient à la surface de son bureau. Finalement, elle leva les yeux et, sans une once de badinage dans la voix, avoua : « Je crains que oui. »

Comme aucune réplique ou commentaire ne lui vint à l'esprit, il poursuivit : « Il y a quelques petites choses que j'aimerais que vous trouviez, signorina. »

Instantanément, elle cessa d'être l'effigie de la démocratie à l'agonie et retrouva son efficacité habituelle. Il lui donna le nom de Giulia Borelli et lui expliqua son rapport avec l'homme assassiné et son emploi à l'abattoir. Même s'il ne doutait pas des capacités de Vianello, ou à peine, Brunetti n'oubliait pas que signorina Elettra était le maître et Vianello seulement l'apprenti ; ainsi lui donna-t-il aussi dans la foulée les noms de Papetti et Bianchi, lui expliquant qui était chacun d'eux.

« Est-ce que la presse va nous traquer avec cette histoire, d'après vous ? demanda-t-il.

– Oh, maintenant qu'ils ont arrêté l'oncle, plus personne n'écrit, plus personne n'appelle. » Son allusion au meurtre qui était en train de secouer le pays était claire : un meurtre advenu au sein d'une famille très unie, dont les membres livraient des versions différentes des histoires sur les victimes et les accusés. Il ne se passait pas un jour sans que la liste des auteurs du délit n'augmente ou ne diminue ; la presse et la télévision regorgeaient de gens disposés à être interviewés. Chaque jour fournissait aussi une nouvelle photo d'un membre de cette famille, au visage empreint de tristesse, arborant un portrait de la douce et jeune victime ; puis, le lendemain, les révélations d'un autre parent encore faisaient passer celui qui avait exhibé la photo du rang de proche du défunt à celui de suspect.

Cette histoire agrémentait l'arôme du café dans les bars ; il était impossible de prendre un bateau sans en entendre parler. Au début de l'affaire, qui avait éclaté un mois plus tôt, lorsque la jeune femme avait été portée disparue, le policier en Brunetti voulait aller sur les pontons et crier : « C'est quelqu'un de sa famille », mais son professionnalisme lui imposa un silence des plus rigoureux. Maintenant, lorsque le fait divers revenait sur le tapis, et cela arrivait un peu partout, il refusait de feindre la surprise aux nouvelles découvertes et faisait de son mieux pour changer de sujet.

Ainsi, même avec signorina Elettra, il prit garde à ne pas engager cette conversation et lui dit plutôt : « Si la presse appelle, passez-leur le vice-questeur, d'accord ?

– Bien sûr, commissaire. »

Il avait été cassant, certes, mais il ne voulait pas s'engouffrer dans une discussion sur ce crime. Il était troublé par le fait que, pour beaucoup de gens, les meurtres n'étaient plus qu'une sorte de jeu barbare, auquel on ne pouvait répondre que par un humour douteux. Peut-être que cette réaction relevait tout simplement de la pensée magique et que les gens espéraient conjurer le sort par l'hilarité, en empêchant que cela ne se reproduise, ou n'atteigne celui qui a ri.

Ou peut-être était-ce une tentative pour dissimuler ou nier ce que révélait ce meurtre : la famille italienne, très unie, était autant une antiquité que ces boucles de ceinture et ces assiettes en argile faites à la main. Comme elles, elle avait été fabriquée à une époque plus simple, avec des matériaux solides et pour des gens qui attendaient des choses plus simples de la vie. Mais aujourd'hui, les contacts et les plaisirs sont produits en masse et sont de mauvaise qualité, et il en va de même pour la famille qui se rend et chante en chœur à la messe avec assiduité. On sauve les apparences, mais tout ce qu'il en reste n'est qu'un souvenir fantomatique.

« Je serai dans mon bureau », déclara Brunetti, qui ne voulait pas rester là, ni poursuivre aucun des sujets de conversation qu'ils avaient abordés. Arrivé dans son bureau, il installa sa chaise au bout de la table, à l'endroit où il avait placé son ordinateur qu'il ne pouvait s'empêcher de voir comme celui de signorina Elettra.

Il n'aurait pas supporté d'en apprendre davantage sur les opérations dont il avait été témoin ce matin-là, mais il était curieux d'en savoir plus sur l'industrie agroalimentaire. Sa curiosité lui fit arpenter les corridors de Bruxelles et de Rome et parcourir la prose impénétrable des différents décideurs en matière de règlements agricoles, dénués de tout visage.

Quand il en fut lassé, Brunetti décida de mettre à l'épreuve son talent d'enquêteur en s'occupant de Papetti, le directeur de l'abattoir de Preganziol, et ses recherches le surprirent par leur facilité. Il découvrit qu'Alessandro Papetti n'était pas un fils de la terre, aux mains calleuses et doté d'un attachement à l'agriculture et à tout ce qui pouvait toucher aux bovins, mais le rejeton d'un avocat de Trévise qui avait passé une maîtrise en économie d'entreprise à l'Université de Bologne. Il avait exercé son premier emploi, ce qui était assez compréhensible, au sein du cabinet de son père, où il avait passé dix ans comme conseiller fiscal pour les clients de ce dernier. Quatre ans plus tôt, il avait été nommé directeur de l'abattoir.

Peu de temps après sa nomination, Papetti avait donné une interview à *La Tribuna*, le quotidien de

Trévise, qui avait publié une photo où il posait avec sa femme et trois jeunes enfants. Il expliquait que les agriculteurs étaient l'âme de la nation, et qu'elle reposait tout entière sur les épaules de ces hommes.

Brunetti ne parvint pas à trouver d'informations sur Bianchi et les dossiers de l'édition du *Gazzettino* de Trévise ne rapportaient que brièvement la nomination de signorina Borelli, advenue trois ans plus tôt, à ses fonctions à l'abattoir. Signorina Borelli, expliquait-on, qui était titulaire d'une maîtrise en marketing et tourisme, avait quitté son poste au secteur comptabilité de Tekknomed, une petite société pharmaceutique de Trévise, pour commencer ce nouvel emploi.

Trévise et Trévise, songea Brunetti. Mais qu'est-ce qu'elle a, cette ville ?

Il changea machinalement de sites et chercha le Bottin de cette commune. En quelques secondes, Tekknomed apparut sur l'écran. Il composa le numéro et, à la troisième sonnerie, une jeune femme à la voix cristalline lui répondit.

« Bonjour, signorina, dit Brunetti. Ici le bureau de maître Papetti. Nous essayons de vous envoyer un e-mail depuis une demi-heure, mais il nous revient sans arrêt. Si bien que je me suis permis de vous appeler au cas où vous auriez un problème avec votre serveur. » Puis, en injectant une dose d'inquiétude dans la voix : « Bien sûr, cela pourrait provenir du nôtre, mais le vôtre est le seul avec lequel cela nous arrive, donc j'ai pensé vous appeler pour vous en informer.

— C'est très aimable à vous, signore. Ne quittez pas, j'en ai pour une minute, le temps de vérifier. À qui vouliez-vous l'envoyer ? »

Comme il s'attendait à cette question, Brunetti répondit : « Au service comptabilité.

202

– Une minute, s'il vous plaît. »

Pendant qu'il attendait en ligne, bien content de son stratagème, Brunetti entendit un clic et quelques notes d'une musique mièvre.

Elle fut rapidement de retour et dit : « Ils ont demandé si vous l'envoyez bien à l'adresse que vous utilisez toujours : conta@Tekknomed.it ?

– Absolument, confirma Brunetti, d'un ton confus. Je vais réessayer et nous verrons ce qui se passe. S'il me revient, je vous rappelle, entendu ?

– Très bien. C'est très aimable à vous, signore. Peu de gens prendraient la peine de nous appeler pour nous prévenir.

– C'est la moindre des choses que nous puissions faire pour nos clients », répliqua Brunetti.

« Bingo ! » dit Brunetti en raccrochant. Mais sa prudence habituelle reprit vite le dessus : « Bingo ? »

22

« Ça pourrait être une coïncidence », répondit avec insistance Vianello à Brunetti qui lui expliquait que Tekknomed – où signora Borelli avait travaillé – était un client du cabinet du père de Papetti.

« Elle a fait des études de marketing et de tourisme, Lorenzo. Et maintenant, elle est son assistante dans un abattoir, pour l'amour du ciel. Tu peux me dire comment c'est possible ?

– De quoi tu vas aller l'accuser, Guido ? D'avoir changé d'emploi et d'avoir une liaison ?

– C'est toi qui l'as dit », assena Brunetti, se rendant compte à quel point son argument était faible et spécieux. « Elle a changé d'emploi après avoir travaillé pour une société où était impliqué son nouveau patron. »

Vianello le regarda longuement avant de répondre. « Nous sommes à une époque où il faut inventer sa vie de toutes pièces, Guido : c'est toi qui m'as toujours dit ça. Il y a des jeunes qui sont bardés de diplômes, dans n'importe quelle matière, et qui sont déjà bien contents d'avoir un emploi, quel qu'il soit. Elle a probablement reçu une proposition alléchante et accepté de le suivre dans ce nouveau poste. » Comme Brunetti ne répondait pas, Vianello demanda : « Parmi tous tes amis, combien ont des enfants qui ont trouvé du travail ? La plupart de ceux que je connais sont chez eux, assis devant leur ordinateur toute la sainte journée et doivent demander à leurs parents leur argent de poche pour le week-end. »

Brunetti leva une main pour l'arrêter. « Je sais tout ça. Tout le monde le sait. Ce n'est pas de ça que je parle. Ici on a affaire à une femme qui avait, selon toute probabilité, un bon emploi…

– Ça, on ne le sait pas.

– D'accord, mais on peut le vérifier. Et même si c'était un bon emploi, elle l'a quitté pour aller faire quelque chose d'autre.

– Pour un salaire plus élevé. Pour un meilleur emploi du temps. Pour être plus près de chez elle. Parce qu'elle détestait son vieux patron. Pour avoir plus de vacances. Un bureau à elle. Une voiture de fonction. » Vianello se tut pour offrir à Brunetti la possibilité de répondre, mais comme il ne la saisit pas, l'inspecteur poursuivit : « Tu veux que je te donne d'autres raisons pour lesquelles elle pourrait avoir changé d'emploi ?

– Il y a quelque chose de bizarre dans tout ça », répliqua Brunetti, ce qui sonnait, même à ses propres oreilles, comme les propos d'un enfant têtu qui ne veut pas lâcher le morceau.

Vianello leva les bras au ciel. « D'accord, d'accord, ça peut paraître bizarre qu'elle ait renoncé à un emploi pareil, mais tu ne peux que faire ce constat. On n'a pas assez d'informations pour comprendre ce qui s'est passé. On n'a même *aucune* information. Et on n'en aura pas tant qu'on ne trouvera rien d'autre sur elle. »

C'était le prétexte dont Brunetti avait besoin. Il se leva, en disant : « Je vais aller lui demander de jeter un coup d'œil. »

Il venait d'atteindre la porte lorsque Vianello lui dit,

du ton le plus naturel qui soit : « Ce n'est pas pour lui déplaire » et il se leva pour regagner son bureau.

Vingt minutes plus tard, Vianello dut interrompre sa lecture du *Gazzettino*, car Brunetti lui demanda de monter le voir. À l'arrivée de son assistant, Brunetti lui déclara : « Elle l'a fait. » Il s'abstint de dire à Vianello que signorina Elettra aussi avait trouvé le changement d'emploi de signorina Borelli suspect – disons, pas vraiment suspect, mais en tout cas notable – et lui rapporta juste qu'elle avait dit que cela pourrait lui prendre un peu de temps pour repérer et avoir accès à ses fiches d'emploi. Le fait que sa collègue ait utilisé de tels mots rappela à Brunetti qu'il s'était passé pas mal de temps depuis qu'ils ne s'étaient plus souciés, ni lui ni Vianello, de savoir comment signorina Elettra s'y prenait : ils attendaient simplement le résultat de ses opérations et étaient heureux de procéder de cette manière. S'ils hésitaient à lui poser directement la question, c'était sans doute parce que ses recherches étaient à la limite de la légalité. Brunetti chassa ces pensées en se donnant une légère secousse : à la prochaine information, il s'interrogerait sur le sexe des anges.

Vianello observa, de cette voix que Brunetti lui connaissait bien lorsqu'il voulait suggérer bien plus qu'il n'en disait : « Tu sais, on n'a pas avancé d'un pouce sur la question de savoir pourquoi quelqu'un aurait voulu le tuer. » Combien de temps, se demandait Brunetti, allait mettre l'inspecteur avant d'évoquer un vol ayant mal tourné ?

« Il est venu à Venise », affirma Brunetti, revenant à l'une des rares certitudes qu'il avait. Le rapport final de Rizzardi, que tous deux avaient lu, disait seulement que la victime, hormis sa maladie de Madelung, était en bonne santé pour un homme de son âge. Il avait dîné quelques heures avant sa mort et consommé une petite quantité d'alcool. La digestion était en cours au moment du décès, avait écrit le médecin légiste, qui avait ajouté que le temps que le corps avait passé dans l'eau avait effacé tout signe d'activité sexuelle. Vu la température de l'eau, le médecin légiste ne pouvait que donner une estimation de l'heure de la mort, advenue probablement entre minuit et quatre heures du matin.

Même si le nom et la photo de Nava figuraient dans les journaux ce jour-là, avec la demande que toute personne détenant des informations sur lui téléphone à la police, il n'y eut aucun appel.

Vianello prit une profonde inspiration. « Le type avant lui s'appelait Meucci, n'est-ce pas ? » demanda-t-il.

Brunetti mit un moment à saisir où voulait en venir son collègue et à saisir qu'il était en train de parler du prédécesseur de Nava à l'abattoir. « Oui. Gabriele, je crois. » Il retourna à son ordinateur, conscient qu'il imitait le mouvement circulaire de signorina Elettra lorsqu'elle regagnait le sien. Il se retint, juste à temps, de dire qu'à son avis ce ne serait pas difficile de trouver Meucci, s'il y avait, comme il l'espérait, une liste de ce type de praticiens, ou une association qui les regroupait tous.

Il finit par trouver le médecin dans les Pages jaunes, à la rubrique « vétérinaires ». Le cabinet du docteur Gabriele Meucci était répertorié dans le quartier de Castello. Le numéro ne lui dit rien, il ne put le localiser que grâce au *Calli, Campielli e Canali*[1] au fin fond de Castello, sur le quai de San Giuseppe.

« Je suppose que les gens là-bas doivent aussi avoir

1. Ouvrage répertoriant toutes les rues, les places et les canaux de la ville, la « Bible » des Vénitiens.

des animaux », dit Vianello en guise de commentaire sur l'emplacement. Pour tous deux, c'était aussi loin du centre-ville, pour ne pas parler de Sant'Elena, que d'aller en Patagonie. « Plutôt éloigné de Preganziol, dirais-je », ajouta Vianello.

Lorsqu'il éteignit son ordinateur, Brunetti remarqua que sa main gauche tremblait. Il se demandait quelle pouvait en être la cause, même si, en serrant ses poings un certain nombre de fois, il parvint à l'arrêter. Il posa sa paume à plat sur le bureau et pressa dessus, puis la souleva de quelques centimètres : elle continuait à trembler.

« Je crois qu'on devrait rentrer chez nous, Lorenzo, dit-il, les yeux rivés sur sa main et non pas sur Vianello.

– Oui », approuva l'inspecteur, qui se tapota les genoux des mains et se leva. « J'ai eu ma dose pour aujourd'hui. »

Brunetti voulait répondre quelque chose, faire un commentaire – même sous forme de plaisanterie ou d'ironie –, mais les mots refusaient de lui venir aux lèvres. Des événements aussi choquants que ceux qu'ils avaient vus, avait-il toujours entendu dire, laissent une trace durable qui vous change une personne en profondeur. Et pas qu'un peu. Il avait été horrifié et dégoûté, mais il savait que cela ne l'avait pas changé, pas vraiment. Brunetti ne savait pas si c'était une bonne chose, ou non.

« On pourrait se retrouver demain matin, devant son bureau, suggéra-t-il à Vianello.

– À neuf heures ?

– Oui. En supposant qu'il travaille à cette heure-là.

– Et si ce n'est pas le cas ?

– Eh bien, on ira prendre un café et un croissant, on

regardera les bateaux un moment et on ira au boulot en retard.

– Seulement si vous insistez, commissaire », dit Vianello.

Lorsqu'il s'extirpa de la questure, Brunetti sentit sur ses épaules tout le poids accumulé pendant la journée et il aurait aimé, l'espace d'un instant, vivre dans une ville où il serait possible d'appeler un taxi sans avoir à payer 60 euros, quelle que soit la durée de la course. C'était la première fois, pour autant qu'il s'en souvînt, qu'il trouvait qu'il habitait trop loin pour rentrer à pied ; il descendit donc lentement vers l'arrêt de San Zaccaria et attendit le numéro 1.

Il serra son poing gauche dans la poche, essaya de ne plus penser à sa main et résista à l'envie pressante de la sortir et de la regarder. Il avait un abonnement mensuel, donc il n'eut pas besoin de prendre son portefeuille et d'en extraire son titre de transport.

Le bateau arriva, il monta, entra dans la cabine et s'assit. Dès que le vaporetto s'éloigna de l'embarcadère, la curiosité de Brunetti l'emporta et il sortit sa main de la poche. Il écarta ses doigts à plat sur sa cuisse, mais au lieu de les regarder, il tourna ses yeux vers l'ange volant au-dessus de la coupole de San Giorgio, encore visible dans la lumière qui déclinait rapidement.

Il ne sentit aucun tremblement contre sa cuisse, mais avant de vérifier, il souleva ses doigts d'un centimètre au-dessus de sa jambe et les garda ainsi quelques secondes, tout en continuant à consulter l'ange, placé là depuis des siècles. Il finit par regarder ses doigts, qui étaient immobiles. Il les relâcha et les reposa sur sa cuisse.

« Il y a tellement de choses », marmonna-t-il dans sa barbe, sans trop savoir ce qu'il voulait dire par là. La jeune femme à côté de lui sursauta, se tourna et le regarda, puis retourna à ses mots croisés. Elle n'a pas l'air d'être italienne, pensa-t-il, même s'il ne l'avait aperçue que brièvement. Française, peut-être. Pas américaine. Et pas italienne. Elle était assise dans un bateau remontant le Grand Canal, les yeux sur ses mots croisés, dont les lettres étaient trop petites pour lui permettre d'en déchiffrer la langue. Brunetti se retourna vers l'ange, pour voir s'il avait un commentaire à faire à ce propos, mais il n'en fit pas ; Brunetti se remit alors à observer les façades des édifices sur la droite.

Lorsqu'il était enfant, ils nageaient dans ce *rio* et dans beaucoup d'autres canaux. Il se souvint qu'il plongeait dans l'eau aux Fondamente Nuove et qu'un de ses camarades de classe avait nagé un jour de la Giudecca aux Zattere parce qu'il n'avait pas envie d'attendre le bateau dans la nuit avancée. Lorsque le père de Brunetti était petit, il attrapait des seiches le long du quai de Sacca Fisola, mais c'était avant que les installations pétrochimiques, de l'autre côté de la lagune, ne transforment complètement Marghera. Et avant qu'elles ne transforment également les seiches.

Il descendit à San Silvestro, traversa le passage couvert, puis il prit sur la gauche, résolu à rentrer chez lui ; tout ce qu'il voulait, c'était un verre de vin et manger quelque chose pour l'accompagner. Des amandes, peut-être : quelque chose de salé. Et un vin blanc sans bulles : du pinot grigio. Voilà.

Il était tout juste entré dans l'appartement qu'il entendit Paola l'appeler de la cuisine. « Si tu as envie d'un verre, il y a quelque chose à grignoter au salon. La bouteille est ouverte. Je te l'apporte. »

Brunetti accrocha sa veste et suivit sa suggestion comme si ça avait été un ordre. Lorsqu'il arriva au salon, il fut surpris de voir que les lumières étaient allumées et fut encore plus surpris de voir, en regardant par la fenêtre, qu'il faisait presque nuit noire. Sur le bateau, inquiet pour sa main, il ne s'était pas rendu compte que l'obscurité était tombée.

Sur la table basse, devant le canapé, étaient posés deux verres de vin, un bol d'olives noires, un d'amandes, quelques gressins et une assiette avec de petits morceaux de ce qui semblait être du parmesan. « Reggiano[1] », dit-il à voix haute. Sa mère, même à l'époque où sa famille avait connu les pires moments de misère, refusait d'acheter autre chose que du parmigiano reggiano. « Mieux vaut rien que quelque chose de pas bon », disait-elle et c'est ce qu'il pensait toujours.

Paola entra dans la pièce, une bouteille de vin à la main. Il leva les yeux vers elle et dit : « Mieux vaut rien plutôt que quelque chose de pas bon. »

La longue expérience qu'avait Paola du code sibyllin de Brunetti la fit sourire. « Je présume que tu parles du vin. »

Il leva les deux verres pendant qu'elle versait le vin, puis il s'assit à côté d'elle sur le canapé. Du pinot grigio : il avait épousé une femme capable de lire dans les pensées. Il piqua quelques amandes et les mangea, une par une, savourant pleinement le contraste entre le sel, l'amertume des amandes et le vin.

Sans crier gare, le souvenir de l'entrée de l'abattoir

1. De la région d'Émilie-Romagne, comptant Reggio Emilia parmi ses provinces.

couvert de gravier lui revint brusquement en mémoire et il crut sentir l'odeur à nouveau. Il ferma les yeux et prit une autre gorgée de vin ; il força son esprit à se concentrer sur le goût du vin, le goût des amandes, et la douce présence de sa femme à ses côtés. « Raconte-moi ce que tu leur as appris, aujourd'hui », dit-il, en enlevant ses chaussures d'un coup de pied et se penchant en arrière.

Elle prit une longue gorgée de vin, grignota un gressin et mangea un des copeaux de fromage. « Je ne suis pas sûre de leur avoir appris grand-chose, commença-t-elle, mais je leur ai demandé de lire *Les Dépouilles de Poynton*.

– C'est celui sur la femme, avec toute cette histoire compliquée ? » question pertinente qui le fit passer d'un sibyllin à un philistin.

– Oui, mon cher » dit-elle, et elle leur versa à tous deux une autre rasade de vin.

« Comment ont-ils réagi ? » demanda-t-il, soudain curieux.

Il avait lu ce livre, même si c'était en traduction – il préférait James en traduction – et l'avait bien aimé.

« On dirait qu'ils n'arrivent pas à comprendre qu'elle aimait les choses qu'elle possédait parce qu'elles étaient belles, et non pas pour leur valeur marchande. Ou qui avaient de la valeur, mais pour des raisons autres que matérielles. » Elle sirota son vin. « Mes étudiants ont du mal à saisir le sens de toute action humaine qui ne soit pas motivée par un profit financier.

– Il y a beaucoup de gens comme ça autour de nous », répliqua Brunetti, en prenant une olive. Il la mangea, cracha le noyau dans sa main gauche qui, remarqua-t-il, était parfaitement assurée. Il mit le noyau dans une petite soucoupe et en prit une autre.

« Et ils aiment les mauvais… ils aiment des personnages différents de ceux que j'aime… rectifia-t-elle.

– Il y a une femme vraiment désagréable dans ce roman, n'est-ce pas ? demanda-t-il.

– Il y en a même deux » précisa-t-elle et elle annonça que le dîner serait prêt dans dix minutes.

23

Lorsque Brunetti sortit de chez lui, le lendemain matin, il tombait une pluie fine. En prenant le vaporetto à Rialto, il vit que le niveau de l'eau était haut, même s'il n'avait reçu aucun message sur son portable le prévenant de l'*acqua alta*. Ces deux dernières années avaient vu davantage de hautes marées, à des moments inhabituels, et même si la plupart des gens – et tous les pêcheurs – pensaient que c'était le résultat des interventions brutales du projet MOSE à l'entrée de la lagune, les sources officielles niaient ce fait catégoriquement.

Foa, le chauffeur de la questure, frisait l'apoplexie chaque fois que l'on abordait le sujet. Il avait appris les mouvements des marées en même temps que l'alphabet et il connaissait aussi bien le nom des vents qui traversaient l'Adriatique que les prêtres les noms des saints. Sceptique dès le début, il avait observé, pendant des années, la croissance du monstre en métal et avait vu toutes les protestations balayées par le flot des jolis subsides européens, envoyés pour sauver la Perle de l'Adriatique. Ses amis pêcheurs lui parlaient des nouveaux tourbillons qui agitaient violemment la mer comme la lagune, et des conséquences des dragages pharaoniques qui avaient été effectués les dernières années. Personne, déplorait Foa, n'avait daigné consulter les pêcheurs. Au contraire, les experts – Brunetti se souvenait d'avoir vu une fois Foa cracher après avoir prononcé ce mot – avaient pris les décisions et d'autres experts obtiendraient, cela ne faisait aucun doute, les contrats pour la construction.

Pendant une décennie entière, Brunetti avait lu dans la presse « oui » puis il avait lu « non », et tout récemment, il avait lu qu'il fallait rallonger les délais pour trouver les fonds, ce qui retardait encore le projet de trois ans. En tant qu'Italien, il pariait que cela s'avérerait un énième projet de construction, servant de râtelier aux amis des amis ; en tant que Vénitien, il se désespérait de voir que ses concitoyens aient pu tomber si bas.

Toujours songeur, il sortit du bateau et se dirigea vers le fin fond de Castello. Il hésitait de temps en temps, car il y avait des années qu'il ne s'y était pas rendu ; donc, au bout d'un moment, il s'arrêta pour réfléchir et laissa ses pieds le conduire. La vision de Vianello, vêtu d'un imperméable et appuyé contre la rambarde métallique du quai, lui mit du baume au cœur. Le voyant s'approcher, Vianello indiqua de la tête la porte devant lui : « Sur la plaque, il y a écrit que le cabinet ouvre à neuf heures, mais je n'ai encore vu personne. »

Une carte imprimée, protégée par une pellicule en plastique, indiquait le nom du vétérinaire et les heures d'ouverture.

Ils se tinrent l'un à côté de l'autre quelques minutes, puis Brunetti suggéra : « On n'a qu'à aller voir s'il est déjà là. »

Vianello s'écarta de la rambarde et le suivit. Brunetti sonna et, après quelques instants, il essaya d'ouvrir la porte qui céda facilement. Ils entrèrent, gravirent deux marches et arrivèrent dans une petite entrée qui conduisait à son tour vers une cour à ciel ouvert. Une pancarte à leur gauche portait le nom du docteur et une flèche indiquait l'autre côté de la cour.

Autant la pluie s'était montrée gênante à l'extérieur, autant ici elle gratifiait l'herbe fraîche du patio de son affable douceur. Même la lumière semblait différente ; plus étincelante, en quelque sorte. Brunetti déboutonna son imperméable ; Vianello en fit autant.

Si cette cour avait fait partie d'un monastère, il se serait agi du plus petit monastère de la ville. Le jardin était entouré d'allées couvertes, mais qui ne faisaient pas plus de cinq mètres de long, à peine assez d'espace, se disait Brunetti, pour permettre à un homme de réciter son chapelet. Il aurait tout juste fini sa première dizaine de grains qu'il se retrouverait déjà au point de départ, mais il aurait été immergé dans la beauté et la tranquillité, tout au moins s'il avait eu la sagesse de les contempler.

Les feuilles d'acanthe des chapiteaux étaient consumées par le temps et les siècles avaient émoussé les cannelures des fûts des colonnes entourant le jardin. Naturellement, cela ne s'était pas produit pendant les années où ces colonnes s'étaient trouvées dans cette cour protégée ; qui sait d'où elles venaient et à quel moment elles avaient bien pu arriver à Venise ? Soudain, Brunetti vit sur un des chapiteaux une chèvre lui sourire : comment *cette* colonne avait-elle pu se retrouver là ?

Vianello s'arrêta devant une porte en bois verte avec le nom du docteur sur une plaque en laiton, attendit que Brunetti le rejoigne et l'ouvrit : à l'intérieur, une pièce semblable à toutes les salles d'attente que Brunetti avait connues. À l'opposé, ils virent une autre porte en bois, qui était fermée. Des rangées de chaises en plastique étaient alignées le long de deux murs ; à la fin de l'une d'elles se trouvait une table basse avec deux piles de magazines. Brunetti se pencha pour voir s'il y avait les exemplaires habituels de *Gente* et *Chi*[1]. À moins que les starlettes et les aristocrates de seconde zone n'aient tous été remplacés ici par des chats, des chiens, voire par un pathétique cochon rose, coiffé d'un bonnet de Père Noël.

Ils étaient assis l'un en face de l'autre. Brunetti regarda sa montre. Quatre minutes plus tard, une vieille femme entra, traînant un très vieux chien si dégarni de poils à différents endroits qu'il ressemblait à ces peluches qu'on trouvait dans les greniers des grands-parents. La femme les ignora et se laissa tomber sur la chaise la plus éloignée de Vianello ; le chien s'écroula à ses pieds avec un bruyant soupir et tous deux entrèrent aussitôt en transe. Curieusement, on n'entendait que la respiration de la femme.

Il s'écoula un certain temps, mesuré par les ronflements de cette dernière, avant que Brunetti ne se lève et aille frapper à l'autre porte. Il attendit que Vianello le rejoigne, frappa de nouveau et l'ouvrit.

Dans la pièce, derrière un bureau, Brunetti aperçut la moitié supérieure de l'homme le plus obèse qu'il eût jamais vu de sa vie. Il était affalé dans son fauteuil en cuir et avait l'air de dormir, la tête penchée sur la gauche, mais pas complètement à cause des plis du cou et des joues. Il avait peut-être la quarantaine, mais l'absence de rides sur son visage dissimulait son âge.

Brunetti s'éclaircit la gorge, mais cela n'eut aucun effet sur l'homme endormi. Il s'approcha plus près et

---

1. Revues hebdomadaires, avec une partie actualité consacrée aux stars et aux célébrités.

sentit l'odeur âcre de la fumée de cigarette, mélangée à celle de la boisson qu'il avait bue tard dans la nuit, ou aux premières heures du jour. Les mains de l'homme s'accrochaient à sa vaste poitrine ; le pouce droit, l'index et le majeur étaient tachés de nicotine sur toute la première phalange. La pièce, bizarrement, ne sentait pas la fumée, mais le tabac froid : les vêtements de l'homme dégageaient la même odeur et, soupçonna Brunetti, ses cheveux et sa peau aussi.

« Dottore », dit doucement Brunetti, ne voulant pas qu'il se réveille en sursaut. L'homme continuait à ronfler légèrement.

« Dottore », répéta Brunetti plus fort.

Il l'observait, guettant un mouvement de ses yeux : ils étaient profondément enfoncés dans son visage, comme s'ils s'étaient rétractés sous la graisse qui les entourait. Le nez était étrangement fin, mais écrasé par les joues qui l'encerclaient et qui, le poussant vers le haut, lui opprimaient presque, avec l'aide de ses lèvres charnues, les narines. La bouche avait la forme parfaite de l'arc de Cupidon, mais c'était un arc très épais, peu aisé à manier.

Une fine couche de sueur couvrait son visage et plaquait si fortement ses cheveux fins contre le crâne que Brunetti pensa aux pommades grasses que son père se passait sur les cheveux. « Dottore », réitéra-t-il pour la troisième fois, d'une voix normale cette fois, mais d'un ton peut-être plus insistant.

Les yeux s'ouvrirent : petits, foncés, curieux, puis soudain agrandis sous l'effet de la peur. Avant que Brunetti ne pût ajouter le moindre mot, l'homme s'écarta de son bureau et se leva. Ce n'était ni un bond, ni un saut, même s'il ne fit pas de doute pour Brunetti qu'il bougea aussi vite que sa masse le lui permettait.

Il s'appuya contre le mur derrière lui et jeta un coup d'œil vers la porte, de l'autre côté de la pièce, puis regarda tour à tour Brunetti et Vianello, qui lui bloquaient le passage.

« Que voulez-vous ? » demanda-t-il. Il avait un timbre curieusement aigu, à cause de la peur, ou peut-être juste à cause de l'étonnant décalage entre son corps et sa voix.

« Nous aimerions vous parler, dottore », répondit Brunetti d'un ton neutre, décidé à retarder le moment de lui expliquer qui ils étaient, et le but de leur visite. Il regarda Vianello de côté ; en réaction à la peur du vétérinaire, une certaine bestialité jaillit de l'inspecteur. Son corps tout entier était devenu plus compact et était tendu en avant, comme s'il n'attendait plus que l'ordre de s'élancer sur l'homme. Ses mains, recourbées juste sous les poignets, pendillaient près de ses cuisses, comme si elles étaient impatientes qu'on les dote d'armes. Son expression habituelle de bienveillance avait disparu de son visage, remplacée par une bouche qu'il semblait incapable de fermer et par des yeux en quête permanente du point le plus vulnérable de son adversaire.

Le docteur leva les mains, les paumes tournées vers l'extérieur, au niveau de sa poitrine ; il les agita en l'air, comme pour tester si elles étaient assez fortes pour garder ces hommes à distance. Le docteur sourit : Brunetti se souvint de la description qu'il avait lue, une fois, d'une fleur sur un cadavre, ou quelque chose de ce genre. « Il doit y avoir une erreur, messieurs. J'ai fait tout ce que vous m'avez dit de faire. Vous devriez le savoir. »

Tout à coup éclata, de l'autre côté de la porte, le pire des vacarmes. Cela commença par un bruit sourd, un fort rugissement, puis le cri perçant d'une femme. Une chaise tomba, ou fut renversée, une autre femme hurla une obscénité, puis tout fut couvert par un chœur d'aboiements et de grognements hystériques. Ils furent suivis d'une série de jappements, puis tous les bruits d'animaux cessèrent un instant et furent remplacés par des injures, échangées par deux voix tout aussi haut perchées.

Brunetti ouvrit la porte. La vieille femme debout, barricadée derrière la chaise tombée, son vieux chien tremblant dans les bras, traitait de tous les noms d'oiseaux une autre femme, à l'autre bout de la pièce. Cette femme, au visage en lame de couteau et maigre comme un clou, se tenait derrière deux chiens, aux têtes étonnamment larges et carrées, qui aboyaient maintenant frénétiquement. Ils aboyaient avec autant d'hystérie que les deux femmes criaient, mais avec un ton plus grave et de la bave aux lèvres. Pour la première fois de sa carrière, Brunetti eut envie de sortir son pistolet et de tirer un coup en l'air, mais il avait oublié de le prendre et le bruit de la détonation aurait assourdi toutes les créatures présentes dans cette pièce.

Il préféra traverser la pièce, en direction des deux chiens et saisit une des revues au passage. Il la roula en forme de cylindre, puis il se pencha et en frappa un des deux gros chiens sur le museau. Vu la légèreté du coup porté par Brunetti, le chien émit un hurlement disproportionné et il battit rapidement en retraite derrière les jambes de sa maîtresse, geste aussi surprenant qu'ignominieux. Son compère leva les yeux vers Brunetti et commença à montrer les dents, mais la menace d'un coup l'envoya se tapir derrière l'autre chien.

La femme aux joues creuses changea de cible et se mit à proférer des injures à l'encontre de Brunetti, allant jusqu'à le menacer d'appeler la police et de le faire arrêter. Puis elle cessa de crier, sûre d'avoir eu le dessus. Même les deux chiens se détendirent et recommencèrent à grogner, tout en restant bien à l'abri derrière les jambes de la femme.

Vianello, encore dans son rôle de brute, profita de ce moment pour faire son entrée, en brandissant sa plaque de police sous le nez de la femme. « *Je suis* la police, madame, et conformément à la loi du 3 mars 2009, vous avez l'obligation d'avoir des muselières si vous emmenez des chiens dans un lieu public. Et ceci est un lieu public. »

La vieille femme, avec son chien dans les bras, dit : « Monsieur l'agent », mais Vianello la fit taire d'un regard.

« Eh bien ? s'enquit-il de sa plus grosse voix. Vous savez à combien s'élève l'amende ? »

Brunetti était certain que Vianello ne le savait pas, donc il doutait que la femme le sût.

Un des grands chiens commença soudain à gémir ; elle tira violemment sur sa laisse, ce qui le fit cesser immédiatement. « Je sais. Mais je croyais qu'ici, à l'intérieur… » Elle montra vaguement les murs de sa main libre. Sa voix se perdit. Elle se pencha et flatta la tête du premier chien, puis l'autre. Leurs longues queues tapaient contre le mur.

La vue de ce geste automatique et de l'affection avec laquelle les chiens y répondaient machinalement dut désarmer Vianello, qui déclara : « C'est bon pour cette fois, mais soyez vigilante à l'avenir.

– Merci, monsieur l'agent », répliqua-t-elle. Les chiens sortirent de derrière ses jambes, tortillant vers Vianello jusqu'à ce qu'elle les tire en arrière.

« Qu'est-ce que vous pensez de ce qu'elle nous a dit ? demanda instamment la vieille femme.

– Pourquoi ne vous asseyez-vous pas, mesdames, le temps que nous finissions de parler au docteur ? » suggéra Brunetti en retournant au bureau du médecin.

Ils avaient perdu du terrain : Brunetti en eut la certitude dès qu'il vit l'homme obèse, debout près de la fenêtre ouverte, en train de tirer une profonde bouffée sur sa cigarette qu'il tenait dans sa main tachée de nicotine. Dans son regard, on ne voyait plus la crainte mais une profonde aversion. Brunetti soupçonnait qu'elle ne provenait pas de sa gêne, pour avoir fait montre de sa peur, mais du fait qu'il avait découvert qui ils étaient.

Il continua à tirer sur sa cigarette, sans mot dire, jusqu'à ce que le mégot risquât de le brûler. Il le fit glisser jusqu'à l'extrémité des doigts, aspira une dernière longue bouffée et le lança par la fenêtre. Il la ferma, mais resta posté devant.

« Que voulez-vous ? demanda-t-il de sa même voix aiguë.

– Nous sommes ici pour parler de votre successeur, le dottor Andrea Nava, répondit Brunetti.

– Alors je ne peux rien pour vous, messieurs, rétorqua Meucci, d'un air indifférent.

– Pourquoi donc, docteur ? » s'enquit Brunetti.

On aurait dit que Meucci se força à réprimer un sourire lorsqu'il répondit : « Parce que je ne l'ai jamais rencontré. »

Brunetti, en retour, ne réprima pas sa surprise : « Vous n'aviez rien à lui expliquer : qui étaient les gens à l'abattoir, comment ça se passait, où se trouvait son bureau, les approvisionnements, l'emploi du temps ?

– Non. Le directeur et son personnel se sont occupés de tout cela, j'imagine. » Meucci mit la main à la poche gauche de sa veste et en tira un paquet de Gitanes froissé et un briquet en plastique. Il lui donna vie d'un petit geste, alluma sa cigarette, tira une profonde bouffée et retourna ouvrir la fenêtre derrière lui. L'air frais qui pénétra dans la pièce fit flotter la fumée.

« Lui avez-vous laissé des instructions écrites ? demanda Brunetti.

– Ce n'était pas de mon ressort », répondit Meucci. Pendant un instant, Brunetti songea que cet homme pouvait ne pas savoir que Nava était mort et avoir donc dit cela au hasard. Mais Meucci le savait forcément – qui à Venise pouvait l'ignorer, surtout quand on a auparavant occupé son poste ?

« Je vois, dit Brunetti. Pouvez-vous me dire quelles étaient vos fonctions ?

– Pourquoi voulez-vous savoir cela ? s'informa Meucci, sans prendre la peine de cacher son irritation.

– Afin de comprendre ce que faisait le dottor Nava, lui expliqua Brunetti mielleusement.

– On ne vous l'a pas dit, là-bas ?

– Là-bas ? » répéta Brunetti avec douceur et regardant Vianello sur le côté, comme pour lui suggérer de bien se souvenir de la question du docteur.

Meucci essaya de dissimuler son étonnement en tournant le dos pour jeter par la fenêtre sa cigarette fumée à moitié. « À l'abattoir, se força-t-il à répondre, revenant à Brunetti.

– Lorsque nous étions là-bas, vous voulez dire ? reformula Brunetti d'un ton affable.

– N'y êtes-vous pas allés ? fut la seule chose qui vint à l'esprit du docteur.

– Vous le savez sûrement déjà, dottore », affirma Brunetti avec un petit sourire et il sortit son carnet de la poche. Il l'ouvrit et prit une note, puis regarda le médecin, qui avait déjà une autre cigarette allumée à la main.

« Que pouvez-vous me dire au sujet du dottor Nava ?

– Je vous ai dit que je ne l'ai jamais rencontré. » Meucci contrôlait sa colère, mais à peine.

« Ce n'est pas ce que je vous demande, dottore », précisa Brunetti, qui fit un autre tout petit sourire et prit une autre note.

La stratégie de Brunetti semblait marcher, car Meucci déclara : « Après avoir quitté l'abattoir, je n'avais plus rien à voir avec cet endroit.

– Ni aucun contact avec quelqu'un qui y travaille ? » insista Brunetti avec une curiosité mêlée de douceur.

Meucci n'hésita qu'un instant avant de dire « non ».

Brunetti prit note.

Cette fois, le vétérinaire ferma la fenêtre en la claquant après avoir lancé sa cigarette. Revenant à Brunetti, il demanda : « Êtes-vous autorisés à être ici, à me poser ces questions ?

– Autorisés, dottore ? s'enquit Brunetti, en levant ses sourcils.

– Avez-vous une commission rogatoire ? »

Le visage de Brunetti s'imprégna de surprise. « Pourquoi ? Non, dottore, je n'en ai pas. » Puis, avec un sourire tranquille, il ajouta : « Ça ne m'a pas traversé l'esprit. En fait, je considérais le docteur Nava comme un de vos confrères, donc je pensais que vous pourriez me dire bien des choses à son sujet. Mais maintenant que vous avez clairement expliqué qu'il n'y a jamais eu le moindre contact entre vous, je vous laisse à vos patients. » Comme il ne s'était jamais senti assez détendu pour s'asseoir, Brunetti ne put marquer son départ en se levant solennellement. En revanche, il reboucha son stylo et le remit dans sa poche, avec son carnet, remercia le docteur pour le temps qu'il lui avait accordé et sortit du bureau.

Dans la salle d'attente, les gros chiens se levèrent au passage des deux hommes ; le troisième continuait à dormir profondément. Brunetti sortit son carnet de la poche et l'agita en l'air en marchant devant les chiens, mais ils se contentèrent de remuer la queue. Quant aux deux femmes, elles les ignorèrent.

24

« Peut-être qu'il ment mal parce que les animaux ne savent pas reconnaître le mensonge », suggéra Vianello lorsqu'ils se mirent en route pour la questure. Pour clarifier son propos, il ajouta : « Ne font pas la différence si on leur ment ou non, c'est ça que je veux dire. »

Ils marchèrent un moment avant que Brunetti ne dise : « Chiara me dit toujours qu'ils ont d'autres sens et qu'ils peuvent lire dans les pensées. On se sert de chiens même pour détecter des cancers, je crois.

– Ça me paraît bizarre.

– Plus j'avance dans la vie, plus il y a de choses qui me paraissent bizarres, observa Brunetti.

– Qu'est-ce que tu as pensé de lui ? » demanda l'inspecteur, en indiquant furtivement de la tête le bureau de Meucci.

« Il est évident qu'il ment, mais je n'arrive pas à savoir sur quoi.

– C'est un gros menteur », assena Vianello.

Brunetti s'arrêta à ces mots. « Tu ne m'avais pas dit que tu le connaissais. »

Vianello eut l'air surpris que Brunetti le prît autant au sérieux. « Non, dit-il, en recommençant à marcher. Je voulais dire que je connais ce genre de type. Il se ment à lui-même, j'en suis sûr, sur le fait qu'il fume par exemple ; probablement qu'il se dit qu'il ne fume franchement pas beaucoup.

– Et les taches sur ses doigts ?

– C'est les Gitanes. Elles sont connues pour être fortes, donc juste quelques-unes suffisent à tacher les doigts.

– Bien sûr, approuva Brunetti. Sur quel autre point encore est-ce qu'il ment ?

– Il se convainc probablement qu'il ne mange pas beaucoup ; qu'il est gros parce qu'il a un trouble hormonal, ou un problème de thyroïde, ou à cause du dysfonctionnement de certaines glandes que nous avons en commun avec les animaux, et il s'y connaît.

– Tout cela est possible, n'est-ce pas ? s'enquit Brunetti, qui n'y croyait pas une minute.

– Tout est possible, répondit Vianello, en mettant nettement l'accent sur le troisième mot. Mais il est de loin plus probable qu'il soit gros parce qu'il mange trop.

– Et il mentait à propos de Nava ?

– Sur le fait qu'il ne le connaissait pas ?

– Oui. »

Au pied d'un pont, Vianello se tourna vers Brunetti. « Oui. Je crois que oui. » Brunetti garda le silence, ce qui encouragea l'inspecteur à continuer. « Ce n'est pas tant qu'il mentait sur le fait qu'il ne le connaisse pas – même si je pense qu'il le connaissait – que le fait qu'il ait menti sur tout ce qui touchait à l'abattoir. J'ai eu la sensation qu'il voulait s'en démarquer de toutes les manières possibles. »

Brunetti acquiesça. Vianello venait simplement de mettre des mots sur l'impression que lui avait faite cette rencontre avec Meucci.

« Et toi ? demanda Vianello.

– Difficile de croire qu'ils ne se soient jamais rencontrés, confirma Brunetti. Ils sont tous les deux vétérinaires, donc ils doivent aller aux mêmes réunions professionnelles. Et si Nava avait les qualifications voulues pour briguer un emploi de ce genre, ils devaient avoir plus ou moins la même formation. » Lorsque Vianello commença à monter le pont, Brunetti ajouta, derrière lui : « Et Nava devait bien avoir des questions à poser sur son poste. »

Arrivé à la hauteur de l'inspecteur, il lui dit : « Il est évident qu'il était au courant de notre visite à l'abattoir et qu'on a parlé aux gens là-bas. Donc pourquoi est-ce qu'il l'a nié ?

– Il nous prend pour des idiots, ou quoi ? éclata Vianello.

– Probablement pour de grands idiots », rétorqua Brunetti, presque sans réfléchir. Le fait d'être sous-estimé, avait-il appris, si peu flatteur soit-il, présentait toujours un avantage. Si la personne qui sous-estime n'a pas l'intelligence voulue pour se le permettre – et Brunetti avait la sensation que Meucci ne l'avait pas –, ceci renforce encore l'avantage.

Il sortit le téléphone de sa poche et composa le numéro de signorina Elettra : « Je me demandais si votre ami Giorgio pourrait se pencher sur un vétérinaire du nom de Gabriele Meucci. »

Giorgio. Gorgio : l'homme de la Telecom, même si ce n'était sûrement pas celui qui était venu installer le téléphone. Giorgio, qui apparemment n'avait pas de nom de famille, ni d'histoire, ni même aucun trait humain, si ce n'est son besoin servile de satisfaire n'importe quelle lubie de signorina Elettra et sa capacité à retrouver ou à retracer n'importe quel coup de fil sur sa demande, quels que soient le pays d'origine, le nom de l'abonné, ou la destination. Brûlait-on des cierges au nom de Giorgio ? Lui envoyait-on une caisse de champagne à Noël ? Cela n'avait guère d'importance pour Brunetti, qui voulait seulement continuer à croire en l'existence de Giorgio, car douter de son existence revenait à penser que le piratage des enregistrements téléphoniques de simples citoyens et d'administrations, qui avait été effectué pendant plus de dix ans, n'était pas le fait de ce Giorgio, mais, au contraire, de manière détectable et notoirement criminelle, d'un ordinateur affecté au bureau du vice-questeur de la ville de Venise.

« Je dois l'appeler pour autre chose, dit-elle d'un ton affable. Je peux bien sûr lui poser la question.

– C'est très aimable à vous », affirma Brunetti en raccrochant.

Il lança un regard de côté à Vianello et lui vit un air pensif. « Qu'est-ce qu'il y a ? lui demanda Brunetti.

– C'est comme cette histoire de profils psychologiques pour les tueurs en série. »

Ne voulant reconnaître qu'il ne le suivait pas, Brunetti se contenta d'un simple : « Dans quel sens ?

– Les psys disent qu'ils commencent par faire du mal aux animaux, puis qu'ils les tuent, puis qu'ils passent aux incendies et aux coups et blessures, et à l'étape suivante, on apprend qu'ils ont tué trente personnes et qu'ils les ont enterrées dans leur jardin, sans avoir jamais éprouvé le moindre regret ou remords.

– Où tu veux en venir ?

– C'est ce qui nous est arrivé. On a commencé par lui demander de nous trouver un numéro de téléphone, alors qu'elle était censée travailler pour Patta. Puis on lui a demandé un autre numéro, puis des informations sur ces personnes, puis si ces gens avaient appelé un autre numéro. Et maintenant, on lui fait piller les relevés de la Telecom et on lui demande d'aller fouiner dans des comptes bancaires et des déclarations d'impôts. » L'inspecteur fourra ses poings dans les poches de sa veste. « Si je pense à ce qui se passerait si… » Il s'interrompit, préférant ne pas le formuler.

« Et donc ? demanda Brunetti, attendant la comparaison avec les tueurs en série, qui ne s'encombraient certainement pas de scrupules.

– Et on y a pris goût, avoua Vianello. C'est bien ça qui fait peur. »

Brunetti attendit une bonne minute avant que ne se calment les vagues créées par la dernière remarque de Vianello et que l'air autour d'eux ne redevienne parfaitement serein, puis il ajouta : « Je crois qu'on devrait s'arrêter et aller prendre un café avant de retourner travailler. »

Non loin de la questure, ils virent Foa agenouillé sur la proue en bois de la vedette de la police, en train de nettoyer le pare-brise avec une peau de chamois. Vianello le salua amicalement et Foa s'adressa à Brunetti : « J'ai vérifié les tableaux, monsieur. »

Brunetti s'abstint de lui dire qu'il était temps et préféra lui demander : « Et qu'est-ce qu'ils te disent ? Et à nous ? »

Avec l'aisance d'un homme jeune qui a passé la majeure partie de son temps sur un bateau, Foa se leva et, prenant appui de ses mains au sommet du pare-brise, se hissa par-dessus sans effort et atterrit tout droit sur le pont. « Il y avait une marée de morte-eau cette nuit-là, commissaire », dit-il, en sortant une feuille de papier de sa poche.

Brunetti reconnut la carte du quartier autour de l'hôpital Giustinian. En la tendant vers eux, Foa expliqua : « La marée a tourné à trois heures vingt-sept ce matin-là et on l'a trouvé à six heures, donc si le docteur Rizzardi a raison et qu'il est bien resté dans l'eau pendant environ six heures, il n'a pas pu beaucoup s'éloigner de l'endroit où on l'a jeté. À moins qu'il n'ait été ralenti par quelque chose. » Puis, avant qu'ils ne puissent faire le moindre commentaire ou poser la moindre question, il ajouta : « En supposant qu'il soit remonté par le même chemin, ce qui est probablement le cas.

– Et en cas de renverse ?

– La marée de morte-eau est la plus longue, monsieur, donc l'eau a dû rester calme un bon moment », dit Foa. Le conducteur indiqua un point sur la carte. « C'est là qu'on l'a trouvé. » Puis il fit glisser son doigt d'avant en arrière le long du rio del Malpaga. « À mon avis, on a jeté son corps quelque part, d'un côté ou de l'autre, à cette hauteur. » Foa haussa les épaules. « À moins qu'il ne soit resté accroché un moment sur quelque chose, comme je disais : un pont, un câble d'amarrage, un pieu. Si c'est le cas, je suppose qu'il n'a pas été mis à l'eau à plus de cent mètres de là où il a été trouvé. »

Vianello et Brunetti s'échangèrent un regard par-dessus la tête penchée du chauffeur. Une centaine de mètres, songea Brunetti. Combien de portes d'eau pouvait-il y avoir ? Combien de *calli* finissant en cul-de-sac sur un canal ? Combien de coins non éclairés où un bateau pourrait s'arrêter et se débarrasser de sa cargaison ?

« Tu as une petite amie, n'est-ce pas, Foa ?

– Une fiancée[1], monsieur », rectifia promptement Foa. Brunetti entendit nettement Vianello grincer des dents,

----

1. En français dans le texte.

se retenant de dire que l'un n'empêche pas l'autre. « Bien. Et tu as toi-même un bateau, n'est-ce pas ?

– Oui, monsieur, un *sandalo*.

– Avec un moteur ?

– Oui, monsieur, confirma Foa, de plus en plus confus.

– Bien, alors ce que je veux que vous fassiez, tous les deux, c'est de prendre un appareil photo et de remonter et redescendre le rio del Malpaga, et de photographier toutes les portes d'eau. » Il tira la carte vers lui et pointa l'endroit que Foa avait indiqué. « Ensuite, retournez-y et marchez le long des maisons – des deux côtés du canal – et repérez les numéros des bâtiments correspondant à ces portes, puis donnez-en la liste à signorina Elettra.

– Voulez-vous que je recopie les noms sur les sonnettes, tant que nous y sommes, monsieur ? » proposa Foa qui monta d'un cran dans l'estime de Brunetti.

Brunetti en soupesa l'intérêt. « Non, seulement les numéros des maisons dont vous pensez qu'elles ont une porte d'eau, entendu ?

– Quand, monsieur ? demanda Foa.

– Dès que possible », répliqua Brunetti, puis, en jetant un coup d'œil autour d'eux : « Pouvez-vous le faire cet après-midi ? »

Foa eut du mal à réprimer sa jubilation en se voyant soudain promu à quelque chose qui le rapprochait d'un agent de police. « J'appellerai signorina Elettra et lui dirai qu'elle peut partir. Et toi aussi, Foa. Explique à Battisti que je t'ai confié une mission spéciale.

– Oui, monsieur », et le conducteur le salua d'un geste vif.

Brunetti et Vianello s'éloignèrent du policier tout souriant et entrèrent à la questure. Arrivé en haut des marches, Vianello s'arrêta comme un cheval ayant aperçu quelque chose de dangereux sur son chemin. Il se tourna vers Brunetti, incapable de cacher ses émotions. « Je n'arrête pas de penser à hier. » Il ajouta, avec un sourire gêné : « On a vu bien pire. Quand c'étaient des gens. » Il secoua la tête, face à son état de confusion. « Je ne comprends pas. Et j'ai envie de tout, sauf d'être ici aujourd'hui. »

La simplicité de l'aveu de Vianello frappa Brunetti de plein fouet. Son mouvement instinctif aurait été de prendre son ami par les épaules, mais il se contenta de lui tapoter l'avant-bras en lui disant seulement : « Oui. » Ce mot cristallisa le choc qui le poursuivait lui-même depuis la visite de l'abattoir la veille et son effort présent pour dissimuler sa profonde aversion envers Meucci, mais surtout, il exprimait son ardent désir de retourner à son nid et de sentir autour de lui le réconfort purement animal des êtres qui lui étaient le plus chers.

Il répéta : « Oui. Demain, nous pourrons commencer par le début et en reparler de bout en bout. » Ce n'était pas vraiment une bonne raison pour rentrer chez eux à cette heure, mais Brunetti passa outre, tellement il avait été contaminé par le besoin viscéral de Vianello de partir. Il avait beau se dire que toute odeur persistante était un pur effet de son imagination, il n'en était pas pleinement convaincu. Il avait beau se dire que ce qu'il avait vu à Preganziol était tout simplement la manière dont certaines choses se faisaient, cela n'y changeait rien.

Une heure plus tard, c'était un Brunetti à la peau de bébé, une serviette nouée à la taille après sa seconde douche de la journée, qui se tenait en face du miroir à peine visible à travers la condensation. De temps en temps, il se formait des groupes de gouttelettes qui glissaient à toute vitesse, en dessinant une fente rose sur la surface. Il essuya le miroir de la main, mais la vapeur recouvrait aussitôt l'endroit qu'il avait nettoyé.

Quelqu'un frappa à la porte. « Tout va bien ? lui demanda Paola.

– Oui », la rassura-t-il, et il se tourna pour ouvrir la porte, ce qui fit entrer une soudaine vague de froid, un souffle d'air vif. « Oh, mon Dieu ! » s'écria-t-il, en saisissant son peignoir en flanelle au dos de la porte. Tant qu'il ne se sentit pas enveloppé dedans, complètement à l'abri des regards, il ne laissa pas tomber sa serviette par terre. Au moment où il allait pour la ramasser, Paola lui dit, depuis le couloir : « Je venais voir si tu n'avais pas commencé à peler. »

Puis, au regard qu'il lui lança, elle avança d'un pas en disant : « Je plaisantais, Guido. » Elle lui prit la serviette et l'étala sur le radiateur : « Si tu passes une demi-heure sous la douche, je te connais assez pour savoir qu'il y a quelque chose qui ne va pas. » Lentement, elle leva le bras et enleva ses cheveux encore mouillés du front, lui passa la main sur la tête et puis la descendit sur ses épaules. « Allez, dit-elle en ouvrant l'armoire à linge et en sortant une serviette plus petite, penche-toi vers moi. »

Il obéit. Elle déplia la serviette et la plaça au-dessus de la tête de son mari. Il leva ses mains pour couvrir les siennes et commença à frotter d'avant en arrière. Le visage caché, il lui demanda : « Tu veux bien mettre les vêtements que je portais hier dans un sac en plastique ? Et la chemise.

– C'est déjà fait », énonça-t-elle, de sa voix la plus aimable.

Pendant un moment, il fut tenté de jouer le grand jeu et de lui proposer de les donner à la Caritas, mais il se souvint combien il aimait cette veste, alors il découvrit son visage et déclara : « Il faudrait tout apporter au pressing. »

Brunetti lui avait révélé, la veille au matin, où il allait avec Vianello, mais elle ne lui avait posé aucune question.

« Tu veux le pull que tu as acheté à Ferrare l'an dernier ?

– L'orange ?

– Oui. Il tient chaud ; je pensais que tu aurais peut-être envie de le mettre.

– Après que je me suis à moitié cuit, tu veux dire, et que j'ai ouvert tous mes pores ?

– En affaiblissant ainsi tout ton système immunitaire face à l'attaque des microbes », continua-t-elle, ornant verbalement la dernière expression de majuscules silencieuses, à l'instar de la mère de Brunetti qui, pendant des décennies entières, n'avait cessé de croire qu'il était dangereux, pour le corps, d'être exposé à toute température excessive, surtout celle provenant d'une eau très chaude.

« Sans parler de l'assaut de ceux qui sont perpétuellement aux aguets derrière les fenêtres ouvertes des trains, si bien qu'ils peuvent attaquer à partir d'un courant d'air », poursuivit-il, en souriant au souvenir de l'insistance avec laquelle sa mère prêchait ces deux évangiles et du bon esprit avec lequel elle avait toujours enduré ses plaisanteries à lui et le scepticisme évident de Paola.

En regagnant le vestibule, elle lui dit : « Une fois que tu seras habillé, viens me raconter tout ça. »

25

Le lendemain matin, Brunetti fut réveillé par une odeur ; ou plutôt, par deux odeurs. La première était celle du printemps, une douce fragrance qui passait par la fenêtre qu'ils avaient laissée ouverte pour la première fois la veille au soir et la seconde, qui domina la première, était l'arôme du café que Paola lui avait apporté. Elle était habillée, prête à sortir, même s'il put remarquer que ses cheveux n'étaient pas encore tout à fait secs.

Elle se tint près du lit jusqu'à ce qu'il s'assît contre son oreiller, alors qu'elle lui tendait la tasse et la soucoupe. « Je me suis dit qu'il fallait te chouchouter après les journées que tu viens de passer », expliqua-t-elle.

« Merci. » Encore engourdi par le sommeil, c'est tout ce qu'il put songer à dire. Il but une gorgée, savourant le mélange d'amertume et de douceur. « Tu m'as sauvé la vie.

– J'y vais, assena-t-elle, indifférente au compliment, en admettant que c'en fût un. J'ai cours à dix heures et après, j'ai la réunion du comité de nomination.

– Il faut vraiment que tu y ailles ? demanda-t-il, inquiet des effets sur son déjeuner.

– Tu es si transparent, Guido », répliqua-t-elle en riant.

Il observa le liquide dans sa tasse : elle avait pris le temps de faire mousser le lait qu'elle avait ajouté à son café.

« C'est une réunion à laquelle je veux participer, donc débrouille-toi pour manger. »

Stupéfait, il laissa échapper : « Tu *veux* participer à une réunion de ton département ? »

Elle jeta un coup d'œil à sa montre, puis s'assit au bord du lit. « Tu te souviens que je t'ai demandé ce qu'il faut faire, si on sait qu'il va se produire quelque chose d'illégal ?

– Oui.

– C'est pour ça que je dois y aller. »

Il finit son café et posa la tasse vide sur la table de nuit. « Je t'écoute, dit-il, soudain complètement réveillé.

– Je dois y aller, comme cela, je pourrai voter contre quelqu'un dont on est en train d'examiner le dossier pour une chaire d'enseignement. »

Brunetti essaya en vain de se figurer la situation : « Je ne comprends pas en quoi ton vote est criminel.

– Ce n'est pas mon vote qui est criminel. C'est la personne qui fait l'objet du vote qui l'est.

– Et alors ? l'éperonna-t-il.

– Même s'il ne l'est pas, selon les critères de ce pays. Il a été pris en France et en Allemagne la main dans le sac, en train de voler des livres – et des cartes – dans les bibliothèques des universités. Mais comme il a de bons appuis politiques, il a été décidé de ne pas porter d'accusation contre lui. Mais son poste à Berlin a été supprimé.

– Et il a postulé ici ?

– Il est déjà en train d'enseigner chez nous, mais seulement en tant qu'assistant et ce contrat expire cette année. Il a posé sa candidature pour un poste de titulaire et aujourd'hui le comité responsable des nominations se réunit pour décider soit de le nommer, soit, pour le moins, de lui renouveler son contrat à durée déterminée.

– Pour enseigner la littérature, si j'ai bien compris ?

– Oui, quelque chose qui s'appelle "la sémiotique de l'éthique".

– Et le vol y est au programme ?

– Sans aucun doute.

– Et tu vas voter contre lui ?

– Oui. Et j'ai convaincu deux autres membres du comité de voter comme moi. Cela devrait suffire.

– Tu as dit qu'il avait de bons appuis politiques. Ça ne te fait pas peur ? »

Elle fit ce sourire de requin qu'elle arborait, comme il le savait bien désormais, dans les moments où elle était la plus dangereuse. « Pas du tout. Mon père a de meilleures relations que ses protecteurs, et de loin, donc il ne peut rien me faire.

– Et ceux qui vont voter comme toi ? précisa-t-il, craignant que sa croisade ne puisse exposer les autres à des risques.

– L'une est l'amante de son père, qui l'exècre et il ne peut rien faire contre elle.

– Et l'autre ?

– Quatre de ses ancêtres étaient doges, il a deux palais sur le Grand Canal et une chaîne de supermarchés. »

Brunetti saisit immédiatement de qui elle parlait. « Mais je t'ai toujours entendu dire que c'était un idiot.

– J'ai dit qu'il était nul comme prof. Ce n'est pas la même chose.

– Tu es sûre qu'il va voter comme toi ?

– Je lui ai parlé du vol des livres dans une bibliothèque. Je pense qu'il ne s'en est toujours pas remis.

– Il continue à voler des livres ?

– Il l'a fait un certain temps, mais je suis intervenue.

– Comment ?

– La bibliothèque a changé de système. Pour accéder aux rayonnages, il faut avoir une carte, sauf pour les professeurs titulaires. Il n'a qu'un contrat temporaire, donc il n'a pas de carte et on ne lui en donnera pas. S'il a besoin d'un livre, il doit le demander au bureau principal, et après s'en être servi, les bibliothécaires le gardent, le temps de vérifier l'état du livre.

– L'état du livre ?

– À la bibliothèque de Munich, il arrachait les pages.

– Et cet homme enseigne à l'université ? Et l'éthique, en plus ?

– Mais plus pour longtemps, mon cher », conclut-elle en se levant.

Brunetti flâna – il n'y a pas de meilleur mot – jusqu'à la questure où il entra à onze heures. Il alla directement au bureau de signorina Elettra. « Ah, commissaire, je vous ai appelé deux fois ce matin.

– Retardé par des affaires officielles, s'excusa-t-il avec un sourire.

– J'ai quelques informations pour vous, monsieur », dit-elle, en faisant glisser quelques feuilles de papier vers lui. Cependant, avant qu'il ne les prenne, elle suggéra : « Mais d'abord, vous devriez jeter un coup d'œil sur ceci », et elle actionna quelques touches sur son clavier.

Laissant les papiers de côté, il fit le tour du bureau pour regarder l'écran. Il vit une tête de femme : brune, voluptueuse, avec les cheveux qui lui descendaient en dessous des épaules et débordaient du cadre. Il s'émanait d'elle un léger brin d'insatisfaction et elle avait ce genre de regard qui, dans un aussi joli visage de femme, déclenche chez l'homme l'envie irrépressible d'y remédier. Mais chez une femme moins séduisante, cela apparaîtrait comme un signal d'alarme. Brunetti reconnut immédiatement Giulia Borelli : les cheveux plus longs, plus jeune, mais incontestablement la même.

Il n'entendit pas le soupir qui lui échappa, mais il entendit bien signorina Elettra observer : « Elle était plus jeune quand on a pris cette photo.

– Qu'est-ce que vous avez trouvé ?

– Comme vous l'avez dit, monsieur, elle était employée auparavant par une société appelée Tekkno-med, où elle travaillait au service comptabilité, jusqu'à ce qu'elle la quitte pour devenir l'assistante du dottor Papetti. C'est la photo de son badge à la société. Je m'occuperai du dottor Papetti cet après-midi. » Brunetti n'eut aucun doute là-dessus.

Elle tapota quelques touches et un document apparut sur l'écran. D'après ce qu'il put comprendre à la lecture, il semblait contenir une autre série de documents internes de Tekknomed, à commencer par un e-mail du directeur financier qui reportait « certaines irrégularités » dans les comptes tenus par signorina Giulia Borelli. Ce message était suivi d'un échange entre le directeur financier et le président de la société, qui finissait par l'ordre de ce dernier de relever immédiatement signorina Borelli de ses fonctions et de lui interdire tout accès à son ordinateur dès réception de son e-mail. Le dernier était la lettre que les ressources humaines lui avaient envoyée, stipulant que son contrat avait été résilié à la date de ce courrier.

« Ils n'ont entamé aucune procédure judiciaire, nota signorina Elettra, donc je ne sais pas ce qu'elle avait l'intention de faire. » Elle pianota un moment et un tableur apparut sur l'écran. « Comme vous pouvez le voir, dit-elle, en pointant une ligne, leur chiffre d'affaires est de dix-sept millions par an.

– Pas mal, les perspectives là-bas, observa Brunetti, puis il demanda : Rien d'autre ? »

En indiquant les papiers d'un signe de tête, elle précisa : « Son contrat avec l'abattoir lui garantit une voiture, six semaines de vacances et un salaire de 40 000 euros, plus de très généreuses notes de frais.

– En qualité d'assistante personnelle ? Je tremble à l'idée de ce que Papetti doit palper. »

Elle leva une main. « Pas avant cet après-midi, commissaire.

– Entendu, puis Brunetti ajouta, en prenant la décision sur le moment : Vianello et moi allons revoir la veuve. Pouvez-vous nous procurer une voiture à Piazzale Roma, dans une demi-heure ?

– Bien sûr, monsieur. Dois-je l'appeler et la prévenir ?

– Oui. Je pense que nous devrions lui faire savoir cette fois que nous arrivons », dit-il et il alla chercher Vianello.

La femme qui leur ouvrit la porte devait être la sœur aînée. On aurait pu le penser, en tout cas, à sa bouche tombante et aux cernes noirs sous ses yeux, ainsi qu'à son pas mesuré de vieille dame sous sédatifs, ou en convalescence après une grave maladie. Signora Doni fit un signe de reconnaissance en voyant les deux hommes. On aurait pu battre plusieurs mesures avant qu'elle ne se décide à leur tendre la main. Puis il lui fallut encore du temps pour leur demander d'entrer. Brunetti remarqua la couche de poussière qui couvrait les verres de ses lunettes.

Ils la suivirent dans la même pièce. La table basse

en face du divan était couverte de journaux et il n'y avait pas besoin de trop y prêter attention pour voir qu'ils étaient ouverts aux articles sur le meurtre de son mari. Des tasses jonchaient ces journaux déployés. Tout portait à croire qu'elles avaient contenu du café ; certaines en contenaient encore. Un torchon de vaisselle était posé sur le bras du fauteuil, avec à côté une assiette portant un sandwich qui avait séché.

Elle s'installa sur le divan et elle saisit, le regard absent, le torchon abandonné qu'elle étala sur ses genoux et se mit à plier en trois, dans le sens de la longueur. Elle garda les yeux sur lui, tandis que les deux hommes prenaient place sur les chaises en face d'elle.

Finalement, elle dit : « Vous êtes ici à propos de l'enterrement ?

– Non, signora », répondit Brunetti.

Les yeux toujours baissés, elle semblait avoir épuisé le lot des choses à dire.

« Comment va votre fils, signora ? » finit par demander Brunetti. Elle lui lança un regard direct et fit un geste de la bouche qu'elle prenait sans doute pour un sourire. « Je l'ai envoyé chez ma sœur, pour qu'il soit avec sa tante et ses cousins. » C'était la sœur à laquelle il avait parlé et qui avait confirmé l'alibi de signora Doni la nuit du décès de son mari.

« Comment a-t-il réagi à la nouvelle ? » demanda Brunetti, chassant l'idée qu'on puisse un jour poser la même question à Paola.

Elle fit un geste de la main droite ; le torchon battit l'air, ce qui attira l'attention sur lui. Elle le reposa sur ses genoux et recommença à le plier, puis expliqua enfin : « Je ne sais pas. Je lui ai dit que son père était auprès de Jésus. Je ne le crois pas, mais c'est la seule chose que j'aie trouvée à lui dire. » Elle passa la main le long des deux faux plis du torchon. « Ça l'a aidé, je crois. Mais je ne sais pas ce qu'il pense. » Elle se tourna brusquement et remit le torchon sur le bras du divan.

« Vous êtes venus pour Teodoro ? » s'enquit-elle, dans un état de confusion perceptible dans l'inflexion de sa voix sur le dernier mot.

« En partie, signora. C'est un bon petit et j'ai pensé à lui ces jours-ci. » Au moins cela, Dieu soit loué, était vrai. « Mais nous sommes venus surtout pour vous poser d'autres questions sur votre mari et sur son comportement les derniers mois », précisa-t-il en parvenant à éviter « les mois avant sa mort », même si cela revenait au même.

De nouveau, il y eut un laps de temps plus long que celui qui s'écoule habituellement entre une question et une réponse. « Que voulez-vous dire ?

– Vous avez dit, lorsque nous avons discuté l'autre jour, signora, qu'il semblait préoccupé, peut-être même inquiet. Ce que je voudrais savoir, c'est s'il vous avait donné une idée de la cause de son… son inquiétude. »

Cette fois, elle parvint à ne pas faire virevolter le torchon. Elle tripota à la place son bracelet de montre, l'ouvrit et le referma aussitôt. « Oui, je dirais qu'il était inquiet, mais je lui ai dit que je ne voulais pas savoir – c'est la dernière fois que nous nous sommes parlé –, je crois que je lui ai dit de partir et de lui dire à elle ses problèmes et c'est là qu'il a dit qu'il pensait que c'était elle, son problème. »

C'était une variante du récit qu'elle avait fait la fois précédente. Brunetti ne put résister à l'envie de jeter un coup d'œil du côté de Vianello, qui était assis, impassible. Signora Doni le regarda droit dans les yeux. « C'était bien elle, n'est-ce pas ? Je suppose qu'il pensait que j'allais lui donner la possibilité de choisir entre nous deux, ou elle, ou moi. Mais je ne l'ai pas fait : je lui ai juste dit de partir. » Puis, après une pause : « La première et la dernière fois.

– Cette dernière fois, signora, vous a-t-il parlé de son travail ? »

Elle commença à répondre, mais elle fut prise d'un nouvel accès de léthargie et baissa de nouveau les yeux sur sa montre. Qu'elle fût en train de réapprendre à lire l'heure, ou de réfléchir à la réponse à sa question : Brunetti ne vit aucune raison de la bousculer.

« Il a dit que ça avait été une erreur de prendre cet emploi. Il a dit que ça avait tout gâché. Je suppose qu'il faisait allusion à sa rencontre, là-bas. En tout cas, c'est ce que j'ai pensé quand il a dit ça.

– Se peut-il qu'il ait voulu dire autre chose, signora ? » intervint Vianello.

Elle dut se souvenir du bon flic, parce que cette fois, le mouvement de sa bouche se rapprocha davantage d'un sourire. Après un long moment, elle dit : « Peut-être.

– Une idée de ce que cela pouvait être ? l'encouragea Vianello.

– Une fois, commença-t-elle, en portant son regard au-delà des deux hommes et en évoquant un souvenir absent de cette pièce, ou tout au moins où ils ne figuraient pas, il a dit que ce qu'on faisait là-bas était terrible. »

Brunetti avait juste à se remémorer ce qu'ils avaient vu pour sentir la force et la vérité de ce propos. « Ce que l'on faisait aux animaux ? » demanda-t-il.

Elle le regarda, en agitant le menton : « C'est ce qui est si bizarre. Maintenant, je veux dire. Maintenant que je réfléchis à ce qui s'est passé, je crois qu'il ne pensait pas aux bêtes en disant cela. » Elle se pencha de nouveau sur le côté et caressa le torchon comme si c'était une sorte d'animal domestique. « La première fois qu'il y est allé, nous en avons parlé. Je me devais de lui poser la question parce qu'il aime… il aimait tellement les animaux. Et je me souviens qu'il m'a dit que c'était moins terrible que ce qu'il avait craint. » Elle secoua la tête. « Je ne pouvais pas le croire au début, mais il m'a dit qu'il y était resté une heure ce matin-là pour voir comment cela se passait. Et que c'était moins pire que ce qu'il avait redouté. »

Un profond soupir s'échappa bruyamment de ses lèvres : « Peut-être qu'il mentait pour m'épargner. Je ne sais pas. » Son débit avait sensiblement ralenti.

Brunetti ne savait pas non plus. Il ignorait quelle sorte de mise en scène les équarrisseurs avaient pu préparer pour le premier jour d'inspection du vétérinaire et il ne savait pas non plus si ce dernier devait retourner voir l'abattage des animaux, ou s'il avait juste à inspecter la viande qui en résultait. Il pensait au sens de ces gestes forcenés, aux cris et aux coups qu'ils impliquaient. « Vous souvenez-vous s'il vous a dit autre chose ? » demanda Brunetti.

Malgré la lenteur de ses réactions, on pouvait encore percevoir son hésitation. Elle tripota de nouveau sa montre, et au moment où il crut qu'elle allait la remonter, elle dit, les yeux toujours rivés sur le cadran : « Pas à moi. »

Brunetti s'apprêtait à lui poser la question, quand il songea à une meilleure stratégie et leva le menton vers Vianello.

« À votre fils, signora ? demanda l'inspecteur.

– Oui. À Teo.

– Pourriez-vous nous dire ce qu'il a dit ?

– Un soir où il avait ramené Teo à la maison, il lui a raconté une histoire avant de s'endormir. C'était il y a environ trois semaines. » Elle laissa ces mots flotter quelque temps. « Il le faisait tout le temps lorsqu'ils rentraient à la maison. » Le dernier mot la bloqua. Elle toussa, puis continua : « C'était toujours une histoire ou un livre sur un animal. Celle-ci – il doit l'avoir inventée parce que nous n'avons pas de livre de ce genre – était à propos d'un chien qui n'était pas bien vaillant. Il avait peur de beaucoup de choses : il avait peur des chats, des autres chiens, aussi. Dans l'histoire, il est kidnappé par des voleurs qui veulent l'instruire pour les aider. Ils le forment pour gagner l'amitié de promeneurs qui suivent un sentier à travers la forêt. Lorsque les promeneurs voient ce gros chien sympathique qui se met à gambader à leurs côtés, ils se sentent en sécurité et s'enfoncent de plus en plus profondément dans la forêt. Les voleurs lui expliquent qu'à un moment donné, il faut qu'il s'échappe, de manière à ce qu'ils puissent eux aller piller les gens. Mais même si c'est un lâche, il reste un chien et il ne peut absolument pas tolérer qu'on fasse du mal aux promeneurs. Donc, malgré tout cet entraînement, le chien agit en vrai chien, il se rebiffe contre les voleurs et aboie et leur grogne dessus – il en mord même un, mais pas trop fort – jusqu'à ce que la police arrive et les arrête. Et l'homme qu'ils s'apprêtaient à voler amène le chien dans sa vieille maison et raconte à sa famille quel bon chien il est. Ils l'adoptent, même si ce n'est pas un chien spécialement courageux.

– Pourquoi a-t-il raconté cette histoire, à votre avis, signora ? demanda Vianello gentiment, lorsqu'il comprit qu'elle avait fini.

– Parce que, une fois l'histoire terminée, Andrea a

dit à Teo qu'il ne devait jamais plus l'oublier et ne jamais laisser personne faire du mal aux gens, parce que c'est le pire que l'on puisse faire. » Elle s'arrêta et inspira profondément : « Mais après, je suis entrée dans la chambre et il a cessé de parler. »

Elle essaya de rire d'elle-même, mais son rire se transforma en toux. « Je vous en parle parce qu'il avait un air très sérieux pendant qu'il racontait son histoire. Il voulait vraiment que Teo retienne cette leçon : ne jamais laisser faire de mal aux gens, même sous la menace de voleurs. »

Elle céda à la tentation et ressaisit brusquement le torchon. Elle ne chercha plus à le plier ou à l'étirer, mais le tordit entre les mains comme quelque chose qu'elle voulait détruire.

Malgré toute la curiosité que pouvait encore lui susciter cette Borelli, Brunetti savait que ce serait de la folie de poser la moindre question. Il préféra se lever et remercia signora Doni. Elle leur proposa de les raccompagner à la porte, mais il déclina son offre et ils la laissèrent à ses souvenirs en lambeaux.

26

« Quelle impression elle t'a faite ? demanda Brunetti en rejoignant la voiture banalisée garée le long du trottoir.

– À mon avis, elle ne se le pardonnera jamais, ou même si elle y arrive, ça lui prendra beaucoup de temps.

– Quoi donc ?

– De ne pas l'avoir écouté.

– De ne pas l'avoir mis à la porte ? »

Vianello haussa les épaules. « Vu le type de femme, c'est tout ce qu'il méritait. Mais de ne pas l'avoir écouté alors qu'il le lui avait demandé, ça, ça va la hanter longtemps.

– Je dirais que ça la hante déjà, répliqua Brunetti.

– Oui. Et pour le reste ? »

Brunetti s'assit à l'arrière avec Vianello et dit au chauffeur de les ramener à Piazzale Roma.

Lorsque la voiture démarra, il lui précisa : « Tu penses à quand il a dit qu'avoir accepté ce travail a tout gâché ?

– Oui », puis Vianello ajouta : « Je crois qu'il ne faut pas perdre de vue la femme.

– Sans doute, approuva Brunetti, se remémorant sa conversation avec la veuve de Nava.

– Et sinon ?

– Il y a un tas de choses qui peuvent gâcher ta vie professionnelle. Tu peux détester ton patron ou les gens avec qui tu travailles. Ou c'est eux qui te détestent. Ou encore tu détestes ce travail-là, suggéra Brunetti, mais rien de tout cela n'a de sens, par rapport à l'histoire qu'il a racontée à son fils.

– Ça ne pourrait pas être juste une histoire ?

– Tu irais raconter à un de tes enfants une histoire comme ça ? »

Vianello y réfléchit un moment, puis il répondit : « Probablement que non. Ce n'est pas mon fort, les histoires avec une morale.

– Je dirais même qu'en général, ce n'est pas non plus celui des enfants », rétorqua Brunetti.

Cette phrase fit rire Vianello. « Les miens aiment toujours celles où la petite fille modèle finit par être mangée par le lion et où les polissons arrivent à se bâfrer tout le gâteau au chocolat.

– Les miens aussi », renchérit Brunetti. Puis, retournant à ce qui le tracassait : « Donc, pourquoi il serait allé lui raconter une telle histoire ?

– Peut-être parce qu'il savait que sa femme écoutait ?

– Peut-être.

– Et donc ?

– Et donc, il essayait de lui dire quelque chose.

– Sans avoir à le lui dire à elle. »

Brunetti soupira. « Combien de fois on ne l'a pas fait ?

– Et qu'est-ce qu'il essayait de lui dire ?

– Qu'il était dans une situation où on lui disait de faire du mal aux gens et qu'il pensait que ce n'était pas bien et qu'il ne voulait pas le faire.

– Aux gens, pas aux animaux ?

– C'est ce qu'il disait. S'il avait voulu parler d'animaux, il aurait raconté une histoire sur un animal, qui était obligé de faire du mal à d'autres animaux. Les enfants prennent tout au pied de la lettre.

– Tu crois qu'ils en tiennent compte, quand on leur dit de ne pas faire de mal aux gens ? demanda Vianello, sceptique.

– S'ils ont confiance dans la personne qui le leur dit, je pense que oui, affirma Brunetti.

– Alors comment un vétérinaire peut-il faire du mal aux gens, à part en maltraitant leurs animaux ?

– C'est le travail à l'abattoir qui le préoccupait, insista Brunetti.

– Tu les as vus, les bouchers. Plutôt difficile de les faire souffrir. »

Sur ces mots, les deux hommes cessèrent de parler. Ils n'étaient pas encore arrivés ; la voiture prit la route surélevée qui reliait Mestre au pont. Puis ils passèrent le long des fabriques s'alignant sur la droite et laissèrent derrière eux les cheminées qui crachaient Dieu sait quelles substances pour fabriquer des produits propres à la consommation.

Une idée traversa l'esprit de Brunetti, qui dit à haute voix : « Propres à la consommation.

– Quoi ? demanda Vianello, détournant son attention du thermomètre numérique géant installé sur le bâtiment du *Gazzettino*.

– Propres à la consommation, répéta Brunetti. C'est cela qu'il faisait à l'abattoir. Il inspectait les animaux qui y étaient amenés et il inspectait la viande qui en résultait. C'est lui qui décidait de ce que l'on pouvait vendre comme nourriture ; c'est lui qui la déclarait propre à la consommation. » Ayant bien présente à l'esprit l'histoire que Nava avait racontée à son fils, il reformula : « Son travail consistait à s'assurer que l'on ne faisait pas de mal aux gens. »

Comme Vianello ne disait rien, Brunetti ajouta :
« Pour leur éviter de manger de la viande pourrie. »
Vianello ne l'honorant d'aucune réponse, Brunetti
demanda : « Combien pèse une vache ? »

Vianello ne répondit toujours pas.

Depuis son siège avant, le chauffeur prit la parole :
« Mon beau-frère est paysan, commissaire : une bonne
vache peut peser jusqu'à 700 kilos.

– Combien de viande on peut en tirer ?

– Je ne sais pas bien, commissaire, mais je suppose
environ la moitié.

– Réfléchis-y, Lorenzo, dit Brunetti. S'il refusait ces
bêtes, ou les condamnait, ou faisait ce qu'un vétérinaire
était censé faire, c'était une perte sèche pour le paysan. »

Face au silence de Vianello, Brunetti demanda au
chauffeur : « Combien ils gagnent du kilo ?

– Je ne sais pas au juste, commissaire. Mon beau-
frère calcule toujours qu'une vache vaut 1 500 euros.
Peut-être un peu plus, mais c'est son chiffre de base. »

Se tournant vers Brunetti et en réponse à son manque
d'enthousiasme manifeste, Brunetti formula, même s'il
se rendait compte combien ça le contrariait : « Nous
tenons peut-être le mobile du crime. »

Ce n'est que sur le pont, avec la ville à l'horizon, que Vianello s'autorisa à dire : « Même si Patta
n'apprécie pas cette hypothèse, moi je préfère l'idée
d'une agression. »

Brunetti prêta de nouveau son attention à l'eau, qui
s'étendait du côté droit de la voiture.

Dès que le bateau s'amarra en face de la questure,
Brunetti et Vianello montèrent sur le quai et gagnèrent
le bâtiment. Ils entrèrent ensemble dans le bureau de

signorina Elettra, ce qui sembla dessiner un double plaisir sur son visage.

« Êtes-vous venus pour Papetti ? demanda-t-elle, suggérant par sa question que, si c'était le cas, ils étaient au bon endroit.

– Oui, confirma Brunetti. Nous vous écoutons.

– Le dottor Papetti est marié à la fille de Maurizio De Rivera », information que Vianello agrémenta d'un long sifflement, et Brunetti d'un « Ah » juste murmuré.

« Je vois que vous connaissez le père », fit-elle.

Qui ne le connaissait pas, dans le nord-est de l'Italie ? se demanda Brunetti dans son for intérieur. De Rivera était à la construction ce que Thyssen était à l'acier : il suffisait d'en évoquer le nom pour voir apparaître le produit comme par enchantement, il en était presque synonyme. Sa fille – son seul enfant – à moins que d'autres ne se soient subrepticement introduits dans la famille, mais visiblement on avait dû administrer de lourdes doses de sédatifs aux chroniqueurs mondains – avait notoirement passé une bonne partie de sa jeunesse sous l'influence de différentes substances aussi illégales que nocives.

« Quand a eu lieu l'incendie ? s'enquit Vianello.

– Ça fait dix, onze ans », répondit Brunetti, se référant à l'incendie qui avait éclaté dans l'appartement à Rome où cette fille – dont le nom lui échappait – fut sauvée au prix de la vie de trois pompiers. La presse s'était déchaînée des mois entiers, pendant lesquels la jeune fille avait disparu de la scène, pour resurgir un an plus tard environ comme bénévole dans une soupe populaire ou quelque abri pour démunis, apparemment transformée par le sacrifice de ces trois hommes. Mais elle disparut à nouveau des colonnes des journaux et donc, de l'œil du public.

252

Aucune prise de conscience, cependant, n'avait transformé son père, ni sa réputation. Il continuait à spéculer et à récolter contrats sur contrats pour des projets immobiliers municipaux et provinciaux, surtout dans le Sud. Et c'est dans cette partie du pays que sa société était souvent la seule à prendre part aux appels d'offres.

Il circulait d'autres rumeurs à son sujet, mais ce n'étaient que des rumeurs.

Après leur avoir laissé le temps de réfléchir à cette information, signorina Elettra continua : « J'ai aussi trouvé une note de service dans laquelle Papetti demande à ce que Giulia Borelli soit embauchée, et à ce salaire-là. » Elle ne se sentait plus de joie.

« Si ce que j'imagine se passer est effectivement en train de se passer, et vu ce qu'on dit de son beau-père, signor Papetti est un homme très courageux, nota Vianello.

– Ou très stupide, contre-attaqua Brunetti.

– Ou les deux, suggéra signorina Elettra.

– De Rivera n'a jamais été reconnu coupable de rien, nota Vianello d'un ton neutre.

– Comme nos nombreux hommes politiques et ministres », précisa signorina Elettra.

Brunetti fut tenté de dire qu'aucun d'entre eux non plus n'avait jamais été déclaré coupable, et qu'est-ce que cela prouvait ? Mais il préféra demander : « Ne pourrait-on pas convenir purement et simplement que le beau-père ne voulait pas entendre parler de la relation de Papetti avec signorina Borelli ? » Vianello opina du chef. Signorina Elettra sourit.

– Qu'avez-vous trouvé d'autre sur Papetti ? poursuivit Brunetti.

– Ils ont un très bon niveau de vie, sa femme, leurs enfants et lui.

– Comment elle s'appelle, déjà ? J'ai oublié, coupa Vianello.

– Natasha, répondit signorina Elettra d'un air détaché.

– Bien sûr, fit l'inspecteur. Je savais que ça sonnait faux. »

Comme si Vianello n'avait rien dit, elle continua. « Il a investi au moins deux millions d'euros dans différents secteurs, leur maison vaut au moins cette somme, il roule dans l'une de leurs deux Mercedes sport et ils partent souvent en vacances.

– Ce pourrait être l'argent de De Rivera », insinua Brunetti.

Comme si elle voulait mettre en garde un étudiant trop zélé, signorina Elettra intervint, d'un ton compassé : « Les comptes sont seulement à son nom. Et ils sont à l'étranger.

– Au temps pour moi », dit Brunetti, puis il demanda : « Et signorina Borelli ? Rien d'autre à son sujet ?

– Même si elle touchait moins de 25 000 euros par an à Tekknomed, elle a réussi à s'acheter deux appartements à Venise et un à Mestre. Elle vit dans celui de Mestre et elle loue ceux de Venise aux touristes.

– Et Tekknomed a choisi de ne pas porter plainte contre elle lorsqu'elle est partie, souligna un Brunetti songeur. Elle devait en savoir beaucoup sur leur comptabilité. »

Puis, s'adressant à signorina Elettra : « Et ses comptes en banque ?

– Je suis en train de poursuivre mes recherches, signore, répondit-elle du même ton compassé.

– Y a-t-il une preuve que sa relation avec Papetti soit d'ordre sexuel ? »

Elle s'autorisa à lancer un regard froid. « Il est

impossible de trouver ces choses dans les dossiers, monsieur.

– Oui, bien sûr, reconnut Brunetti. Continuez donc vos recherches. » Et se tournant vers Vianello : « Je veux parler à Papetti.

– Tu as le courage de retourner sur le continent ? demanda l'inspecteur avec un sourire.

– Il faut battre le fer tant qu'il est chaud.

– Si tu y vas, il vaut mieux que tu y ailles seul. C'est moins menaçant. » Il s'avança d'un pas vers signorina Elettra et demanda : « Croyez-vous que nous pourrions jeter un coup d'œil aux dossiers de l'abattoir de Preganziol, pendant que le commissaire sera là-bas ? »

Sa réponse fut un chef-d'œuvre de modestie. « Je pourrais essayer. »

Sur ce, Brunetti les quitta, descendit les escaliers et sortit prendre son bateau.

27

Brunetti s'étonna de nouveau que les gens puissent vivre ainsi : aller et venir en voiture, rester bloqués dans des embouteillages derrière de longues colonnes de voitures, – éternelles victimes des caprices de la circulation. Pour ne pas parler de l'air, et du bruit, et de la laideur accablante de ce qu'il voyait en passant. Pas surprenant que les chauffeurs soient enclins à la violence : comment pourrait-il en être autrement ?

Signorina Elettra avait appelé et fixé un rendez-vous avec le dottor Papetti, expliquant que le commissaire Brunetti était sur le continent ce jour-là et qu'il pourrait aisément faire un saut pour lui parler du dottor Nava : par chance, le dottor Papetti n'avait pas de rendez-vous cet après-midi-là et serait au bureau. Elle expliqua que le commissaire Brunetti connaissait le chemin de l'abattoir.

Bien que le chauffeur prît la même route, Brunetti reconnut peu de choses par rapport à la première fois ; la mémoire des routes comme la dextérité au volant n'étaient pas son fort. Il croyait avoir repéré une des villas, mais à une certaine distance, beaucoup d'entre elles se ressemblaient. Il se souvenait toutefois parfaitement de la petite route de campagne qui menait à l'abattoir et des portails derrière lesquels il se dressait.

Et, même si elle semblait maintenant moins forte, Brunetti se souvenait aussi de l'odeur qui lui parvenait depuis l'arrière du bâtiment.

Cette fois, c'est le dottor Papetti qui vint à sa rencontre à la porte. C'était un homme grand, au front dégarni, ce qui accentuait l'étroitesse de son visage et de sa tête. Il avait des yeux ronds et foncés, qu'on aurait mieux vus sur un visage plus joufflu. Ses lèvres minces s'étiraient en un sourire figé. Les épaulettes de son costume n'étaient plus à la mode, mais au moins parvenaient-elles à masquer sa maigreur. Brunetti baissa les yeux et vit qu'il portait des chaussures faites à la main ; il avait les pieds si étroits qu'il lui fallait probablement du sur mesure.

Après avoir surpris Brunetti par la fermeté de sa poignée de main, Papetti suggéra d'aller dans son bureau. Tel un héron désarticulé dans l'eau, la tête posée sur un cou étonnamment long, Papetti penchait en avant à chaque pas. Ni l'un ni l'autre ne parlaient ; des bruits provenaient par intermittence de l'arrière du bâtiment.

Papetti ouvrit la porte de son bureau, puis recula d'un pas : « Commissaire, je vous en prie, asseyez-vous et dites-moi en quoi je puis vous aider. Je suis désolé de ne pas avoir pu être là lors de votre dernière visite. »

Brunetti passa devant lui. « Je suis ravi que vous ayez trouvé le temps de me recevoir aujourd'hui, dottor Papetti. » Une fois que tous deux furent assis, Brunetti ajouta, d'une voix emplie de gratitude : « Je suis sûr qu'un homme à votre niveau de responsabilités a beaucoup d'obligations. » Papetti lui répondit par un modeste sourire, qui rappela à Brunetti une phrase qu'il avait lue, chez Kafka croyait-il, parlant d'un homme qui avait vu des gens rire et qui « pensa qu'il savait comment s'y prendre ».

« Heureusement, commença Papetti, en fait, heureusement pour vous, deux personnes ont annulé leur rendez-vous cet après-midi, ce qui fait que je me suis retrouvé avec un trou dans mon emploi du temps. » Il tenta un nouveau sourire. « C'est plutôt rare. »

Au début, ces mots lui brouillèrent étrangement le cerveau, puis la mémoire lui revint clairement : l'homme empruntait la voix de Patta. Mais s'agissait-il du Patta le plus cordial, ou le plus retors ?

« Comme ma secrétaire a dû vous le dire, je voudrais vous parler du dottor Nava », déclara Brunetti, du ton d'un bureaucrate accablé d'impératifs, s'adressant à un pair.

Papetti opina du chef et Brunetti continua : « Comme il travaillait pour vous, je pense que vous devriez pouvoir me parler de lui. » Puis, arborant un air d'ouverture et de candeur, il ajouta : « J'ai parlé avec sa veuve, mais elle n'a pas pu me dire grand-chose. Je ne sais pas si vous étiez au courant, mais ils étaient séparés depuis quelques mois. » Il attendit pour voir la réaction de Papetti.

Après une hésitation si brève qu'elle en fut à peine perceptible, il dit : « Non, à vrai dire, je ne le savais pas », en frottant les doigts de sa main gauche contre le dos de la main droite. « Je ne le connaissais que par son travail à l'abattoir, donc j'ignorais sa vie privée.

– Vous saviez cependant qu'il était marié, n'est-ce pas, dottore ? demanda Brunetti de sa voix la plus douce.

– Oh, dit Papetti, en cherchant à faire un geste très ample de la main, j'imagine que je l'ai su, ou tout au moins supposé ; la plupart des hommes de son âge le sont, après tout. Ou peut-être a-t-il mentionné ses enfants. Je suis désolé, mais je ne m'en souviens pas. » Puis, après une très courte pause, et avec un regard censé exprimer la compassion, il dit : « Je vous prie de transmettre mes condoléances à sa veuve, commissaire.

– Bien sûr, je n'y manquerai pas », lui assura Brunetti, avec un signe approuvant les sentiments de Papetti. « Pourriez-vous me dire exactement quelles étaient les attributions du dottor Nava à l'abattoir ? »

La réponse de Papetti fusa si rapidement qu'il semblait s'être préparé à cette question. « Il avait une réelle fonction d'inspecteur. Il veillait à vérifier que les animaux qui arrivaient chez nous étaient propres à l'abattage, et dans un second temps, il inspectait des échantillons de viande prélevés sur ces bêtes.

– Bien sûr, bien sûr », dit Brunetti, puis avec l'avide curiosité d'un novice, il continua : « Votre position vous permet de connaître le mode de fonctionnement de tous les abattoirs, dottore. D'une manière générale, je veux dire. Les animaux arrivent, sont déchargés… » Brunetti accompagna sa pause d'un autre sourire amical et reprit : « Nous n'avons pas bien saisi, en fait. » Essayant de ne pas paraître embarrassé, il énonça : « Mon inspecteur, il… » Il s'arrêta et haussa les épaules, puis enchaîna : « Donc, comprenez bien s'il vous plaît que je parle ici en véritable profane, dottore. Je suis purement et simplement en train d'imaginer comment cela pouvait se passer ; je suis certain que vous en savez bien plus long que moi. » Cherchant à faire de son mieux pour sembler intimidé, Brunetti reprit : « Où en étais-je ? Ah oui, les animaux sont déchargés, ou conduits à l'intérieur, ou y sont amenés, d'une façon ou d'une autre. Et puis, vraisemblablement, le dottor Nava devait les examiner pour voir s'ils étaient en bonne santé, puis ils étaient menés à l'abattoir et tués. » Les gens sots se répètent, Brunetti le savait, et espérait que Papetti tomberait dans le panneau.

Papetti avait l'air de se détendre, voyant que l'on n'entrait toujours pas dans le vif du sujet. « C'est plus ou moins ce qui se passe. Oui.

– Y a-t-il des problèmes que vous pourriez rencontrer, ou que le dottor Nava aurait pu rencontrer ? »

Papetti pinça les lèvres d'un air méditatif, puis expliqua : « Eh bien, en ce qui concerne notre abattoir, la différence éventuelle entre le nombre de bêtes enregistrées et la somme que les paysans en attendent pourrait en être un. Ou s'il y a des retards dans le processus d'abattage, ce qui force les paysans à laisser leurs bêtes sur place plus longtemps que prévu, avec les coûts que cela entraîne, c'en est un autre. »

Il décroisa et recroisa ses jambes, et précisa : « Pour ce qui est du dottor Nava, sa préoccupation majeure serait plutôt toute violation des directives de l'Union européenne.

– Pourriez-vous me donner un exemple, signore ?

– Si les animaux souffrent inutilement, ou si les mesures d'hygiène ne sont pas respectées.

– Ah oui, bien sûr. Tout cela me paraît logique, maintenant. Merci, dottore. » Brunetti était content de l'air qu'il devait dégager, enfin éclairé sur toute cette question.

Comme pour satisfaire la volonté de comprendre de Brunetti, Papetti spécifia : « Nous aimons à penser que nous travaillons avec les paysans pour les aider à obtenir le juste prix pour les bêtes qu'ils ont élevées et amenées chez nous. »

Résistant à l'envie de dire qu'il n'aurait pu être plus précis, Brunetti se contenta de marmonner : « Effectivement. Mais pour en revenir au dottor Nava, si vous permettez, avez-vous jamais entendu quelqu'un à l'abattoir dire du mal de lui ?

– Pas que je me souvienne, fit Papetti immédiatement.

– Et vous étiez satisfait de son travail ?

– Absolument, confirma Papetti avec un autre coup rapide sur le dos de la main. Mais vous devez comprendre que j'ai une fonction avant tout administrative. Mon contact direct avec les gens qui travaillent ici est plutôt limité.

– Vos employés ne vous auraient-ils pas informé s'il y avait eu des irrégularités dans les activités du dottor Nava ? »

Après un temps de réflexion, Papetti répondit : « Je ne sais pas, commissaire. » Puis, esquissant un sourire modeste, il ajouta : « Je doute qu'on aurait fait remonter ce genre d'information jusqu'à moi. » De purs et simples ragots auraient-ils pu filtrer à un aussi haut niveau ?

Du même ton dégagé qu'au début de la conversation, Brunetti demanda : « Croyez-vous qu'ils vous auraient parlé de la liaison de Nava avec votre assistante, signorina Borelli ?

– Comment est-ce que… ? » s'étonna Papetti, qui fit ensuite un geste que Brunetti n'avait jamais vu chez un adulte : il croisa ses deux mains sur sa bouche. La rondeur est un absolu. Donc les yeux de Papetti ne pouvaient s'arrondir davantage ; par contre, ils pouvaient s'élargir. C'est ce qu'ils firent, tandis que son visage blêmissait au fur et à mesure que le sang s'en retirait.

Il tenta un coup de poker. Et Brunetti dut lui en reconnaître le mérite. Papetti imprégna sa voix d'indignation et s'enquit d'une voix ferme : « Comment osez-vous avancer une chose pareille ? », mais la protestation était de pure forme : il avait poussé le jeu trop loin pour changer désormais son fusil d'épaule.

« On vous l'aura dit, dottore ? lâcha Brunetti, se

permettant finalement d'arborer un sourire de hyène. Ou vous le tenez peut-être de signorina Borelli elle-même ? »

Au gémissement qu'émit Papetti, Brunetti pensa qu'il était sous le choc, puis il réalisa qu'il luttait pour retenir ses larmes. Papetti était assis, une main sur les yeux, l'autre déployée sur son front dégarni et son crâne chauve, comme s'il essayait de se cacher. Le gémissement persista, puis diminua progressivement, cédant la place à de profonds soupirs.

Au bout d'un moment, Papetti reposa ses mains sur la table. Ses yeux ronds étaient encerclés de taches rouges et deux autres étaient apparues au milieu de ses joues.

Il regarda Brunetti et lui ordonna, la voix tremblante : « Allez-vous-en. »

Brunetti était assis, immobile.

« Allez-vous-en », répéta Papetti.

Lentement, Brunetti se leva, sachant parfaitement qui était le beau-père de cet homme et, de par sa propre expérience familiale, de quoi est capable un père pour défendre sa fille et ses petits-enfants. Il sortit son porte-feuille et en tira une de ses cartes. Prenant un stylo sur le bureau de Papetti, il y inscrivit le numéro de son portable, puis la plaça sur la table qui les séparait.

« Voici mon numéro, dottore. Si vous décidez de m'en dire davantage sur cette affaire, appelez-moi quand vous voulez. »

Dehors, Brunetti vit le chauffeur appuyé contre la portière de la voiture, les yeux plissés car il était face au soleil. Il était en train de manger une glace et avait tout l'air de se régaler. Ils rentrèrent à Venise.

28

Pour Brunetti, être allé deux fois sur la « terre ferme » dans la journée – indépendamment de l'inefficacité des entretiens et du fait que des milliers de gens faisaient cette même navette chaque jour que Dieu fait –, c'était plus qu'une journée entière de travail et il estima qu'il n'avait aucune raison de retourner à la questure. Lorsque le chauffeur le laissa à Piazzale Roma, il s'accorda le plaisir de se promener et de rentrer à la maison par le chemin des écoliers, pourvu qu'il fût rentré à temps pour le dîner.

La douceur de la fin d'après-midi l'incita à flâner dans la direction de San Polo, en s'arrêtant au gré du vent. Il avait connu cette partie de la ville il y a des dizaines et des dizaines d'années, lorsqu'il prenait son train quotidien pour Padoue, où il suivait ses cours à l'université et il préférait faire ses allers-retours à la gare à pied afin d'économiser – combien était-ce, déjà, à l'époque ? – les cinquante lires du ticket de bateau. Cela suffisait pour s'offrir un soda ou un café ; il lui revint en mémoire, avec la tendresse dont l'âge enveloppe les faiblesses de la jeunesse, qu'il prenait un café seulement en présence de ses camarades de classe, et qu'il s'adonnait à son goût pour les sodas lorsqu'il était seul et qu'il n'y avait personne pour railler son manque de sophistication.

Il se demanda, un moment, s'il n'allait pas s'en acheter un, en admettant qu'il arrive à se souvenir comment ils s'appelaient. Mais c'était un homme et il avait mis de côté les choses de l'enfance ; il s'arrêta donc pour un café, en souriant tout seul lorsqu'il y ajouta le second sachet de sucre.

Il déboucha sur le campo Santa Margherita, qui, de jour, ressemblait en tout point au *campo* qu'il avait été pendant des siècles avec des étals de fruits et de poissons, un glacier, une pharmacie, des magasins de toutes sortes, avec cette forme étrangement allongée où les enfants se plaisaient tant, car ils pouvaient y courir après leurs chiens ou leurs camarades. Comme il s'était accordé un moment de liberté, Brunetti chassa de son esprit le problème du chaos qui sévissait la nuit dans ce quartier et qui avait conduit des connaissances à vendre leur maison de famille, rien que pour échapper aux nuisances sonores.

Si Gobbetti était encore là, il serait allé y acheter une mousse au chocolat à rapporter à la maison, mais les Gobbetti avaient vendu leur affaire et la pâtisserie, qui les avait remplacés, n'avait pas remplacé la mousse. Le sublime ne se remplace pas.

Des bateaux étaient amarrés de l'autre côté du ponte dei Pugni, l'un pour les fruits et l'un pour les légumes, et il essaya de se souvenir s'il y eut un temps où ils n'y étaient pas. Vu qu'ils étaient là en permanence, étaient-ce encore – tout au moins au sens philosophique du terme – des bateaux ? Tout en y songeant, il se mit à traverser le campo San Barnaba et, à mi-chemin, l'envie le prit de rentrer à la maison pour jouir du doux repos vespéral sur son balcon. Il passa face à la *calle* qui menait au *palazzo* de ses beaux-parents, sans que l'idée ne l'effleure d'aller leur rendre visite. Tout ce qu'il avait en tête, c'était de rentrer chez lui et c'est bien ce qu'il ferait.

Au grand soulagement de Brunetti, tout le monde était là lorsqu'il arriva, et à son plus grand soulagement encore, après lui avoir dit bonjour et lui avoir fait la bise, ils le laissèrent tous tranquille et allèrent vaquer à leurs affaires. Il se servit un verre de vin blanc et sortit une chaise sur le balcon où il resta assis une heure, à regarder la lumière s'atténuer puis disparaître, en sirotant son vin, le cœur débordant de gratitude de constater que ses êtres les plus chers avaient tous leur vie et leurs occupations, à mille lieues des horribles mensonges et tromperies qui truffaient ses jours.

Le lendemain matin commença par une douce aurore pour Brunetti, même si cette sensation s'affaiblissait au fur et à mesure qu'il approchait de la questure et qu'il imaginait le contenu de sa nouvelle conversation obligée avec Patta. Il n'avait d'autre choix que de dire à son supérieur ce qu'il avait appris et les soupçons qu'avaient éveillés chez lui tous ces faits.

Tel un compositeur d'opéra, il disposait de notes et d'arias, d'une gamme de chanteurs, de l'esquisse d'une intrigue, mais le tout ne formait pas encore un livret cohérent.

« C'est la fille de Maurizio De Rivera, vous pensez en plus que son mari sait des choses sur le meurtre, et qu'il vous les cache ? » éclata Patta après le compte rendu de Brunetti sur sa conversation avec Papetti. Si Brunetti lui avait dit que la liquéfaction du sang de saint Janvier était un canular, Patta n'en aurait pas été davantage indigné.

« Vous savez qui c'est, n'est-ce pas, Brunetti ? » lui demanda instamment son supérieur.

Ignorant cette question, Brunetti dit : « Il se pourrait qu'il veuille savoir à quelle sorte d'homme sa fille est mariée.

– La vérité, c'est la dernière chose qu'il voudra savoir. » Puis, après une pause si longue que Brunetti pressentait le soin que Patta mettait à viser, ce dernier ouvrit le feu : « Je vous croyais plus avisé. »

Brunetti ne put réprimer sa réponse, mais il parvint à la limiter à un regard, qu'il détourna rapidement. Cependant, il fut suffisant pour montrer à Patta que, cette fois, il était allé trop loin, car il ajouta immédiatement, dans une claire tentative de faire machine arrière : « Vous avez une fille, après tout. Vous aimeriez croire qu'elle est mariée à quelqu'un de bien, n'est-ce pas ? »

Le cœur de Brunetti battit la chamade à la pique de Patta, ce qui fait qu'il tarda à trouver une réponse. Il finit par dire : « De Rivera doit avoir des critères de jugement bien à lui, par rapport aux autres pères, monsieur le vice-questeur. Si sa fille ou son mari étaient impliqués d'une manière ou d'une autre dans ce meurtre, il n'hésiterait pas à entraver le déroulement de la justice, à mentir à un commis de l'état dans l'accomplissement de son devoir, voire à soutenir personnellement l'exécution du crime. » Puis, après une pause, il assena : « Après tout, il a été jugé pour les deux premiers.

– Et acquitté », rétorqua Patta rapidement.

Brunetti ignora la remarque et poursuivit : « Nava a reçu des coups de couteau dans le dos et il a été emmené, d'une façon ou d'une autre, à un endroit d'où on pouvait le jeter dans un canal. Ceci laisse entendre la participation de deux personnes. » Brunetti avait retrouvé son calme et contrôlait mieux sa voix.

« Et pourquoi ceci devrait-il impliquer Papetti ? » s'enquit Patta d'un ton hautain.

Brunetti s'abstint de lâcher que c'était simplement parce que c'est ainsi qu'il *sentait* la chose, bien conscient qu'il était que cela ne le mènerait probablement pas très loin. « Pas nécessairement, dottore. Mais il sait quelque chose, ou il sait des choses qu'il ne dit pas. Il était au courant de la liaison entre Nava et Borelli : il était si surpris que je le sache que c'en est bien la preuve. Et comme il a intercédé pour qu'elle devienne son assistante, cela lui a donné une certaine emprise sur lui », affirma Brunetti, écartant toute hypothèse de générosité, un des premiers signes de l'amour.

Patta pinça les lèvres et les arrondit en cul-de-poule, habitude que Brunetti interpréta, avec les années, comme le signe visuel qu'il s'apprêtait à envisager les choses d'une manière raisonnable. Le vice-questeur leva la main droite et observa ses ongles. Brunetti se demandait s'il les voyait réellement, ou si c'était simplement chez lui une autre forme de matérialisation de la pensée.

Patta finit par baisser la main et se détendit. « Qu'est-ce que vous voulez faire ?

– Je veux faire venir ici la Borelli et lui poser quelques questions.

– Du genre ?

– Je ne pourrai pas le savoir tant que je n'aurai pas plus d'informations.

– Quelles informations ?

– Sur les quelques appartements qu'elle possède. Sur Papetti et Nava, et comment elle a obtenu son emploi d'assistante de Papetti. Et comment on a décidé de son salaire. Sur l'abattoir et jusqu'à quel point elle connaît le dottor Meucci, ajouta-t-il, en échafaudant tout un scénario.

– Qui est-ce ? demanda Patta, prouvant qu'il n'avait pas lu les rapports de l'enquête.

– Le prédécesseur de Nava.

– Elle s'est prise de passion pour les vétérinaires, cette Borelli, ou quoi ? »

Brunetti eut envie de sourire à cette question fort intéressante, que Patta avait posée sans prêter garde.

« Aucune idée, monsieur. Cela m'intrigue juste de manière générale.

– De manière générale ? répéta Patta lentement. C'est-à-dire ?

– C'est-à-dire, monsieur, que je n'ai pas encore les idées claires sur les liens entre tous ces individus, ou sur ce qui continue à les lier. Mais il y a quelque chose, parce que personne ne me dit rien. » Et en se parlant davantage à lui-même qu'à Patta, Brunetti résuma : « Tout ce dont j'ai besoin, c'est de tirer sur le bon fil pour démêler la pelote. »

Patta plaqua ses paumes fermement sur le bureau. « Très bien, faites-la venir et voyez ce qu'elle a à dire. Mais, souvenez-vous-en bien, je veux savoir tout ce que vous aurez appris sur Papetti avant que vous n'entrepreniez la moindre action.

– Bien sûr, monsieur le vice-questeur », dit Brunetti qui se rendit dans l'antichambre du bureau de Patta, où il vit signorina Elettra lever son visage derrière l'écran de son ordinateur.

« J'ai eu accès aux fichiers des services sanitaires de Trévise, monsieur, car ils gardent les mêmes relevés que l'abattoir, c'était même plus facile que d'entrer dans les leurs. » Elle poursuivit, d'un air méditatif : « En outre, au cas où il resterait des traces de ma présence, il vaut toujours mieux les laisser dans une administration qu'au sein d'une société privée. »

Ne voulant pas offenser signorina Elettra, qui s'attendait peut-être à ce qu'il la questionne sur son emploi des mots « accès » ou « toujours », ou peut-être même de « au cas où », Brunetti se limita à un doux « Je vous écoute ».

« J'ai regardé sur les quatre dernières années, monsieur, et pour faciliter la lecture, j'ai fait un graphique. » Elle indiqua l'écran d'un signe de tête.

Elle déplaça la souris, cliqua, cliqua de nouveau, et on vit apparaître une courbe, sur laquelle était écrit Preganziol. Les mois de l'année étaient inscrits au sommet du graphique ; sur le côté figuraient les chiffres allant de 0 à 100.

La courbe, quatre ans plus tôt, commençait à trois en janvier et zigzaguait jusqu'à quatre le mois suivant, puis s'entortillait pour redescendre à trois le mois d'après. Ce schéma se reproduisit les deux années suivantes. La troisième année, elle suivit le même cours irrégulier et atteignit le chiffre cinq avant de revenir à trois, où il se stabilisa jusqu'en novembre, puis il fut catapulté à huit et, augmentant régulièrement, il finit l'année à douze. La courbe fit un bond en janvier et atteignit le chiffre treize, ne bougea pas de tout un mois, puis en mars monta à quatorze. Le tableau prenait fin ce mois-là.

« Donc, quoi que reflètent ces chiffres, constata Brunetti, ils se sont mis brusquement à grimper plus ou moins en concomitance avec l'arrivée de Nava à l'abattoir et ont continué ainsi… » Il se pencha en avant et pointa la fin de la courbe « … jusqu'au mois avant sa mort ».

Signorina Elettra fit défiler la page de haut en bas, ce qui permit à Brunetti de lire la légende : *Pourcentage d'animaux rejetés par les autorités compétentes en tant qu'impropres à l'abattage.*

« Impropres à l'abattage. » Ce qui signifiait probablement la même chose que « Impropres à la consommation ». C'était bien cela. Le chien lâche avait défié les voleurs, mais ce chien lâche n'avait pas réussi à s'attaquer aux voleurs et à sauver qui que soit, et la famille où il avait vécu n'avait pas su le reprendre et l'aimer de nouveau, même s'il n'était toujours pas très vaillant.

« Donc son boulot, il le faisait bien, conclut Brunetti qui ajouta, en décontenançant signorina Elettra, exactement comme le chien. » Mais il précisa rapidement quelque chose qu'elle pouvait parfaitement saisir, vu la clarté du graphique : « Et pas son prédécesseur.

– À moins que nous ne soyons revenus au temps de l'Exode et que les plaies ne se soient déchaînées sur la terre et la vermine sur les troupeaux, le jour où il a commencé à travailler là-bas.

– C'est peu probable », observa Brunetti, puis il demanda : « Autre chose sur signorina Borelli ?

– Outre la liste de ses propriétés, j'ai maintenant quelques informations sur ses investissements et ses comptes en banque.

– Au pluriel ?

– Ici dans Venise même, un à Mestre où son salaire était versé, et un à la poste. » Elle sourit et nota, avec un mépris mal dissimulé : « On dirait que les gens s'imaginent que personne ne pensera à y mettre le nez.

– Et quoi d'autre ? s'enquit-il, la connaissant si bien qu'il savait qu'elle lui réservait d'autres cadeaux dans sa hotte.

– Meucci. Non seulement il a passé trois coups de fil à signorina Borelli sur son portable les deux derniers jours, mais il se trouve qu'il n'est pas du tout vétérinaire.

– Quoi ?

– Il a étudié quatre ans à Padoue, a passé et réussi la plupart de ses examens, mais il ne semble pas avoir passé les quatre derniers et rien ne certifie qu'il ait obtenu son diplôme à cette université, ou qu'il ait réussi les examens d'État, ou même qu'il se soit simplement inscrit pour les passer. »

Brunetti s'apprêtait à lui demander comment il était possible que le département provincial de la santé lui ait confié un poste de vétérinaire dans un abattoir, ou quels moyens il avait mis en œuvre pour ouvrir un cabinet privé, mais il s'arrêta à temps. Il s'écoulait bien peu de semaines entre une révélation et l'autre d'un faux médecin ou d'un faux dentiste ; en quoi la catégorie de patients devrait-elle jouer sur les probabilités de fraude ?

Il n'hésita pas un instant. « Appelez son bureau et voyez s'il est là. Demandez si vous pouvez apporter votre chat ou quelque chose comme ça, juste pour savoir s'il est là. Si oui, envoyez Foa et Pucetti lui demander s'il veut bien venir me parler.

– J'en serais ravie, monsieur », puis elle ajouta : « Jetez un coup d'œil aux documents sur signorina Borelli, je vous prie. »

Brunetti s'empara de la chemise afin d'aller dans son bureau pour parcourir ces documents, mais il se rendit à la salle des policiers pour donner des instructions plus précises à Foa et Pucetti – notamment il dit à Pucetti de bien veiller à s'adresser à Meucci comme « signore » et non pas comme « dottore ». Sur quoi il descendit, son dossier toujours à la main, au bar sur le ponte dei Greci et prit un café avec deux *tramezzini*.

De retour à son bureau, il appela Paola, pour savoir ce qu'il y avait à dîner. Pour lui faire plaisir, il lui demanda comment elle se sentait d'avoir orchestré la non-titularisation de son collègue.

« Comme Lucrèce Borgia », lui répondit-elle avec un éclat de rire.

Brunetti passa un certain temps à chercher un magnétophone, qu'il trouva au fond du tiroir du bas. Il vérifia s'il marchait bien et le posa bien en évidence sur son bureau. Il ouvrit ensuite le dossier et commença à lire. Il en était seulement aux prix que signorina Borelli avait payés pour son appartement à Mestre et son premier appartement à Venise lorsqu'il entendit un bruit à la porte.

Il leva les yeux : c'étaient Pucetti et Meucci. S'il avait été un pneu, il aurait été dégonflé ; c'était surtout manifeste sur son visage, ses yeux s'étaient élargis. Ses joues s'étaient affaissées et pendaient, mollement, au-dessus de sa petite bouche souple. Il y avait aussi moins de chair tassée contre le mur de soutènement de son col.

Son corps semblait plus petit, mais cette impression était sans doute due à sa veste en laine foncée qui avait remplacé son ample blouse de laboratoire.

Pucetti attendit à la porte que Meucci entrât. La porte se referma ; le seul bruit audible était les pas de l'agent qui se retirait.

« Entrez, signor Meucci », dit Brunetti calmement. Il se pencha sur son bureau et mit en route le magnétophone.

L'homme avança lentement, aussi timide qu'une jeune antilope obligée de se faufiler au milieu d'herbes hautes. Il s'approchait du bureau de Brunetti en regardant autour de lui, à l'affût du danger tapi dans la pièce. Il s'enfonça lentement dans un fauteuil. Brunetti crut que le bruit était un soupir, mais il réalisa ensuite qu'il provenait du frottement de ses vêtements remplis de chair contre les côtés et le dossier de son siège.

Brunetti observa les mains de l'homme, qu'il gardait immobilisées sur les bras du fauteuil. Ses doigts tachés disparaissaient dessous, ce qui fait que les mains semblaient normales, même si elles étaient noyées dans la graisse.

« Comment avez-vous obtenu votre emploi à l'abattoir, signor Meucci ? » demanda Brunetti. Pas de salutations, pas de mots de politesse, une pure et simple question.

Brunetti observait Meucci en train de passer en revue les différentes possibilités, puis l'obèse expliqua : « On avait lancé un avis de recrutement et j'ai posé ma candidature.

– Vous a-t-on demandé d'étayer votre dossier de candidature par des documents, signore ? » Brunetti insista particulièrement sur le dernier mot.

« Oui », répondit Meucci. Comme il ne répondit pas par un « bien sûr » indigné, Brunetti en conclut qu'il n'aurait pas de mal avec cet interrogatoire. Meucci avait perdu la bataille, il voulait juste limiter les dégâts.

« Et votre incapacité à prouver que vous étiez docteur en médecine vétérinaire ne s'est pas révélée un obstacle pour votre recrutement ? » s'enquit Brunetti, en montrant le plus doucereux des intérêts.

Meucci approcha sa main droite de la poche de sa veste, puis la glissa à l'intérieur pour aller y puiser tout le réconfort que pouvait lui apporter le contact avec son paquet de cigarettes. Il secoua la tête.

« Parlez, signore. Vos réponses doivent être audibles, afin que le sténographe puisse les noter.

– Non, répondit Meucci.

– Comment est-ce possible, signore ? »

Brunetti regardait Meucci, qui lui donnait l'étrange sensation d'être en train de fondre. Ce dernier s'enfonça davantage dans son fauteuil, même s'il n'avait fait aucun mouvement suggérant qu'il était en train de se déplacer sur son siège. Sa bouche semblait s'être rétrécie avant de prononcer ce dernier monosyllabe. Sa veste tombait mollement de ses épaules.

« Comment est-ce possible, signore ? » répéta le commissaire.

Brunetti entendit le bruit de papier froissé au moment où la main de Meucci s'empara du paquet de cigarettes. « Personne ne m'a montré de papiers. Je n'ai rien signé vous autorisant à me poser ces questions. » On pouvait percevoir dans sa voix quelque chose proche de la colère.

Brunetti fit un sourire compréhensif. « Bien sûr, signor Meucci. Je comprends. Vous êtes ici de votre plein gré, vous êtes venu aider la police dans ses enquêtes. »

Brunetti ramena le magnétophone vers lui. « Vous êtes libre de partir quand vous voulez. » Il éteignit l'appareil.

Les yeux rivés sur le magnétophone, Meucci demanda, sa colère s'étant volatilisée : « Que se passe-t-il si je m'en vais ? » Il attendait juste une réponse, ce n'était pas une injonction à répondre. Pas d'injonction pour les hommes perdus.

« Dans ce cas, vous ne nous laissez d'autre choix que d'informer la police de Mestre et les services sanitaires et, en prime, la Guardia di Finanza, juste au cas où vous ne vous seriez pas donné la peine de payer vos impôts sur ce qui est probablement – vu votre absence de diplôme de vétérinaire – un exercice illégal. »

Brunetti recula sa chaise et croisa les jambes. Comme il n'était pas ce jour-là d'une humeur spécialement théâtrale, il n'alla pas jusqu'à se pencher en arrière et à croiser les doigts derrière la tête en fixant le plafond. « Voyons ce que mes différents collègues pourraient en tirer. Usurpation d'identité d'un agent de la fonction publique, pour commencer. » Puis, Meucci ouvrant la bouche pour protester, il assena : « Vous servez en tant qu'agent de la fonction publique à l'abattoir, signore, que vous le sachiez ou pas. » Il vit Meucci intégrer le fait.

« Voyons ce que nous avons d'autre, d'accord ? Exercice illégal de la profession. Fraude. Escroquerie. » Brunetti s'autorisa à afficher un sourire menaçant sur son visage. « Et si vous avez prescrit la moindre ordonnance pour le moindre de vos patients, nous serons alors face à une délivrance illégale de médicaments ; et si vous avez fait la moindre piqûre à un animal et que vous avez été payé pour ça, il y a aussi vente et administration illicites de médicaments.

– Mais ce sont des animaux, protesta Meucci.

– Nous sommes bien d'accord, signor Meucci. Votre avocat aura ainsi un argument fort croustillant à présenter à votre procès.

– Procès ? s'enquit Meucci.

– Oui, il est probable qu'on en arrive là, vous ne croyez pas ? Vous serez arrêté, bien sûr, votre cabinet fermé et j'imagine que vos clients – pour ne pas parler de la gestion de l'abattoir – vous poursuivront tous en justice pour récupérer l'argent que vous leur avez soutiré illégalement.

– Mais ils le *savaient*, bêla Meucci.

– Vos clients ? demanda Brunetti, feignant l'étonnement. Mais alors, pourquoi vous amenaient-ils leurs animaux ?

– Non, non, pas eux. Les gens à l'abattoir. Ils

savaient. Bien sûr qu'ils savaient. Cela faisait partie du lot. »

Brunetti se pencha en avant et leva la main. « Puis-je allumer le magnétophone avant que nous continuions cette conversation, signor Meucci ? »

Meucci sortit les cigarettes de sa poche et serra le paquet dans ses mains. Il opina du chef.

Disposé cette fois à accepter qu'un geste tienne lieu de réponse, Brunetti mit en route l'appareil.

« Vous venez de me dire que les responsables de l'abattoir de Preganziol vous ont embauché même s'ils savaient que vous n'étiez pas vétérinaire. Autrement dit, ils vous employaient comme vétérinaire tout en sachant que vous n'en aviez pas le titre. Est-ce bien cela, signor Meucci ?

– Oui.

– Ils savaient que vous n'étiez pas diplômé ?

– Oui », soupira Meucci, qui ajouta d'un ton mordant : « Je viens de vous le dire. Combien de fois dois-je vous le répéter ?

– Autant de fois que vous voudrez, signor Meucci, dit Brunetti aimablement. L'entendre et le réentendre pourrait servir à vous rappeler qu'un fait aussi intéressant nécessite quelque explication. »

Comme Meucci ne soufflait mot, Brunetti poursuivit : « Vous avez déclaré avoir appris qu'un poste était à pourvoir. Comment l'avez-vous su ? »

Ça y est, on y était, Brunetti le sentait : le moment était venu où la personne interrogée commence à soupeser les risques que lui feraient courir de petits mensonges. Oublier quelque chose par-ci, omettre un nom par-là, changer une date ou un chiffre, passer sous silence une rencontre soi-disant insignifiante.

« Signor Meucci, reprit Brunetti, je voudrais vous

rappeler combien il est important que vous nous disiez tout ce dont vous vous souvenez : tous les noms, et où et quand vous avez rencontré ces personnes, et ce qui a été dit au cours de vos conversations. Du mieux que vous puissiez.

– Et si je ne me souviens pas ? demanda Meucci, mais Brunetti perçut dans cette question plus de crainte que de sarcasme.

– Alors je vous laisserai le temps de vous souvenir, signor Meucci. »

Meucci hocha de nouveau la tête et de nouveau Brunetti tint ce geste pour un assentiment.

« Comment avez-vous su pour l'emploi à l'abattoir ? »

La voix de Meucci ne trahit aucune hésitation : « Celui qui l'occupait avant moi m'a appelé un soir – nous étions amis à l'université –, m'a dit qu'il allait arrêter et m'a demandé si ça m'intéressait de prendre la relève.

– Cet ami savait-il que vous n'aviez pas fini vos études ? »

Voyant Meucci s'apprêter à mentir, Brunetti leva son index droit, comme son professeur de religion avait l'habitude de le faire à l'école primaire.

« Probablement, finit par dire Meucci et Brunetti pensa que c'était tout à son honneur de ne pas vouloir donner un ami.

– Et comment se fait-il que vous l'ayez remplacé ?

– Il a parlé à quelqu'un là-bas, puis je suis allé à l'abattoir un jour pour un entretien. On m'a expliqué ce que je devais faire.

– Ont-ils fait la moindre allusion à votre manque de qualifications ?

– Non.

– Avez-vous dû présenter votre curriculum ? »

Après une infime hésitation, Meucci dit : « Oui.

– Prétendiez-vous, dans ce CV, que vous aviez un diplôme en médecine vétérinaire ? »

D'une voix plus douce, Meucci répéta : « Oui.

– Avez-vous dû en donner des preuves – des photocopies de votre diplôme ?

– On m'a dit que ce n'était pas nécessaire.

– Je vois », dit Brunetti, puis il demanda : « Qui vous a dit cela ? »

Meucci sortit machinalement une cigarette de son paquet et la porta à ses lèvres. Il prit un briquet et l'alluma. Des années plus tôt, Brunetti avait vu un vieil homme descendre d'un train qui s'était arrêté dans une gare, allumer une cigarette, en tirer trois profondes bouffées, puis, au sifflement du conducteur, la pincer pour l'éteindre et la remettre dans son paquet. Le vieil homme remonta dans le train juste au moment où il commençait à s'ébranler, alors qu'une fumée de dragon sortait encore de sa bouche. Assis dans son fauteuil, Brunetti regardait Meucci fumer sa cigarette de bout en bout, d'une manière tout aussi compulsive. Lorsqu'il ne resta plus que l'extrémité du mégot et que le devant de sa veste était tout couvert de cendres éparpillées, Meucci plongea ses yeux dans ceux de Brunetti.

Brunetti ouvrit son tiroir du milieu, en sortit une boîte de Fisherman's Friend et se servit quelques pastilles à la menthe. Il fit glisser la boîte jusqu'à Meucci qui écrasa sa cigarette.

« Qui vous a dit que le diplôme n'était pas nécessaire ?

– Signorina Borelli », répondit Meucci en allumant une autre cigarette.

29

« C'est l'assistante de Papetti, n'est-ce pas ? demanda Brunetti, comme s'il ne la connaissait pas bien.

– Oui, dit Meucci.

– Qui a soulevé la question de votre diplôme ?

– Moi », affirma Meucci, enlevant sa cigarette de la bouche. « En fait, je craignais qu'elle ne s'en aperçoive, même si Rub… » Il s'arrêta avant de prononcer le nom entier de son prédécesseur, comme s'il était trop effaré par ce qui était en train de se passer pour réaliser que son nom serait de toute façon rendu public. « Ma collègue me certifia que cela n'avait aucune espèce d'importance. Mais je ne pouvais le croire. Donc je lui ai demandé si elle avait bien examiné mon dossier et s'il était satisfaisant. » Il lança à Brunetti un regard en quête de compréhension. « J'avais vraiment besoin de m'assurer qu'ils savaient que je n'avais pas l'autorisation à exercer, que cela n'avait pas d'importance et qu'ils ne viendraient pas m'agiter ce spectre à tout bout de champ. » Meucci détourna son regard de Brunetti et regarda par la fenêtre.

« Et ils n'ont rien fait ? » s'enquit Brunetti d'un ton où semblait se lire une véritable préoccupation.

Meucci haussa les épaules, écrasa sa cigarette et

allait pour en prendre une autre, quand le regard de Brunetti le bloqua.

« Que voulez-vous dire ? demanda Meucci, paralysé.

– Personne n'a jamais essayé de tirer parti de cette information à l'abattoir ? »

Brunetti observa de nouveau l'obèse en train d'envisager l'hypothèse de mentir, le vit soupeser les alternatives : quel était le plus gros danger ? Qu'est-ce qui lui coûterait le moins cher, la vérité, ou un mensonge ?

Tel un ivrogne qui vide une bouteille de whisky dans l'évier de la cuisine, pour prouver ses bonnes résolutions, Meucci plaça son paquet de cigarettes froissé sur le bureau de Brunetti et l'aligna minutieusement à côté du magnétophone. « C'est arrivé pendant ma première semaine, dit-il. Un éleveur de Trévise a amené quelques vaches, je ne me souviens plus très bien combien, peut-être six. Deux d'entre elles étaient plus mortes que vives. L'une semblait mourir d'un cancer, elle avait une plaie ouverte sur le dos. Je ne me suis même pas donné la peine de l'examiner. Cela sautait aux yeux qu'elle était malade, elle n'avait plus que la peau sur les os, et la bave lui coulait de la bouche. L'autre avait une diarrhée virale bovine. »

Meucci regarda ses cigarettes et continua. « J'ai dit à l'équarrisseur, Bianchi, que l'éleveur devait reprendre ces deux vaches et les éliminer. Après tout, c'était mon travail. De les inspecter. » Il s'arrêta et s'agita sur son siège. Était-ce un haussement d'épaules ? Une tentative de se dégager du carcan de son fauteuil ?

« Que s'est-il passé ? poursuivit Brunetti.

– Bianchi m'a dit d'attendre là avec les vaches et il est allé chercher signorina Borelli. Lorsqu'elle est arrivée et qu'elle m'a demandé ce qui se passait, je l'ai priée de regarder les vaches et de me dire si elle pensait qu'elles étaient en assez bonne santé pour être abattues. » Sa voix s'emplit d'un ton sarcastique dont il ne pouvait user avec Brunetti.

« Et comment a-t-elle réagi ?

– Elle les a tout juste regardées. » Meucci, comme Brunetti put le deviner, se revoyait à l'abattoir et revivait cette conversation. « Et elle a dit, commença-t-il, en avançant pour rapprocher sa bouche du magnétophone, elle a dit : "Elles sont aussi irréprochables que votre CV, signor Meucci". » Il ferma les yeux à ce souvenir. « Elle m'avait toujours appelé dottor Meucci jusque-là. Donc j'ai su qu'elle savait.

– Et puis ? demanda Brunetti après quelque temps.

– Et j'ai su que…

– Que quoi ?

– Que le spectre était revenu me hanter.

– Qu'avez-vous fait de ces vaches ?

– Qu'est-ce que j'ai fait, à votre avis ? demanda Meucci d'un ton indigné. Je les ai certifiées.

– Je vois », dit Brunetti, empêchant les mots « propre à la consommation » de franchir le seuil de ses lèvres. Il se souvint ensuite que la femme de Nava avait affirmé que son mari se nourrissait de fruits et de légumes. « Et après ? reprit-il calmement.

– Après, j'ai fait ce qu'on me disait de faire. Avais-je le choix ?

– Qui vous disait ce que vous deviez faire ?

– C'est Bianchi qui m'a appris que le taux moyen de rejet était à peu près de trois pour cent, c'est celui auquel je me suis tenu : certains mois un peu plus, certains mois un peu moins. » Il marqua une pause pour se hisser sur son siège. « J'essayais de condamner les pires d'entre elles. Mais il y en avait tellement qui étaient malades. Je ne sais pas ce qu'ils leur donnaient à manger, ni quels médicaments ils leur inoculaient, mais certaines d'entre elles étaient vraiment répugnantes. »

S'abstenant de lui faire observer que ceci ne l'avait pas empêché d'autoriser leur entrée dans la chaîne alimentaire, Brunetti observa : « C'est Bianchi qui vous l'a dit, mais il doit bien y avoir quelqu'un qui le lui a dit. » Comme Meucci se taisait, Brunetti l'aiguillonna. « Vous ne croyez pas ?

– Bien sûr », approuva Meucci, en allumant une cigarette. « C'était Borelli qui lui donnait les ordres : c'est évident. Et c'est ce que j'ai fait. Trois pour cent. Parfois un peu plus, parfois un peu moins. Mais toujours autour de cette moyenne. » Cela sonnait, cette fois, comme une incantation.

« Vous êtes-vous jamais demandé qui pouvait avoir donné les ordres à signorina Borelli ? »

Meucci secoua rapidement la tête, puis dit : « Non. Ça ne me regardait pas. »

Brunetti laissa passer un laps de temps avant d'enchaîner : « Pendant combien de temps avez-vous fait cela ?

– Deux ans », répondit Meucci d'un ton sec et Brunetti se demanda combien de kilos cela représentait en viande cancéreuse et malade.

« Jusqu'à quand ?

– Jusqu'à ce que je me sois retrouvé à l'hôpital et qu'ils aient dû embaucher quelqu'un d'autre.

– Pourquoi avez-vous été hospitalisé, signor Meucci ?

– Pour le diabète. J'ai perdu connaissance à la maison, et lorsque je suis revenu à moi, j'étais en soins intensifs ; cela leur a pris une semaine pour comprendre ce que j'avais, puis deux semaines pour stabiliser mon taux de glycémie, et puis une semaine à la maison.

– Je vois. » Brunetti ne pouvait se dire désolé.

« À la fin de la première semaine, ils ont embauché

Nava. » Il regarda Brunetti et lança : « Vous ne m'avez pas cru, n'est-ce pas, lorsque je vous ai dit que je ne l'avais jamais rencontré. Mais c'est vrai. Je ne sais pas comment ils l'ont trouvé, ou qui le leur a recommandé. » Meucci prit visiblement plaisir à pouvoir affirmer cela.

« Par contre, vous mentiez lorsque vous disiez que vous ne saviez pas que j'étais allé à l'abattoir, c'est donc un mensonge de dire que vous n'avez gardé aucun contact avec qui que ce soit là-bas. » Il attendit la réponse de Meucci, mais comme elle ne venait pas, Brunetti fit claquer le fouet. « N'est-ce pas ?

– Elle m'a appelé. »

Brunetti pensa qu'il était superflu de lui demander de préciser qui.

« Elle a dit qu'elle voulait que j'aille travailler à Vérone, dit Meucci les yeux baissés. Mais je lui ai dit pour mon diabète et que mon docteur avait dit que je ne pouvais pas travailler tant qu'on n'avait pas stabilisé mon taux de sucre.

– Était-ce vrai ?

– Non, mais cela m'a évité d'aller à Vérone, expliqua-t-il, avec une pointe de satisfaction dans la voix.

– Pour faire la même chose ? s'enquit Brunetti. À Vérone ?

– Oui. » Meucci ouvrit la bouche pour proclamer son refus vertueux, mais à la vue de l'expression de Brunetti, il se tut.

« Est-elle toujours en contact avec vous ? » demanda Brunetti, gardant pour lui le fait qu'il savait que Meucci l'avait appelée.

Meucci fit signe que oui et Brunetti indiqua le magnétophone. « Oui.

– Dans quel but ?

– Elle m'a appelé la semaine dernière et m'a dit

que Nava était parti et que je devais y retourner, le temps qu'ils trouvent quelqu'un d'adéquat.

– Qu'est-ce qu'elle entendait par "adéquat", à votre avis ?

– D'après *vous* ? demanda Meucci, en passant finalement au sarcasme.

– C'est moi qui pose les questions, signor Meucci », rétorqua Brunetti froidement.

Meucci fit la moue. « Elle voulait quelqu'un qui maintienne les trois pour cent.

– Quand cette conversation a-t-elle eu lieu ? »

Meucci y réfléchit un instant : « Elle m'a appelé le 1er – je me souviens de la date, parce que c'était l'anniversaire de ma mère.

– Que vous a-t-elle dit ?

– Je n'avais pas trop le choix, n'est-ce pas ? » fit remarquer Meucci avec la pétulance d'un jeune garçon de 16 ans. Et avec la même clarté morale.

« Si elle voulait que vous alliez à Vérone, insinua Brunetti, en essayant d'éclaircir ce point, cela signifie-t-il qu'elle a un pied dans d'autres abattoirs ?

– Bien sûr », répondit Meucci, en lançant un regard à Brunetti suggérant qu'*il* était bien ce jeune garçon de 16 ans. « Il y en a cinq ou six. Deux près d'ici et quatre autres, je crois, autour de Vérone, en tous cas dans la région. Ils appartiennent au beau-père de Papetti. » Puis, ne pouvant se retenir de piquer la curiosité de Brunetti, en lui montrant qu'il savait une chose que lui ignorait, il lâcha : « Sinon, comment Papetti aurait-il pu obtenir ce type d'emploi, à votre avis ? »

Brunetti passa outre à la provocation de Meucci : « Êtes-vous déjà allé dans un de ces abattoirs ?

– Non, mais je sais que Bianchi a travaillé dans deux d'entre eux.

– Comment le savez-vous ? »

Surpris, Meucci déclara : « On s'entendait bien, au travail. Il m'en a parlé et m'a dit qu'il préférait Preganziol parce qu'il connaissait mieux l'équipe.

– Je vois, dit Brunetti d'un ton neutre. Savez-vous si Papetti et elle interviennent dans tous les abattoirs ?

– Ils y font un tour de temps en temps.

– Ensemble ? »

Meucci éclata de rire. « Vous pouvez vous sortir cette idée de la tête, commissaire. » Il rit si longtemps qu'il commença à tousser. Paniqué, il essaya de se lever, mais il resta encastré dans le fauteuil, qu'il finit par soulever du sol dans sa tentative de se mettre debout. Brunetti se leva pour faire le tour du bureau, afin d'essayer de faire quelque chose, mais Meucci s'obligea à se rasseoir. La toux se réduisit à un crépitement. Il se pencha pour prendre une cigarette, l'alluma et fit pénétrer jusqu'au fond des poumons sa fumée vitale.

« Pourquoi cette idée ne devrait-elle pas me passer par la tête, signor Meucci ? »

Les yeux de Meucci se plissèrent et Brunetti y lut son plaisir incoercible de détenir une information qui pourrait lui être utile. Ou à tous les deux. Meucci était peut-être lâche, d'accord, mais pas fou.

Et il n'avait pas non plus envie, semblait-il, de perdre son temps. « Qu'est-ce que vous me donnez en échange ? » proposa-t-il, en écrasant sa cigarette.

Brunetti s'attendait à ce que quelque chose de ce genre arrive sur le tapis : « Je vous laisse tout seul dans votre cabinet et vous ne travaillez plus à l'abattoir. »

Il vit Meucci évaluer son offre et l'accepter. « Il n'y a rien entre eux, affirma-t-il.

– Comment le savez-vous ?

– Elle l'a dit à Bianchi.

– Pardon ?

– Oui, Bianchi. Ils sont amis. Bianchi est homo. Ils s'aiment bien, c'est tout, et ils s'amusent à faire des potins, comme des ados : avec qui ils ont couché, qui ils aimeraient avoir, ce qu'ils ont fait. Elle lui a tout raconté pour Nava et lui a dit comme ç'avait été facile avec lui. Pour elle, c'était comme un jeu, je pense. Dans tous les cas, c'est l'impression que j'ai eue lorsque Bianchi m'en a parlé. »

Brunetti s'assura d'avoir l'air vraiment intéressé par ces propos. « Qu'est-ce qu'il vous a dit d'autre, Bianchi ?

– Qu'elle avait essayé avec Papetti, mais qu'il avait presque fait dans son froc, tellement il avait peur.

– D'elle ?

– Non, bien sûr que non. De son beau-père. S'il s'avisait de baiser avec une autre, le vieux s'arrangerait pour qu'il ne baise jamais plus de sa vie. » Puis, après un temps de réflexion, Meucci ajouta d'un ton jovial : « Après tout, il a fermé les yeux sur la manière dont Papetti a baisé la société pendant des années, donc il est évident que son seul souci, au vieux, c'est sa fille. Elle est amoureuse de Papetti, donc De Rivera lui laisse faire tout ce qu'il veut. Je suppose que pour lui, le jeu en vaut la chandelle. »

Brunetti s'abstint de tout commentaire ; par contre, il demanda : « D'où lui venaient ses problèmes, avec Nava ?

– Toujours pareil. Elle voulait qu'il certifie les bêtes, de manière à toucher leur commission sur les éleveurs. Comme ça se passait avec mon ami.

– Et avec vous », précisa Brunetti, lui rafraîchissant la mémoire.

Meucci ne répondit pas.

« Mais pas avec Nava ? »

À cette pensée, Meucci retrouva sa bonne humeur et dit : « Non, pas avec Nava. Bianchi m'a dit que c'était une hyène. Elle a couché avec lui, elle a même dit à Bianchi comment c'était : pas franchement une affaire au lit. Et après ça, il ne daignait même pas mettre le petit doigt sur la couture du pantalon. Donc elle l'a menacé d'aller tout raconter à sa femme. Mais ça n'a pas marché : il lui a dit qu'elle n'avait qu'à le faire, mais que lui, il ne plierait pas – il disait qu'il ne pouvait pas, vous vous rendez compte ?

– Quand l'a-t-elle menacé d'aller trouver sa femme ? »

Meucci ferma les yeux pour réfléchir. « Je ne me souviens pas exactement, ça doit faire au minimum deux mois. Elle a dit à Bianchi que ça lui avait pris presque deux mois pour le séduire, donc ça doit être après ça qu'elle lui a demandé de certifier les bêtes malades. »

Brunetti décida de changer de tactique : « Les animaux qui sont amenés à l'abattoir – ceux qui sont malades, je veux dire –, pourquoi signorina Borelli voulait-elle que vous les déclariez sains ? »

Meucci le regarda fixement. « Je viens de vous le dire. Vous ne pigez pas ?

– J'aimerais mieux que vous me le réexpliquiez, signor Meucci », répondit imperturbablement Brunetti, sachant pertinemment comment il pourrait exploiter cet enregistrement à l'avenir.

Avec un petit reniflement d'incrédulité ou de mépris, Meucci reprit : « Ils la payent, bien sûr. Elle et Papetti touchent une commission sur les bêtes déclarées saines. Et comme elle travaille à l'abattoir, elle sait exactement combien d'argent rentre. » Avant que Brunetti ne pût poser la moindre question, il ajouta : « Je ne sais pas trop, mais d'après ce que j'ai entendu dire, leur enveloppe est de plus ou moins vingt-cinq pour cent. Réfléchissez un peu. Si la bête est rejetée, les propriétaires perdent tout ce qu'ils en auraient tiré, et en plus, ils doivent payer pour la faire abattre et s'en débarrasser. » Avec une expression qu'il voulait vertueuse, Meucci conclut : « Je pense que c'est un bon prix, tout compte fait. »

Après une pause de réflexion, Brunetti approuva : « Certainement », puis il ajouta : « Je ne l'avais pas envisagé de cette façon.

— Eh bien, peut-être que vous devriez », répliqua Meucci du ton de ceux qui veulent toujours avoir le dernier mot.

Brunetti composa le numéro du portable de Pucetti.

Lorsque le jeune homme décrocha, Brunetti dit : « Tu veux bien monter ? Je voudrais que tu descendes avec ce témoin, le temps qu'un sténographe effectue une copie de sa déposition. Quand elle sera prête, fais-la-lui lire et signer, d'accord ? Foa et toi, vous pourrez la déclarer conforme.

— Foa est parti, monsieur. Son équipe a fini il y a une heure et il est rentré chez lui. Mais il m'a donné la liste.

— Quelle liste ? » s'étonna Brunetti, encore perdu dans ces considérations vétérinaires.

« Les adresses des maisons le long du canal, monsieur.

— Ah oui, bien, fit Brunetti. Apporte-la-moi en montant, d'accord ?

— Bien sûr, commissaire », répondit Pucetti et il raccrocha.

30

Après le départ de Pucetti, qui avait emmené Meucci avec lui, Brunetti eut du mal à réprimer son envie de donner tout de suite un coup d'œil à la liste de Foa. Mieux valait commencer par une lecture attentive du dossier que signorina Elettra avait établi sur signorina Borelli. Quatre ans à Tekknomed, une société qu'elle avait quittée brusquement et en état de disgrâce, juste pour aller prendre le plus naturellement du monde un poste nettement mieux rémunéré, en qualité d'assistante du fils de l'avocat de Tekknomed. Bien qu'il récusât ce préjugé chez Patta et qu'il n'avouerait qu'à Paola et encore, seulement sous la torture du bambou, qu'il partageait l'avis du vice-questeur, Brunetti estimait qu'un abattoir était un lieu de travail inconvenant pour une femme, surtout une femme aussi séduisante qu'elle. Comme c'était le cas, il fallait donc examiner les raisons qui avaient pu l'y conduire.

Brunetti tourna une page et étudia les informations sur les biens en sa possession. Ni son salaire à Tekknomed ni celui à l'abattoir n'auraient pu lui permettre d'acheter une seule de ces propriétés, a fortiori les trois. L'appartement au centre de Mestre faisait cent mètres carrés. Les deux appartements à Venise étaient légèrement plus petits, mais, loués aux touristes et bien gérés, ils pouvaient lui rapporter plusieurs milliers d'euros par mois. Dans la mesure où ces entrées n'étaient pas déclarées, la somme totale équivalait à son salaire à l'abattoir, plutôt pas mal comme résultat pour une femme de tout juste 30 ans. Sans oublier l'argent qu'elle gagnait – même si l'emploi de ce verbe dérangeait Brunetti – avec les quelques paysans qui amenaient des bêtes malades à l'abattoir.

Il lui revint à l'esprit le scandale qui avait éclaté en Allemagne, quelques années plus tôt, à propos des œufs chargés en dioxine, résultant de la contamination de la nourriture dispensée en pleine connaissance de cause au bétail. Puis il se souvint d'un dîner qui se tint peu de temps après où la maîtresse de maison, une de ces femmes de la haute dont la naïveté s'aggrave avec l'âge, avait demandé comment les gens pouvaient faire une chose pareille. Au prix d'un énorme effort Brunetti s'était retenu de lui hurler, à l'autre bout de la table : « La cupidité, pauvre idiote. La cupidité. »

Brunetti subodorait depuis toujours que le moteur de la plupart des gens était la cupidité. L'envie ou la jalousie pouvaient inciter à des actions impulsives ou violentes, mais pour expliquer la plupart des crimes, surtout ceux commis après une longue préméditation, la cupidité était le meilleur pari.

Il mit le dossier de côté et prit la liste que Pucetti lui avait donnée, avec les propriétaires des maisons de chaque côté du rio del Malpaga, correspondant aux portes d'eau qu'il avait vues. Trouver leurs noms, supposa Brunetti, avait dû prendre des heures de patiente recherche parmi le chaos des feuilles parcellaires de l'Ufficio Catasto[1].

---

1. Bureau du cadastre.

Il balaya des yeux la première page de haut en bas, sans vraiment savoir ce qu'il était en train de chercher ou, en fait, s'il était véritablement en train de chercher quelque chose. Vers le milieu de la deuxième page, il tomba sur le nom Borelli. Ses cheveux se dressèrent sur la tête et un frisson lui parcourut la chair. Il reposa les papiers tout doucement et passa quelque temps à les aligner sur le bord avant de son bureau. Une fois satisfait de leur disposition, il fixa le mur opposé en déplaçant des bribes d'informations, qu'il intégrait à différents scénarios, en en excluant certaines, ou en les emboîtant à de nouveaux endroits.

Il attrapa le téléphone et composa le numéro écrit sur la chemise posée sur son bureau. Elle répondit à la troisième sonnerie.

« Borelli. » Directe, sans fioriture aucune, à la manière d'un homme.

« Signorina Borelli, je suis le commissaire Brunetti.

– Ah, commissaire, j'espère que vous avez tout vu », dit-elle d'une voix où ne perçait aucune nuance ou suggestion de sous-entendus.

« Oui, nous y sommes restés un moment, répliqua Brunetti, mais je doute que nous ayons vu tout ce qui s'y passe. »

Ceci lui concéda une pause, mais après un moment, elle reprit : « Je ne suis pas sûre de bien vous suivre, commissaire.

– Je voulais dire que nous n'avons toujours pas une idée complète de tout ce qui se passe à l'abattoir, signorina.

– Oh, fut tout ce qu'elle trouva à répondre.

– Je voudrais que vous veniez à la questure et que nous en parlions.

– Je suis très occupée.

– Je suis sûr que vous trouverez un instant pour discuter, dit Brunetti d'une voix neutre.

– Mais je ne suis pas sûre de pouvoir, signore, insista-t-elle.

– Ce serait plus simple ainsi, suggéra Brunetti.

– Que quoi ?

– Que de demander à un magistrat de vous amener sous la contrainte.

– La contrainte, commissaire ? demanda-t-elle, avec un rire où elle essaya de glisser une note de séduction.

– Contrainte. » Pas de séduction, pas de rire.

Après une pause assez longue pour permettre à Brunetti d'ajouter quelque chose s'il le souhaitait, elle finit par dire : « Vu le ton que vous employez, je me demande si je ne devrais pas venir avec un avocat.

– Comme vous voulez.

– Oh, mon Dieu, tout cela est-il donc si grave ? » dit-elle, mais n'ayant pas le sens de l'ironie, sa question tomba à plat.

Brunetti devinait sans mal le cours que suivraient ses actions. La cupidité. Une cupidité stupide, atavique. Réfléchir à ce qu'allait lui coûter un avocat. Si elle pouvait s'en sortir toute seule par le dialogue, pas besoin d'avocat, n'est-ce pas ? Donc pourquoi aller payer quelqu'un pour l'accompagner ? Elle était sûrement plus futée qu'un pauvre policier qui fait juste son job, non ?

« Quand voudriez-vous que je vienne ? demanda-t-elle, soudainement docile.

– Dès que possible, signorina.

– Dans l'après-midi, concéda-t-elle. Vers seize heures ?

– Très bien. » Brunetti veilla à ne pas la remercier. « Alors je vous attends. »

Il descendit immédiatement au bureau de Patta et lui parla de l'appartement de signorina Borelli qui donnait sur le canal où l'on avait trouvé le cadavre. Se souvenant de la chaussure qui manquait et des éraflures à l'arrière du talon de Nava, Brunetti déclara : « Il se pourrait que les gars de la police scientifique veuillent aller sur place.

– Bien sûr, bien sûr », opina Patta, comme s'il s'apprêtait justement à le suggérer.

Laissant à son supérieur le soin d'obtenir l'ordre du magistrat, Brunetti s'excusa et retourna à son bureau.

Lorsque l'agent en faction l'appela à seize heures dix pour le prévenir qu'il avait de la visite, Brunetti, qui s'était arrangé pour s'assurer de la présence de l'inspecteur pendant leur conversation, répliqua que Vianello descendait à leur rencontre.

Brunetti leva les yeux lorsqu'il les vit à la porte : la baraque et le petit bout de femme. Il s'en était étonné dès l'instant où l'idée lui avait traversé l'esprit. Il avait jeté un autre coup d'œil au compte rendu de Rizzardi et avait vu qu'il y avait des trous dans la chemise de Nava et des traces de fibres de coton dans les blessures. Il ne s'était donc pas agi d'une querelle d'amants, ou tout au moins, pas une qui aurait eu lieu au lit. La trajectoire des blessures – si le mot convenait – allait de bas en haut, donc la personne debout derrière lui était plus petite que lui.

Il se leva, par la force de l'habitude. Il leur dit bonjour et leur désigna les chaises devant lui ; Vianello attendit et une fois que signorina Borelli fut assise, il prit l'autre chaise et sortit son carnet. Elle fixa le magnétophone, puis Brunetti.

Brunetti mit en route l'appareil et dit : « Merci d'être venue, signorina Borelli.

– Vous ne m'avez pas trop laissé le choix, n'est-ce pas commissaire ? » répliqua-t-elle, d'un ton de mi-colère, mi-insouciance.

Brunetti ignora le ton, tout comme il ignora l'idée que cette femme pût avoir le cœur léger : « Je vous ai expliqué les choix dont vous disposiez, signorina.

– Et pensez-vous que j'aie fait le bon ? demanda-t-elle, comme si elle ne pouvait s'empêcher de faire du charme.

– Nous verrons », répondit Brunetti.

Vianello croisa les jambes et feuilleta son carnet de notes.

« Pouvez-vous me dire où vous étiez dimanche soir ?

– J'étais chez moi.

– C'est-à-dire où, signorina ?

– À Mestre, via Mantovani 17.

– Y avait-il quelqu'un avec vous ?

– Non.

– Qu'avez-vous fait ce soir-là ? »

Elle se tourna vers la fenêtre. « Je suis allée au cinéma, à la première séance.

– Quel film était-ce, signorina ?

– *Rome ville ouverte*. C'était dans le cadre d'une rétrospective de Rossellini.

– Y êtes-vous allée avec quelqu'un ?

– Oui. Avec Maria Costantini. C'est une voisine.

– Et après ?

– Je suis rentrée.

– Avec signora Costantini ?

– Non. Maria dînait avec sa sœur, donc je suis rentrée à la maison toute seule. Je me suis préparé quelque chose à manger, puis j'ai regardé la télévision et je me suis couchée tôt. Je commence à travailler tôt : à six heures.

– Avez-vous reçu un coup de fil, ce soir-là ? »

Elle prit la question en considération : « Non, pas que je me souvienne.

– Pourriez-vous me donner une idée de vos attributions à l'abattoir de Preganziol ? » s'enquit Brunetti, comme s'il en avait assez entendu sur ses activités du dimanche soir.

« Je suis l'assistante du dottor Papetti.

– Et vos attributions, signorina ? »

Vianello emplit la pièce du bruit d'une page que l'on tourne.

« J'établis l'emploi du temps des travailleurs, aussi bien des équarrisseurs que de l'équipe de nettoyage ; j'enregistre le nombre de bêtes amenées à l'abattoir, la quantité totale de viande produite chaque jour ; j'informe les éleveurs des directives émanant de Bruxelles.

– Quelles sortes de directives ? la coupa Brunetti.

– Les méthodes d'abattage, de transport des bêtes, où et comment elles doivent être gardées si elles doivent attendre un jour ou plus, avant d'être abattues. » Elle pencha la tête sur le côté, comme pour lui demander si elle devait continuer.

« Pour ce qui est des prix, signorina, ce que vaut un kilo de tel ou tel morceau de viande : qui est-ce qui l'établit ?

– Le marché », répondit-elle d'emblée. « Le marché, la saison, et la quantité de viande disponible à un moment donné.

– Et la qualité ?

– Pardon ?

– La qualité de la viande, signorina, spécifia Brunetti. Si un animal est en bonne santé et peut être abattu. Qui est-ce qui l'établit ?

– Le vétérinaire, dit-elle, pas moi.

– Et sur quels critères juge-t-il l'état de santé de l'animal ? poursuivit Brunetti, tandis que Vianello tournait une autre page.

– C'est bien là le but de ses études vétérinaires, je présume », fit-elle et Brunetti réalisa qu'il l'avait aiguillée, ou s'était rapproché de ce but, surpris d'avoir choisi ce mot.

« Si bien qu'il peut identifier les animaux qui sont trop malades pour être abattus ?

– C'est bien ce que j'espère », énonça-t-elle, mais elle le dit d'un ton si vif que cela sonna faux non seulement aux oreilles de Brunetti, mais, il en aurait juré, même aux siennes.

« Que se passe-t-il s'il juge qu'un animal n'est pas apte à être abattu ?

– Vous voulez dire s'il n'est pas en assez bonne santé ?

– Oui.

– Alors l'animal est restitué à l'éleveur qui l'a amené et il est responsable de sa liquidation.

– Pouvez-vous me dire comment on y procède ?

– L'animal doit être abattu et détruit.

– Détruit ?

– Incinéré.

– Combien cela coûte-t-il ?

– Je n'ai aucune… » commença-t-elle à dire, puis elle réalisa combien c'était peu crédible et elle changea sa phrase.

« … aucun moyen de vous donner une somme fixe en la matière. Cela dépend du poids de l'animal.

– Mais, vraisemblablement, il s'agit d'une somme bien rondelette ?

– Effectivement », approuva-t-elle. Puis, à contre-cœur, elle précisa : « Il faut compter dans les 400 euros.

– Donc il est dans l'intérêt des éleveurs d'amener uniquement des animaux en bonne santé à l'abattoir ? » demanda Brunetti sur le ton d'une question, alors que ce n'en était pas une en vérité.

« Oui, bien sûr.

– Dottor Andrea Nava était employé en tant que vétérinaire à l'abattoir, continua Brunetti.

– Est-ce une question ? le coupa-t-elle.

– Non, c'est une affirmation. Ma question porte sur le type de relation que vous entreteniez avec lui. »

La question ne sembla pas la surprendre le moins du monde, mais elle marqua une petite pause avant de répondre. « Il était embauché par l'abattoir, comme moi, donc je suppose que nous étions collègues. »

Brunetti joignit soigneusement ses mains sur le bureau devant lui, un geste qu'il avait vu faire par ses professeurs quand un étudiant séchait. Il se souvint, aussi, de la tactique de faire durer le silence, qui presque invariablement s'avérait fructueuse avec les étudiants les moins sûrs d'eux. Il regarda signorina Borelli, jeta un coup œil à la vue depuis sa fenêtre, puis reporta son regard vers elle.

« Et c'en était la suite logique ? » demanda-t-il.

S'il n'avait fait qu'imaginer sa réaction, face à l'idée de prendre un avocat, il pouvait cette fois l'observer en train de bien prendre en considération tous les tenants et les aboutissants. Elle cherchait des faux-fuyants pour avoir le temps d'évaluer jusqu'où pousser les aveux, même si elle devait bien s'être doutée qu'elle n'échapperait pas à cette question.

Elle finit par hausser les épaules et sourit d'un air canaille. « Eh bien, pas vraiment. Nous avons couché ensemble quelques fois, mais rien de bien sérieux.

– Où ? demanda Brunetti.

– Quoi où ? demanda-t-elle, sincèrement confuse.

– Où est-ce que vous avez couché ensemble ?

– Quelques fois chez lui, au-dessus de son bureau et dans les vestiaires de l'abattoir. Puis elle ajouta, après coup : « Une fois dans mon bureau. » Elle dodelina du menton et donna à la question de Brunetti l'importance qu'elle pensait mériter. « Je crois que c'est tout.

– Combien de temps a duré cette liaison ? »

Elle leva les yeux vers lui, surprise, ou faisant semblant de l'être. « Oh, ce n'était pas une liaison, commissaire. C'était juste une histoire de fesses.

– Je vois, dit Brunetti, prenant acte de cette mise au point. Combien de temps ça a duré ?

– L'histoire a démarré quelques mois après ses débuts à l'abattoir et elle a duré jusqu'à il y a environ trois mois.

– Pourquoi s'est-elle achevée ? »

Elle opposa une fin de non-recevoir, jugeant la question, voire la réponse même, dénuée d'intérêt. « Ça ne m'amusait plus, finit-elle par dire. Je pensais que ça pouvait être une situation confortable pour tous les deux, mais très vite, il s'est mis à parler d'avenir. » Elle secoua la tête à ces mots. « Comme s'il avait oublié qu'il avait une femme et un enfant.

– Vous ne l'aviez pas oublié, vous, signorina ? s'enquit Brunetti.

– Bien sûr que non, répondit-elle vivement. C'est la raison pour laquelle les hommes mariés sont si pratiques : chacun peut mettre un terme à la liaison quand il veut, et pas de casse.

– Mais il ne voyait pas la chose comme ça ?

– Apparemment non.

– Que voulait-il ?

– Aucune idée. Dès qu'il a commencé à faire des

projets, je lui ai dit que c'était fini. *Finito. Basta.* »
Elle tourna sur sa chaise, comme une poule contrariée, en train de hérisser ses plumes. « Je n'avais pas envie de ça.

– Vous voulez dire, de ses attentions ? demanda Brunetti.

– De tout l'ensemble : appelez ça des attentions si vous voulez. Je n'avais pas envie d'entendre ses jérémiades sur sa culpabilité et ses remords sur le fait qu'il trompait sa femme. Et je voulais pouvoir sortir dîner ou aller prendre un verre sans que l'homme avec qui j'étais ne se sente menacé à chaque seconde, comme si c'était un criminel. » Elle semblait véritablement en colère ; Brunetti ne douta pas une seconde qu'elle l'était et qu'elle l'avait été, même si ce n'était peut-être pas pour ces raisons.

« Ou comme si vous, vous en étiez une », assena Brunetti.

Cette réflexion la figea. Elle hésita et, comme il était désormais trop tard pour lui demander ce qu'il insinuait, elle se força tout de même à lui dire : « Qu'entendez-vous par là ? »

Ignorant l'interrogation, Brunetti continua. « Vous avez dit qu'une de ses attributions consistait à inspecter les animaux amenés à l'abattoir, pour se prononcer sur leur condition physique. »

Décontenancée par son changement de rythme, elle approuva : « Oui.

– À partir du moment où le dottor Nava a pris son poste de vétérinaire à l'abattoir, on a observé une brusque hausse du nombre d'animaux déclarés inaptes à l'abattage. » Il marqua une pause, et comme elle ne donnait aucun signe d'assentiment, il brisa son silence hésitant : « Avant qu'il ne commence à inspecter les animaux, le taux moyen de rejet était – si je puis l'appeler ainsi – d'environ trois pour cent ; or, dès l'instant où le dottor Nava a commencé, ce taux a triplé, puis quadruplé et est même monté encore plus haut. Comment expliquez-vous cela, signorina ? »

Elle pinça les lèvres, comme si elle y réfléchissait, puis elle répondit : « Je pense que vous devriez poser la question à Bianchi.

– Vous n'étiez pas au courant de cette hausse ? demanda-t-il, feignant la surprise.

– Bien sûr que je le savais, approuva-t-elle, trop contente de pouvoir corriger son propos. Mais j'ignorais, et j'en ignore toujours la cause.

– Avez-vous songé à ce qui pourrait en être à l'origine ? »

Brunetti s'attendait à ce qu'elle essaye de répondre à cette question : ce serait logique, pour quelqu'un dans sa position, de s'interroger à ce propos.

Au bout d'un moment, elle déclara : « Je n'ai pas envie de le dire. » Et elle ne le fit donc pas.

« De dire quoi ? » demanda Brunetti.

Avec une réticence des plus marquées, elle répondit, d'une voix mal assurée : « Un des soupçons qui a couru – je ne me souviens plus de qui il est parti –, c'était que les éleveurs étaient peut-être en train d'essayer de fourguer les animaux malades au nouveau vétérinaire. Qu'ils pensaient tester le nouveau docteur pour voir à quel point il était sévère. » Elle arbora un sourire gêné, comme si elle était embarrassée d'étaler cet exemple de duplicité humaine.

« Le long test que voilà », dit Brunetti d'un air pince-sans-rire. À son regard, il ajouta : « Les chiffres continuaient à augmenter, n'est-ce pas ? » Puis, sans lui laisser le temps de répondre : « En flèche, jusqu'à sa mort. »

Elle leva les sourcils en signe d'ignorance ou d'incompréhension. Mais elle ne souffla mot.

Vianello tourna une autre page. Signorina Borelli et Brunetti se regardaient, chacun attendant que l'autre prenne la parole. Pendant un moment, ni l'un ni l'autre ne le fit.

Mais Brunetti finit par demander, car il voulait l'entendre de sa bouche : « Pourriez-vous me parler de votre relation avec le dottor Papetti ? »

Cette question la surprit. « Relation ? s'enquit-elle.

– Il vous a embauchée comme assistante après qu'on vous a congédiée de votre emploi précédent, vraisemblablement sans recommandation. » Le fait que Brunetti détienne cette information sembla l'étonner davantage encore. « D'où votre relation. »

Elle rit. C'était un rire franc et musical. Lorsqu'elle s'arrêta, elle dit, d'une voix nouée par la colère qu'elle était lassée de réprimer. « Vous, les hommes, vous n'avez qu'une seule et unique chose en tête, n'est-ce pas ? C'était mon patron ; nous travaillions ensemble ; c'est tout.

– Donc il n'y avait pas de relation de type sexuel entre vous, comme c'était le cas avec le dottor Nava ?

– Vous ne l'avez pas vu, commissaire ? Vous croyez vraiment qu'une femme puisse le trouver séduisant ? » Puis, comme pour renchérir : « Désirable ? » Elle se remit à rire et Brunetti comprit enfin la citation biblique : « Et ils se sont moqués de Lui. » Avec une pointe d'acidité, elle enchaîna : « En outre, il sait que s'il s'avisait de regarder une autre femme, le papa de sa petite Natasha lui ferait briser les jambes le jour même. » Elle commença une autre phrase, qui avait peut-être à voir avec ce que pourrait encore lui faire son beau-père, mais elle se contenta d'un simple « voire pire ».

« Donc vous n'avez jamais été amants ?

– Si ces questions vous émoustillent, commissaire, je me vois dans l'obligation de mettre un terme, hélas, à votre plaisir. Non, Alessandro Papetti et moi n'avons jamais été amants. Il a essayé une fois de m'embrasser, mais j'aurais préféré coucher avec un des équarrisseurs. » Elle lui lança un sourire tout sucre et tout miel. « Ai-je répondu à votre question ?

– Merci d'être venue, signorina, conclut Brunetti. Si nous avons d'autres questions, nous vous recontacterons.

– Voulez-vous dire que je peux partir ? » demanda-t-elle, s'apercevant aussitôt de son impair.

Impulsive, pensa Brunetti. Très jolie, et probablement charmante quand elle le veut, ou quand ça sert son objectif. Il regarda son visage séduisant et songea à ce qu'elle avait dit de Nava : l'idée que l'insensibilité qu'elle affichait n'était pas une tentative pour prendre ses distances avec le défunt, mais bien sa nature profonde, lui fit froid dans le dos.

Les deux hommes se levèrent, elle en fit autant. Vianello lui ouvrit la porte. Elle quitta Brunetti en silence et sortit du bureau. Vianello la suivit et Brunetti se mit à la fenêtre.

Il était encore à regarder la place qu'elle avait occupée lorsqu'il entendit Vianello revenir. « Eh bien ? s'enquit l'inspecteur.

– Je crois qu'il est temps qu'on ait un autre entretien avec le dottor Papetti, répondit Brunetti. Mais on le fera ici. Il sera sûrement moins à son aise. »

31

Le lendemain matin, Papetti, à la différence de son bras droit, arriva accompagné de son avocat. Brunetti connaissait maître Torinese, un pénaliste solide, fiable, avec une réputation sans taches. Brunetti, s'attendant à un de ces requins qui rôdent dans les eaux de la justice criminelle de la cité et du vaste monde, fut content de voir Torinese qui, bien qu'intelligent et ingénieux au plan juridique, s'en tenait plus ou moins aux règles ; avec lui, pas de crainte de témoins soudoyés, ou de dossiers médicaux falsifiés.

Les deux hommes s'assirent en face de Brunetti et Vianello sur une chaise en bois, qu'il avait prise près du placard. Une fois de plus, il y avait à la fois le magnétophone et le carnet de notes de Vianello ; puis Torinese sortit un magnétophone de sa mallette et ne le plaça pas très loin de celui de Brunetti.

Brunetti jaugea ses visiteurs : même assis, Papetti dominait son avocat, qui n'était pourtant pas petit. Torinese fit claquer le fermoir de sa mallette et la posa à la gauche de sa chaise. Brunetti et Torinese se penchèrent au même moment et mirent en route leurs appareils.

« Dottor Torinese, commença Brunetti de manière formelle, je voudrais vous remercier, ainsi que votre client, le dottor Papetti, Alessandro Papetti, d'être venus me voir si rapidement. Il y a certains points que je voudrais éclaircir avec vous et je pense que votre client peut m'être utile en cela.

– Et quels sont ces points ? » demanda Torinese. Il avait à peu près l'âge de Brunetti, même s'il faisait plus vieux, avec ses lunettes à monture d'écaille et ses cheveux coiffés en V sur le front et plaqués en arrière. Aucun tailleur à Venise n'avait su lui faire un costume digne de ce nom, et aucun cordonnier s'enorgueillirait de ses chaussures. La pensée de chaussures de prix rappela à Brunetti la question à discuter.

« D'abord, il y a le meurtre du dottor Andrea Nava, qui travaillait à l'abattoir que dirige le dottor Papetti, lui dit-il en préambule. J'en ai déjà parlé au dottor Papetti, mais depuis, je suis entré en possession de nouvelles informations et cela nécessite que je pose de nouvelles questions au dottore. » Brunetti sentait bien qu'il était aux prises avec le démon de la formalité, mais sachant que tout ce qu'ils disaient finirait par être imprimé, signé, daté et inséré dans les rapports officiels, il ne pouvait se comporter autrement.

Torinese s'apprêta à parler, mais Brunetti continua : « Maître, je voudrais, si vous me le permettez, ne pas avoir à passer systématiquement par vous. » Sans laisser le temps à l'avocat de faire la moindre objection, Brunetti ajouta : « Je crois que cela simplifiera les choses à la fois pour moi et pour votre client. Vous pourrez, bien sûr, intervenir chaque fois que vous l'estimerez opportun, mais mieux vaudrait pour votre client – et je ne peux que vous demander de m'accorder votre entière confiance – de me parler directement. »

Tandis que Torinese et Papetti échangèrent un regard,

Brunetti laissa vagabonder son esprit et se souvint de l'expression – il se demanda pourquoi ses pensées se tournaient encore vers la Bible – « Tu as été pesé dans la balance[1] ». Les deux hommes allaient-ils le trouver insuffisant ?

Apparemment non, car Papetti, après un bref signe de tête de son avocat, déclara : « Je vais parler avec vous, commissaire. Même si je dois dire que je n'ai pas l'impression de parler à l'homme qui est venu dans mon bureau.

– Je suis le même homme, dottore : je puis vous l'assurer. Je suis simplement mieux armé que je ne l'étais la dernière fois que nous nous sommes parlé.

– Armé par quoi ? demanda Papetti.

– Comme je l'ai dit à maître Torinese, par de nouvelles informations.

– Et armé *pour* quoi ? »

Brunetti tourna son attention vers Torinese et dit : « Je vais donner le ton de cette conversation, en jouant franc-jeu avec vous deux. » Puis à Papetti : « Pour trouver votre degré d'implication dans la mort du dottor Nava. »

Ni l'un ni l'autre ne sembla étonné. Torinese, après des décennies d'expérience où il avait entendu fuser des accusations soudaines de toutes sortes, était probablement immunisé contre la surprise. Papetti, cependant, semblait anxieux et ne parvenait pas à le dissimuler.

Brunetti continua à s'adresser à Papetti, soupçonnant qu'il n'avait pas eu le temps de tout expliquer à Torinese. « Nous sommes au courant de ce qui se passait à l'abattoir. » Brunetti fit une pause pour per-

1. Daniel, V 27 : « Tu as été pesé dans la balance et trouvé insuffisant. » Ancien Testament. TOB. 1980.

mettre à Papetti de réclamer une explication, mais ce dernier ne le fit pas.

« Et, vu que nous parlons maintenant de meurtre, les conséquences pour quiconque cherchant à obscurcir la vérité sur des éléments liés à ce meurtre sont beaucoup plus graves, inutile je suppose d'insister là-dessus. Je suis certain que les gens qui travaillent à l'abattoir le comprendront aussi. » Brunetti s'arrêta pour qu'ils puissent l'intégrer. « Donc je suppose, reprit-il, que les gens qui y travaillent, notamment Bianchi, seront disposés à nous dire ce qu'ils savent, sur le meurtre, ou sur les crimes mineurs. » Brunetti prit garde à ne pas nommer ces crimes mineurs, curieux de voir comment Papetti allait réagir.

Torinese, malgré toute sa formation et ses années de carrière, ne put s'empêcher de jeter un coup d'œil en direction de son client. Papetti, cependant, l'ignora et porta son attention sur Brunetti, comme s'il souhaitait obtenir davantage de révélations.

Brunetti fit glisser les papiers près de lui et les étudia un moment, puis il dit : « Je voudrais commencer par vous demander, dottor Papetti, où vous étiez la nuit du 7. » Puis, au cas où Papetti aurait eu du mal à se remémorer cette date, il spécifia : « C'était la nuit entre dimanche et lundi. »

Papetti jeta un regard oblique à Torinese, qui dit : « Mon client était à son domicile, avec sa femme et ses enfants. » Le fait que Torinese fût à même de répondre à cette question signifiait non seulement que Papetti s'y était attendu, mais qu'il en avait évalué l'importance.

« J'en attends les preuves », observa Brunetti avec douceur.

Tous deux hochèrent la tête et Brunetti ne prit pas la peine de s'enquérir de détails.

« Il s'agit, comme vous devez le savoir, précisa-t-il en s'adressant directement à Papetti, de la nuit où le dottor Nava a été tué. » Il leur laissa le temps de comprendre, avant de poursuivre : « Nous pouvons, bien sûr, conforter votre déclaration par un examen des relevés de votre portable.

– Je n'ai appelé personne, répliqua Papetti puis, conscient qu'il avait répondu trop rapidement, il rectifia : Ou tout au moins, je ne me souviens pas d'avoir passé de coups de fil.

– Dès que nous aurons obtenu l'autorisation d'un magistrat, nous pourrons vous aider à recouvrer la mémoire, dottor Papetti. Y compris si vous avez reçu des appels, dit Brunetti avec son plus doux sourire. Les relevés nous diront aussi où était votre téléphone cette nuit-là et s'il a été utilisé ailleurs que chez vous pour une raison ou une autre. » Papetti reçut cette information de plein fouet : la puce placée dans son téléphone laissait un signal géographique qui pouvait être localisé et serait localisé.

« Il est possible que j'aie eu à sortir », dit Papetti ; le regard que lui lança Torinese confirma à Brunetti que l'avocat ignorait ce fait. Et un moment plus tard, le durcissement de son regard lui confirma qu'il l'avait très mal pris.

« À Venise, à tout hasard ? » demanda Brunetti la voix imprégnée d'une légèreté et d'une affabilité telles qu'elle induisait une réponse affirmative, évoquant toute une série de lieux pittoresques et dignes d'intérêt artistique, disséminés à travers la ville.

Papetti sembla se volatiliser un instant. Il fixait les deux magnétophones si intensément que Brunetti crut entendre tourner les rouages de son cerveau, cherchant à s'adapter à cette nouvelle réalité, créée par la trahison de son *telefonino*.

Papetti commença à pleurer, mais n'avait pas l'air de s'en apercevoir. Les larmes lui coulaient le long des joues et du menton et sous le col de sa chemise blanche fraîchement repassée, tandis qu'il continuait à observer les lumières rouges sur les appareils.

Torinese finit par dire : « Alessandro, arrêtez. »

Papetti regarda cet homme qui aurait pu être son père, qui avait peut-être été un collègue de son père et il opina du chef. Il s'essuya le visage du revers de sa manche et avoua : « Elle m'a appelé. Sur mon portable. »

Torinese étonna alors Brunetti en disant : « Tous les relevés téléphoniques indiqueront les moments précis des appels, Alessandro. » La tristesse perceptible dans sa voix fit clairement comprendre à Brunetti qu'il devait être un collègue, peut-être un ami du père de Papetti, voire de son client lui-même.

Papetti tourna de nouveau son attention vers le magnétophone. Comme s'il parlait pour la première fois, il raconta : « J'ai dîné avec un ami à Venise. C'était un dîner d'affaires. Nous étions aux Testiere où ils le connaissent, donc ils se souviendront de nous, que nous y étions ensemble. Après le dîner, mon ami est rentré chez lui et moi je suis allé me promener. »

Il regarda Brunetti droit dans les yeux. « Je sais que ça peut paraître étrange, mais j'aime être dans la ville tout seul, quand il n'y a plus personne, et je voulais être seul. » Sans laisser le temps à Brunetti de poser une question, il ajouta : « J'ai appelé ma femme et lui ai dit comme c'était beau. Cela figurera dans vos relevés, aussi. »

Brunetti fit un signe d'assentiment et Papetti continua.

« Elle m'a appelé vers minuit. » Brunetti ne demanda pas à Papetti d'attester s'il parlait bien de signorina Borelli : les relevés s'en chargeraient.

« Elle m'a dit de venir la rejoindre sur le nouveau quai des Zattere, en bas vers San Basilio. Je lui ai demandé ce qu'elle voulait, mais elle n'a pas voulu me le dire.

– Y êtes-vous allé ?

– Bien sûr que oui, rétorqua Papetti violemment. Il faut toujours que je fasse ce qu'elle dit. »

Torinese s'éclaircit la gorge, mais ni Brunetti ni Vianello ne firent de commentaires.

« Lorsque je l'ai retrouvée là-bas, elle m'a amené dans une maison. Je ne sais pas bien où. » Sur quoi, Papetti regarda autour de lui et expliqua : « Je ne suis pas vénitien, donc j'étais perdu. »

Brunetti se permit d'acquiescer.

« Lorsque nous sommes entrés, il y avait une sorte de hall avec des fenêtres à l'arrière et un escalier. Qui descendait, pas qui montait. Elle m'a emmené avec elle et j'ai vu les pieds d'un homme sortir de l'eau, sur les marches : ses pieds et ses jambes. Mais sa tête était dans l'eau. » Papetti regarda par terre.

« Nava ? demanda Brunetti.

– Je ne le savais pas, au début, quand je l'ai vu », répondit Papetti, levant ses yeux vers ceux de Brunetti. Il secoua la tête et ajouta : « Mais je le savais. Je veux dire, je ne le voyais pas, mais je le savais. Qui d'autre cela pouvait-il être ?

– Pourquoi pensiez-vous que ce ne pouvait être que Nava ? »

Torinese était assis tranquillement, le visage dénué de la moindre expression, comme s'il était dans un train, tendant l'oreille pour écouter la conversation qui se tenait sur le siège devant lui.

Papetti répéta d'un air morne : « Qui d'autre cela pouvait-il être ?

– Pourquoi vous a-t-elle appelé ? »

Papetti leva ses mains et les regarda, l'une après l'autre. « Elle voulait le jeter dans le canal, mais elle n'arrivait pas à ouvrir la porte d'eau. C'était… La barre en métal… était bloquée par la rouille. »

Brunetti décida de laisser Papetti décider du moment où il voudrait reprendre la parole. Il s'écoula au moins une minute, pendant laquelle Torinese examina le dos de ses mains, qu'il avait posées sur ses cuisses.

« Elle avait essayé de l'ouvrir en donnant des coups avec le talon de la chaussure de Nava. Mais elle ne voulait pas s'ouvrir. Donc elle m'a appelé.

– Et qu'avez-vous fait ? s'enquit Brunetti au bout d'un long moment d'attente.

– Je l'ai ouverte en tirant. Il a fallu que j'entre dans l'eau pour m'approcher suffisamment près de la porte pour pouvoir l'ouvrir.

– Et ensuite ?

– Ensuite, nous l'avons poussé dans l'eau, puis j'ai fermé la porte et j'ai mis le verrou.

– Et signorina Borelli ? » demanda Brunetti. Un des magnétophones émit un bourdonnement et le signal lumineux rouge clignota avant de s'éteindre. Torinese se pencha en avant et appuya sur une touche : la lumière rouge se ralluma.

« Elle m'a dit de rentrer chez moi et qu'elle, elle rentrait chez elle.

– Vous a-t-elle dit ce qui s'était passé ?

– Non. Rien. Elle m'a demandé d'ouvrir la porte, puis de l'aider à le pousser en bas des marches.

– Et vous l'avez fait.

– Est-ce que j'avais le choix, à votre avis ? » demanda Papetti, en baissant de nouveau les yeux, en silence.

Papetti se lécha les lèvres, les pinça, puis les lécha de nouveau. « Il y a longtemps que nous nous connaissons. »

Calmement, Brunetti demanda : « Et cela lui a donné un tel pouvoir sur vous ? »

Papetti ouvrit la bouche, mais aucun son n'en jaillit. Il toussota et dit : « Une fois, j'ai… Une fois, j'ai commis une indiscrétion. » Puis il s'arrêta.

« Avec signorina Borelli ? demanda Brunetti.

– Oui.

– Avez-vous eu une liaison avec elle ? »

Les yeux de Papetti s'élargirent sous le choc. « Oh, mon Dieu, non.

– Alors que s'est-il passé ? »

Papetti ferma les yeux et dit : « J'ai essayé de l'embrasser. »

Brunetti décocha un regard à Vianello, qui leva les sourcils.

« C'est tout ? » demanda Brunetti.

Papetti le regarda. « Oui, mais ça a suffi.

– Suffi pour quoi ?

– Pour que ça lui vienne à l'esprit. » Comme Brunetti avait du mal à comprendre, Papetti expliqua : « De le dire à mon beau-père. » Puis, après un moment, il précisa : « Ou elle l'avait planifié, et c'est pour cela qu'elle m'avait demandé de la raccompagner à la maison. Elle m'a dit que sa voiture était en révision. » Papetti se passa les deux mains sur le crâne. « Ou c'était vrai. Je ne sais pas. » Puis il ajouta, avec véhémence : « Je ne suis qu'un idiot. »

Brunetti ne souffla mot.

D'une voix tremblante, Papetti affirma : « Il me tuerait. » Puis il demanda : « Qu'est-ce que je pouvais faire d'autre ? »

Brunetti eut la sensation qu'il avait passé toute sa vie à entendre des gens poser cette même question. Une seule fois, une quinzaine d'années plus tôt, un homme qui avait étranglé trois prostituées déclara : « J'aimais les entendre hurler. » Même si ça lui avait glacé le sang à l'époque d'entendre ces mots, et qu'il en était glacé aujourd'hui encore quand il y repensait, au moins l'homme avait dit la vérité.

« Après avoir mis le corps à l'eau, qu'avez-vous fait, signor Papetti ? » demanda-t-il, se disant qu'il n'y avait aucun moyen de prouver si l'histoire de Papetti était vraie ou non. Ce qui était hors de doute, c'était le pouvoir de cette femme sur lui.

« Je suis revenu à Piazzale Roma, j'ai pris ma voiture et je suis rentré.

– Avez-vous vu signorina Borelli depuis ?

– Oui. À l'abattoir.

– En avez-vous reparlé l'un ou l'autre ? »

Perplexe, Papetti demanda : « Non, pour quoi faire ?

– Je vois », répondit Brunetti. Se tournant vers Torinese, Brunetti énonça : « Si vous avez quelque chose à dire à votre client, maître, mon collègue et moi pouvons vous laisser un instant. »

Torinese secoua la tête : « Non, je n'ai rien à dire.

– Alors je voudrais demander à dottor Papetti, continua Brunetti, de me raconter comment les choses se passent à l'abattoir. » Torinese, observa-t-il, marqua un étonnement compréhensible à cette question. Son client venait d'avouer qu'il avait été complice dans la liquidation d'un cadavre et la police lui demandait des renseignements sur son travail. Pour éviter à Papetti de gaspiller son temps et son énergie en feignant la surprise, Brunetti précisa : « Certains soupçons ont été éveillés à propos de l'état de la viande produite ici.

– Soupçon et information, cela fait deux », interjecta Torinese, en établissant un de ces distinguos qui rapportent des centaines d'euros de l'heure aux avocats.

« Merci pour cette précision juridique, maître », rétorqua Brunetti.

L'avocat croisa le regard de Brunetti, comme en quête d'élucidation. « Pardonnez ma trivialité, commissaire, mais suis-je en droit de supposer que nous en sommes réduits à être des marchands de tapis ? » Sachant que son geste n'apparaîtrait pas sur la bande magnétique, Brunetti hocha légèrement la tête. « Auquel cas, j'aimerais savoir quelle sorte d'offre vous pourriez faire à mon client en échange de toute information qu'il pourrait vous donner. »

Brunetti ne pouvait que féliciter l'avocat pour l'éloquence dont il agrémentait son flou artistique : « supposer », « j'aimerais », « pourriez », puis « pourrait ». Pendant un instant, il envisagea de décapiter Torinese et de se servir de sa tête embaumée comme serre-livres, tellement il trouvait exquise son attention aux finesses de la langue. Chassant cette pensée de son esprit, il dit : « La seule offre que je puisse faire, c'est que le beau-père de votre client continue à cultiver sa bienveillance. »

À ces mots, ils restèrent interdits. Papetti demeura bouche bée et Brunetti crut qu'il allait se remettre à pleurer. Mais en fait il regarda Torinese, comme s'il attendait qu'il parle, puis revint vers Brunetti. « Je ne sais pas ce que... », commença-t-il à dire.

Torinese jeta un coup d'œil furtif à son client et essaya de reprendre la situation en main. « Si vous pouviez expliciter votre déclaration, commissaire. Mon client et moi en serions assurément ravis. »

Brunetti attendit que Papetti retrouve ses couleurs ; lorsqu'elles lui revinrent, il dit, en s'adressant délibérément à Torinese : « Je suis certain que votre client comprend ce que je veux dire. La dernière chose, mais vraiment la dernière chose que je voudrais, c'est que le beau-père du dottor Papetti se trompe sur la nature de la relation de son gendre avec tout employé à l'abattoir. » Papetti le regarda fixement, le visage dénué de toute expression, la bouche à peine entrouverte.

Brunetti le gratifia tout juste d'un regard et reporta son attention sur l'avocat. « Que le beau-père de Papetti risque de confondre proximité professionnelle avec une proximité d'un autre ordre : c'est ce que je redoute. » Il accompagna d'un sourire son opinion sur l'inconséquence des hommes et sur le fait que certains y soient terriblement enclins. « Un tel malentendu pourrait consterner signor de Riva, pour ne pas parler de sa fille, l'épouse du dottor Papetti, et je ne voudrais, au grand jamais, me sentir responsable des conséquences possibles de cette erreur. » Il se tourna vers Papetti et lui lança un sourire plein d'empathie. « Je ne pourrais plus me regarder dans une glace, si cela devait arriver. »

La main droite de Papetti se leva et se déplaça vers sa tête, mais il l'attrapa à temps et la reposa sur sa cuisse. Ignorant le regard que Torinese lui décocha, il dit : « Elle a entamé une liaison avec dottor Nava après qu'il a commencé à travailler à l'abattoir.

– C'est elle qui l'a entamée ? demanda Brunetti, en mettant l'accent sur le pronom personnel.

– Oui.

– Pourquoi ?

– Pour avoir la mainmise sur Nava. Elle savait qu'il

était marié et il était évident que c'était quelqu'un de bien. » Papetti secoua la tête en direction de son avocat pour l'empêcher de parler. « Il fallait que l'on paie ses prédécesseurs ; pas tant que ça, mais quand même. Comme elle voulait économiser de l'argent, elle a entamé cette liaison et puis, une fois qu'elle a été sûre que Nava s'était profondément épris d'elle, expliqua-t-il, laissant les trois autres hommes imaginer la suite, elle lui a dit qu'elle irait dire à sa femme qu'ils étaient amants s'il ne changeait pas son comportement à l'abattoir.

– Le changer de quelle façon ? l'éperonna Brunetti.

– En arrêtant de rejeter autant d'animaux à cause de leur état de santé.

– Pourquoi cela ? »

La tête de Torinese allait de droite et de gauche, comme s'il suivait un match de tennis.

« Parce qu'elle était… », commença Papetti, mais il s'interrompit brusquement sous le regard véhément de Brunetti. « Parce qu'elle et moi, rectifia-t-il, étions payés par les éleveurs pour veiller à ce que la plupart des animaux amenés pour l'abattage soient acceptés. »

Personne ne parla, tous attendaient de voir jusqu'où il pousserait les révélations. « Il y avait en jeu une certaine quantité d'argent. » Avant la moindre question, il précisa : « Beaucoup d'argent.

– Quelle était votre part à tous les deux ? s'informa Brunetti d'une voix douce.

– Vingt-cinq pour cent.

– De ?

– De la somme que les éleveurs touchaient si les animaux malades étaient intégrés au circuit et pouvaient être abattus. »

Même si Torinese essayait de le cacher, Brunetti put

voir qu'il était désemparé, peut-être même éprouvait-il quelque chose d'encore plus fort que cela.

« Ces animaux, dottor Papetti, ceux que le dottor Nava rejetait, quelle sorte de maladies avaient-ils ? »

Papetti répondit de manière évasive : « Les maladies habituelles.

– Lesquelles ? s'enquit Torinese, d'un ton soudainement sec.

– La tuberculose, des problèmes de digestion, le cancer, des virus, des vers. La plupart des maladies que peuvent avoir les animaux. Certains d'entre eux avaient l'air d'avoir mangé de la nourriture contaminée.

– Et qu'est-ce qu'il leur arrivait ? poursuivit Torinese, comme s'il ne pouvait s'en empêcher.

– Ils étaient abattus.

– Et ensuite ? De nouveau, ce fut l'avocat qui posa la question.

– On les utilisait.

– Comme quoi ?

– Comme viande de boucherie. »

Torinese regarda longuement son client, puis détourna son attention.

« Et c'était là une affaire rentable pour vous et signorina Borelli ? » demanda Brunetti.

Papetti fit un signe d'assentiment.

« Vous devez formuler verbalement votre réponse, dottore, lui ordonna Brunetti, sinon elle n'apparaîtra pas dans la transcription.

– Oui.

– Dottor Nava était-il d'accord pour cesser de rejeter les animaux ? »

Au bout d'un moment, Papetti finit par dire : « Non.

– Est-ce que signorina Borelli et vous avez discuté des conséquences financières de son refus ?

– Oui.

– Et qu'avez-vous décidé de faire ? »

Papetti réfléchit à ce point avant de répondre. « Je voulais le licencier. Mais Giulia – signorina Borelli, je veux dire – préférait le menacer. Je vous l'ai dit : la liaison qu'elle avait commencée avec lui était pour elle une sorte de police d'assurance au cas où il ne jouerait pas le jeu, c'est pourquoi elle l'a menacé de tout dire à sa femme.

– Que s'est-il passé ? » demanda Brunetti.

Les yeux de Papetti se révulsèrent comme ceux d'un aliéné. « Il l'a dit à sa femme. Ou tout au moins, c'est ce qu'il a dit à Giulia : qu'il était allé chez lui et avait parlé de cette liaison.

– Et qu'est-ce qu'a fait sa femme ? s'informa Brunetti, sur le ton de quelqu'un ignorant tout de l'affaire.

– Elle lui a dit de partir », répondit Papetti, de cette voix dont on reporte les signes et les présages, les prodiges et les miracles.

« Et puis ?

– Il est parti. Et sa femme a entamé une procédure de séparation. » Incapable de réprimer son étonnement, il ajouta : « À cause d'une liaison.

– Et je suis sûr que vous deviez craindre tous deux que Nava n'aille raconter ce qui se passait », dit Brunetti calmement, comme s'il énonçait la chose la plus naturelle du monde.

Papetti pinça les lèvres et les frotta, cherchant la manière adéquate de l'exprimer. « Je ne pensais pas courir un trop grand risque, finit-il par concéder.

– Du fait des relations de votre beau-père ? » Torinese recommença à suivre le match.

Papetti leva les mains et les laissa retomber sur ses

cuisses. « Ce n'est pas ce que je dirais. Mais je n'avais pas de quoi m'inquiéter, pas vraiment.

– En cas d'enquête ? »

Papetti opina du chef.

« Protégé par quelqu'un de la santé publique ? » demanda Brunetti.

Papetti fit une grimace crispée. « Je préférerais ne pas en parler.

– Est-ce que signorina Borelli se sentait aussi tranquille que vous en cas d'enquête ? »

Papetti réfléchit un long moment et Brunetti vit à quel instant il réalisa le profit qu'il pouvait en tirer. « Non », dit-il.

Avant que Brunetti ne pût formuler une autre question, Papetti enchaîna : « Elle était en colère – je crois que je pourrais dire très en colère – à cause des pertes.

– Pertes ? intervint Torinese, depuis la ligne de touche.

– Financières, précisa Papetti rapidement et d'un ton impatient. C'est tout ce qui lui importait, en vérité. Gagner de l'argent. Donc, à l'époque de Nava, elle perdait beaucoup d'argent chaque mois.

– Combien ? demanda Brunetti.

– Pas loin de 2 000 euros. Cela dépendait du nombre d'animaux qui étaient amenés.

– Et elle s'est indignée ? »

Papetti se remonta sur son fauteuil avant de faire remarquer : « La plupart des gens l'auraient fait, vous ne croyez pas ?

– Bien sûr », acquiesça Brunetti face à cette remontrance, puis il continua : « Quel accord aviez-vous noué, entre vous ?

– Elle a dit qu'elle essaierait de lui parler encore une fois. Peut-être de le convaincre de démissionner.

Ou de lui demander de laisser Bianchi faire certaines des inspections.

– Il savait ce qui se passait, ce Bianchi ? demanda Brunetti, comme s'il en doutait.

– Bien sûr, répliqua Papetti.

– Et vous vous êtes quittés sur cet accord ? Qu'elle lui demanderait ?

– Oui.

– Et est-ce que vous avez fait le rapprochement avec certains de ces faits lorsqu'elle vous a appelé à minuit et qu'elle vous a dit qu'elle devait vous voir ? »

Papetti haussa les épaules. « Je suppose que oui. Mais je n'aurais jamais cru qu'elle en arriverait là.

– Là où, signor Papetti ? » demanda Brunetti.

Papetti se contenta de hausser les épaules.

32

Parfait, pensa Brunetti, nous y sommes. Nous deux et eux deux, et tout est clair, tout au moins pour qui veut bien comprendre. Il observa Torinese : l'avocat recommençait à contempler ses mains, signe suffisamment probant qu'il se faisait maintenant une meilleure idée de l'implication de son client dans l'affaire du dottor Andrea Nava. Brunetti se pencha en avant et éteignit les deux magnétophones ; ni Papetti ni Torinese n'y virent d'objection.

Le silence se répandait et devenait, à chaque instant, plus difficile à briser. Brunetti décida de voir où cela pouvait mener. Vianello, remarqua-t-il, gardait la tête baissée, les yeux rivés sur ses notes. Torinese continuait à étudier ses mains, pendant que Papetti regardait son avocat puis, semblait-il, les pieds du bureau de Brunetti.

Après une éternité, Papetti s'éclaircit la gorge avant d'énoncer : « Commissaire, vous avez évoqué votre préoccupation vis-à-vis de mon beau-père. » Sa voix perdit-elle de sa fermeté en prononçant ce mot ?

Brunetti croisa son regard, mais ne dit rien, en attente.

« Pourriez-vous m'expliquer plus clairement ce que vous entendez par là ? De manière spécifique, je veux dire.

– Je veux dire que votre beau-père, lorsque l'information sur signorina Borelli parviendra à la presse, pourrait conclure hâtivement qu'il y avait autre chose qu'un simple arrangement financier entre vous deux. » Il sourit, de ce petit sourire entendu que se font les hommes lorsqu'ils causent entre eux sur les femmes. « C'est une jeune femme tout à fait séduisante et elle se montre certainement disponible. » Ce mot qui, au sein d'une conversation entre mâles, exhale habituellement le parfum d'une promesse, tomba alors dans les oreilles de Papetti comme la menace qu'il constituait.

Papetti se racla de nouveau la gorge. « Mais je n'ai jamais... » Il sourit, comme se souvenant qu'il y avait d'autres gars avec lui et qu'ils se devaient de parler entre eux d'une certaine façon. « En fait, ce n'est pas que je ne voulais pas. Vous vous en doutez bien. Comme vous l'avez dit, c'est une femme séduisante. Mais elle n'est pas mon genre. » Papetti n'avait pas plus tôt fini de parler, et en ces termes, que Brunetti vit l'ombre de son beau-père lui sillonner le visage. Rapidement, Papetti ajouta : « En outre, il est évident qu'elle cause plus de problèmes qu'elle n'en vaut la peine. »

Effectivement, pensa Brunetti, Nava en a plutôt fait les frais, non ? Mais il dit : « Mon inquiétude, dottore, n'est pas tant ce que nous comprenons entre ces quatre murs, et il fit un signe de la main vers les deux autres hommes, qui ne levèrent pas les yeux, que le fait que votre beau-père pourrait tirer une conclusion erronée.

– C'est possible, affirma Papetti, mais cela sonnait davantage comme une supplication que comme une déclaration.

– Je partage pleinement votre inquiétude, dottore, dit Brunetti, en signe de complicité masculine. Mais la presse, comme nous le savons tous, imprime ce qu'elle veut et insinue ce qu'elle souhaite. » Puis il céda à la tentation de provoquer Papetti. « Votre beau-père aurait probablement les moyens d'empêcher ces rapports de sortir », commença Brunetti, qui marqua une pause avant d'ajouter : « Bien qu'il vaille mieux éviter que même le plus infime des soupçons ne lui vienne à l'esprit. » Brunetti eut honte de lui en voyant l'expression sur le visage de Papetti. Quelle est la prochaine étape : tu le mets en cage et tu lui fiches des coups de bâton ?

Papetti secoua la tête et continua à la secouer comme s'il envisageait les conséquences possibles d'un malentendu de la part de son beau-père. Enfin, comme un homme qui avoue pour mettre fin à la torture, il demanda : « Que dois-je faire ? »

Si telle était la saveur de la victoire, elle ne laissa pas un bon goût dans la bouche de Brunetti, qui énonça tout de même : « En présence de votre avocat, vous confirmez et signez la transcription de ce que vous venez de me dire, à savoir que signorina Borelli et vous payiez les vétérinaires à l'abattoir pour qu'ils déclarent sains des animaux qui ne l'étaient pas. Et qu'elle avait commencé une liaison avec le docteur Andrea Nava dans l'espoir de parvenir à le persuader de faire la même chose. » Il donna la possibilité à Papetti de reconnaître qu'il avait bien compris cette déposition, ou qu'elle était conforme à ses dires, mais l'homme resta immobile, le regard vide.

« Vous avez aussi expliqué la décision de signorina Borelli de le menacer de révéler cette liaison à sa femme et la réaction du docteur Nava suite à cela. » Il attendit le hochement de tête de Papetti et enchaîna : « Je veux aussi que vous signiez la transcription de ce que vous m'avez dit sur le coup de fil qu'elle vous a passé et sur le fait que vous l'ayez aidée à faire disparaître le corps du docteur Nava. »

Brunetti s'arrêta et regarda l'avocat de Papetti, qui

aurait très bien pu ne pas être là, vu l'attention qu'il semblait prêter à ce qui se passait autour de lui. « Vous signerez ce compte rendu et votre avocat le signera en qualité de témoin. » Le tout parut, pour Brunetti, suffisamment clair.

« Et si elle prétend que nous avions une liaison ? demanda Papetti, la gorge nouée.

– J'ai une déclaration confirmant vos propos sur ce qui se passait à l'abattoir et sur le manque d'attirance sexuelle de signorina Borelli pour votre personne, dit Brunetti, qui vit le choc sur le visage des deux hommes.

« Les journaux pourraient ainsi rapporter que la police a exclu cette possibilité, avança Brunetti, car c'est bien ce que nous avons fait. »

Pris d'un frémissement soudain, Torinese leva la main et demanda : « Pourraient rapporter, ou rapporteront ?

– Rapporteront, lui assura Brunetti.

– Autre chose ? demanda Torinese.

– Pour moi, ou pour vous ? spécifia Brunetti.

– Pour vous. »

Tout ce que voulait Brunetti, c'était inculper signorina Borelli du meurtre du docteur Nava. Tout le reste – la viande malade, les vétérinaires corrompus, les éleveurs et leurs revenus frauduleux –, il le passerait allègrement aux carabinieri, qui jouissaient de la NAS sur ce chapitre : ils étaient mieux placés que lui pour traiter ce dossier. Et les sommes empochées donneraient un os à ronger aux types de la Finance.

« C'est elle que je veux », assena-t-il.

Torinese se tourna vers son client et demanda : « Eh bien ? »

Papetti hocha la tête. « Je leur dirai tout ce qu'ils veulent. »

N'admettant pas l'ambiguïté de cette formulation,

Brunetti lança instantanément : « Si vous mentez, en votre faveur, ou à son détriment à elle, je vous balancerai si vite à votre beau-père que vous n'aurez même pas le temps de lever les mains pour vous protéger la figure. »

Vianello releva la tête d'un coup sec au ton de Brunetti, et les deux autres à ces mots.

Torinese se mit debout. « Est-ce tout ? » demanda-t-il. Brunetti opina du chef. Il regarda Brunetti et, au bout d'un moment, l'avocat imita son geste, ce que Brunetti ne sut trop comment interpréter.

« Si vous descendez avec l'inspecteur Vianello, dit Brunetti, il vous remettra la déclaration imprimée dès qu'elle sera prête. Signez-la et vous pourrez partir. »

On entendit des pieds traîner, puis des chaises racler le sol. Mais il n'y eut ni mots ni serrement de mains. Torinese rangea son magnétophone dans sa mallette. Les trois hommes sortirent du bureau ; Brunetti ferma la porte, puis alla à sa table de travail, appela signorina Elettra et lui dit qu'il voulait que Patta se fasse donner, par un magistrat, un mandat d'arrêt à l'encontre de signorina Giulia Borelli.

Dans l'après-midi, Bocchese appela pour dire que la Brigade criminelle avait passé la majeure partie de la matinée dans l'appartement sur le rio del Malpaga. Il n'y avait aucun signe suspect dans l'appartement lui-même qui, selon les dires de Bocchese, ressemblait à ce genre d'endroit qu'on loue à la semaine aux touristes. Mais dans l'entrée, au rez-de-chaussée, où une porte en bois donnait sur le canal, ils avaient trouvé des traces de sang et, sur l'une des marches descendant à l'eau, deux sillons au milieu des algues qui la recouvrent. Oui, avait répondu le technicien, les marques pourraient être celles d'un corps traîné par les pieds jusqu'en bas des marches. Ils allaient analyser les traces laissées dans les sillons, qui pourraient être du cuir ; il avait déjà récupéré la chaussure du docteur Nava dans la salle des preuves et, s'ils trouvaient vraiment des traces de cuir ayant survécu au flux et au reflux des différentes marées, il vérifierait si les marques sur la chaussure coïncidaient avec celles des marches.

Ils étaient en train de draguer le canal juste en face de la porte et un plongeur s'apprêtait à descendre encore plus profond. Autre chose ?

Brunetti le remercia et raccrocha.

À aucun moment il ne vint à l'esprit de Brunetti qu'elle pût tenter de s'enfuir : il se pourrait qu'elle cherche à échapper aux conséquences judiciaires, mais une femme comme elle ne renoncerait jamais à ses biens. Elle possédait trois appartements, avait plusieurs comptes en banque, probablement aussi de l'argent caché quelque part : une femme gouvernée par la cupidité courrait-elle le risque de perdre tout cela, ou d'en perdre le contrôle ? Où pouvait-elle aller ? Rien ne laissait à penser qu'elle parle une autre langue ni qu'elle ait un autre passeport, donc elle ne pouvait pas filer en douce dans un autre pays pour refaire sa vie. Elle allait rester et essayer de tirer son épingle du jeu, même si cela signifiait se ruiner pour sa défense. Brunetti ne douta pas un instant qu'elle essaierait d'embringuer Papetti dans le meurtre. Mais le beau-père de Papetti, pour qui le crime était seulement le meurtre et non pas le crime bien plus abominable de tromper sa fille, n'hésiterait sûrement pas à engager les meilleurs avocats pour défendre son gendre.

Une demi-heure plus tard, alors que Brunetti était encore à la fenêtre, son téléphone sonna.

C'était Bocchese. « Nous avons trouvé un portable sur la dernière marche. Il a dû tomber de sa poche quand on l'a mis à l'eau. Il était parfaitement visible à la lumière du jour, il traînait par terre. » Mais pas la nuit, pensa Brunetti. « Est-ce le sien ? demanda-t-il.

– Probablement.

– Est-ce qu'il marche encore ?

– Bien sûr que non. L'eau a dû tout de suite le mettre hors service, dit Bocchese.

– Est-ce que tu peux récupérer l'heure où c'est arrivé ?

– Non », répondit Bocchese, anéantissant tout espoir chez Brunetti de reconstituer minutieusement la chronologie des événements advenus la nuit du meurtre de Nava.

« Mais…, reprit Bocchese d'une voix qui sembla, aux oreilles de Brunetti, presque enjôleuse.

– Mais quoi ?

– Ce n'est vraiment pas ton truc, hein ?

– Quoi donc ? s'enquit Brunetti, se demandant quelles procédures il aurait pu négliger.

– Tout. » Bocchese ne chercha aucunement à dissimuler son exaspération. « Les ordinateurs, les portables. Tout ça. »

Brunetti s'abstint de répondre.

D'un ton soudain plus accommodant, Bocchese poursuivit : « Alors, laisse-moi t'expliquer. Si son téléphone était connecté à son réseau – et les téléphones le sont – y compris le tien –, sa connexion à ce réseau aurait été coupée dans les trois minutes après que son téléphone s'est retrouvé à l'eau. » Avant que Brunetti ne se sente déçu d'avoir frôlé de si près la vérité, Bocchese continua : « Mais le réseau a dû relever tous les appels qu'il a faits, ou reçus, jusqu'à ce moment-là. »

Il laissa Brunetti y réfléchir un moment, puis demanda : « Ça peut suffire ? »

Brunetti ferma les yeux, inondé de gratitude, même s'il ne savait à qui l'adresser. « Oui, répondit-il. Merci. »

33

Le lendemain de l'arrestation de Giulia Borelli pour le meurtre du docteur Andrea Nava, dont le *telefonino* avait cessé de marcher dix minutes avant que signorina Borelli n'appelle Alessandro Papetti, qui se trouvait à l'autre bout de Venise lorsqu'il répondit à ce coup de fil, Vianello et Brunetti se rendirent à Mestre en voiture pour aller à l'enterrement du docteur Nava. Comme il y avait beaucoup de circulation, Brunetti et Vianello arrivèrent à l'église juste avant le début de la cérémonie. Le chauffeur ralentit et s'arrêta un demi-îlot plus loin. Les deux hommes descendirent, se dirigèrent rapidement vers l'église et se dépêchèrent de gravir l'escalier, sous le regard des saints et des anges qui les fixaient d'en haut. Ils entrèrent, mais il leur fallut quelque temps pour que leur vue s'adapte à la pénombre. À l'avant de l'église, six hommes en costume foncé étaient en train de placer le cercueil sur les tréteaux en bois dressés devant l'autel.

De chaque côté du cercueil étaient accrochées deux énormes couronnes de fleurs rouges et blanches, traversées par un ruban violet portant le nom du donateur et ses sentiments. Les marches qui menaient à l'autel étaient tapissées d'innombrables bouquets de fleurs printanières, de toutes les couleurs possibles.

Bien peu semblaient des compositions soignées de fleuristes professionnels. C'étaient plutôt de simples bouquets, du genre de ceux que l'on confectionne avec des fleurs sauvages qui poussent au bord des routes. Beaucoup paraissaient faits maison : les nœuds étaient loin d'être parfaits et on avait ajouté de simples herbes des champs, en guise de verdure, à toutes ces fleurs aux teintes vives.

L'église était bondée et les deux hommes durent se rabattre sur la troisième allée, en partant du fond. Les gens se décalèrent rapidement sur la droite pour leur faire de la place et une vieille femme, assise à côté de Brunetti, sourit et acquiesça d'un signe de tête lorsqu'ils glissèrent vers elle.

Le prêtre fit son entrée par une porte sur la gauche, suivi de trois enfants de chœur, deux filles et un garçon vêtus de blanc. Il avança vers la chaire, repoussa les longues manches de son surplis et tapota deux trois fois le micro. Les *top top top* résonnèrent dans l'église. C'était un homme plutôt jeune, avec une barbe épaisse et quelques mèches grises dans les cheveux. Il parcourut des yeux l'assemblée en deuil, joignit les deux mains en un geste de bienvenue, ou de bénédiction, et commença.

« Mes chers frères et sœurs en Christ, chers amis et compagnons, nous sommes réunis ici aujourd'hui pour dire adieu à notre frère Andrea, qui pour beaucoup d'entre nous, était bien plus qu'un ami. Il savait guérir et soutenir, il nous réconfortait lorsque nous nous inquiétions pour nos proches et il se dévouait, avec amour et abnégation, pour prendre soin d'eux, et de nous, car il avait compris que nous sommes tous les enfants d'un même Dieu, qui aime à voir l'amour que nous nous portons les uns aux autres. Il nous soignait tous, il nous guérissait tous, et il nous soutenait tous, mais quand il n'était pas en son pouvoir de guérir les êtres qui nous étaient chers, alors Andrea nous avertissait que le moment était venu de les aider à entreprendre leur dernier voyage, et il se tenait toujours à nos côtés, de sorte que ni eux ni nous n'étions seuls au seuil de ce long chemin. De même qu'il nous aidait à supporter le chagrin de leur départ, espérons que nos proches nous aideront à supporter le chagrin du sien. »

Brunetti détourna son regard du prêtre et commença à étudier les profils et les nuques des gens placés devant lui. Lorsqu'il s'autorisa à ne plus écouter la voix du prêtre, il fut frappé de constater combien cette foule était bruyante. D'habitude, les églises, quelle que soit leur taille ou la foule présente, sont silencieuses face à la mort et à ses représentations. Mais ce groupe était agité et faisait beaucoup de bruit, en gigotant entre les bancs. Dans ce lieu clos, les grincements du vieux bois s'entendaient trop.

Et quelque part dans l'église, un fidèle devait avoir ravalé ses larmes : impossible de se tromper sur ces grognements et ces bruits étouffés. Brunetti se tourna sur la gauche : vers l'avant de l'église, quelqu'un semblait avoir mis son pull en boule sur les épaules. Mais lorsqu'il y regarda de plus près, Brunetti s'aperçut que c'était un perroquet gris, puis quatre allées derrière, il en remarqua un vert clair, un peu plus petit. Comme si l'attention de Brunetti avait attiré la sienne, le gris ouvrit son bec et dit : « Ciao Laura », puis il répéta à toute vitesse : « Ciao, ciao, ciao ».

Le perroquet vert, entendant cette voix, rétorqua : « *Dammi schei* », comme s'il croyait que les Vénitiens qui étaient là allaient le comprendre et lui obéir en lui donnant de l'argent. Brunetti trouva la présence et les voix des perroquets étonnantes, mais ce qui était plus étonnant encore, c'est que personne, parmi cette nombreuse assemblée, ne semblât surpris ni ne se tournât pour les regarder.

Comme il entendit un bruit à ses pieds, il baissa les yeux et vit la patte noire d'un grand chien qui balayait le sol et écartait tranquillement ses doigts, juste à quelques centimètres de son pied gauche. Un beagle traversa l'allée et sauta sur le banc d'église, posa ses pattes antérieures sur la tête de celui qui était devant lui et se pencha en demi-cercle sur le côté, de manière à pouvoir le fixer dans les yeux.

Il fit écho à la voix du prêtre, qui était alors en train de dire : « … exemples d'amour et d'esprit de Dieu, de nous donner ces beaux compagnons et d'enrichir nos vies de leur amour. Nous sommes tout autant enrichis par l'amour que nous leur donnons, car être capable de les aimer, c'est recevoir soi-même un grand cadeau, tout comme l'amour qu'ils ont pour nous est un don qui vient, en fin de compte, de Dieu, source de tout amour. Et donc, avant de commencer la cérémonie qui rapprochera notre frère Andrea de la maison de Dieu, échangeons le signe de la paix, non seulement les uns les autres, mais aussi avec les patients qu'il a soignés, qui sont venus ici aujourd'hui pour se joindre à nous, qui prions pour l'âme de notre frère Andrea. Ils souhaitent aussi faire leurs derniers adieux à l'ami qui a pris soin d'eux si longtemps et avec tellement de bonté. »

Le prêtre descendit de sa chaire et dépassa l'autel, ses acolytes le suivant de très près. Il se pencha pour embrasser une femme au premier rang et caressa la tête du chat qu'elle portait sur son épaule. Ensuite, il s'accroupit pour flatter l'oreille d'un énorme danois noir, qui se mit debout sur ses pattes au contact des doigts du prêtre et la tête de l'animal dépassait maintenant la sienne. Le claquement de sa queue contre le banc de l'église résonna à travers l'édifice. Le prêtre se leva et traversa l'allée, il prit dans ses bras la veuve de Nava, puis se pencha et embrassa Teo qui tendait son visage vers lui. Comme s'il avait senti le besoin évident de l'enfant, le grand danois franchit l'allée et se pencha vers Teo, qui mit un bras autour du chien et appuya sa tête sur son dos noir.

Le prêtre embrassa quelques autres personnes et taquina quelques autres oreilles, puis retourna à l'autel pour commencer la messe. C'était là une affaire d'une bien grande dignité, où l'on n'entendait que la voix du prêtre et les réponses des fidèles : pas de musique, pas de chants. Le perroquet vert était perché sur l'épaule de son maître, lorsque celui-ci s'approcha de l'autel pour aller communier, et le prêtre ne sembla pas s'en étonner le moins du monde. Brunetti se joignit au chœur qui récitait le Notre Père et fut heureux de serrer la main de la vieille dame et de Vianello, qui était assis de l'autre côté de lui.

Il n'y eut aucun chant jusqu'à la fin de la messe, puis le prêtre fit le tour du cercueil, en balançant l'encensoir et en jetant de l'eau bénite de l'aspersoir. Revenu à l'autel, il regarda la tribune du chœur, puis fit un signe de la main. À ce signe, l'orgue se mit à jouer doucement un air que Brunetti ne reconnut pas et ne trouva aucunement lugubre. L'organiste n'avait joué que quelques notes lorsque, de l'avant de l'église, s'éleva un cri d'angoisse, un hurlement de douleur et de chagrin quasiment insupportable. Il était plus fort que les notes de l'orgue, comme pour rappeler à l'organiste pourquoi ils étaient tous là : non pas pour écouter une jolie musique, mais pour exprimer l'insoutenable atrocité du deuil.

Du même endroit arriva le son brusque d'une voix masculine : « Artù, arrête » et Brunetti, qui était assez grand pour voir au-dessus de la tête des gens, vit un bel homme en costume foncé se pencher puis se relever, en serrant dans ses bras un teckel brun-roux encore plus beau, qui avait eu le courage et l'amour nécessaires pour exprimer la souffrance ressentie par une bonne partie de cette assemblée qui avait perdu ce bon et doux ami.

L'organiste arrêta de jouer, comme s'il convenait que le chien avait effectivement exprimé bien plus clairement les sentiments de l'assistance. Le prêtre, qui semblait apprécier l'interruption de la musique, descendit à nouveau de l'autel, fit le tour du cercueil et s'arrêta devant. Les six hommes en costume foncé quittèrent leurs places au fond de l'église et posèrent le cercueil sur leurs épaules. Suivant le prêtre dans un silence solennel, ils emportaient leur cher frère Andrea qui avait rendu une dernière visite aux patients qu'il avait tant aimés. Derrière lui venaient de vieilles dames avec leurs chats dans des cages, le jeune homme de la clinique vétérinaire avec, dans les bras, son lapin à-une-oreille, le grand danois, Teo qui marchait près de lui, un bras sur son épaule et le chien dénommé Artù, comme Brunetti venait de l'apprendre.

Dehors, les gens étaient agglutinés sur les marches, avec leurs animaux dans les bras ou tenus en laisse, pendant que les hommes descendaient le cercueil qu'ils glissèrent ensuite à l'arrière du corbillard qui attendait devant. Signora Doni et Teo s'arrêtèrent à la portière de la voiture qui le suivait tout doucement, lorsque arriva un homme de haute stature, qui accrocha une laisse au collier du grand danois.

Teo embrassa la tête du chien et entra dans la voiture. Sa mère le suivit à l'intérieur. D'autres gens montèrent dans leurs autos : Brunetti, dans sa hâte d'entrer à l'église, n'avait pas remarqué qu'elles étaient garées à cet endroit. Le beagle sortit de l'église et, en bas des escaliers, se positionna juste en face d'Artù : ils se mesurèrent, la queue droite et le corps tendu. Mais, comme s'ils étaient conscients de la situation où ils se trouvaient, aucun des deux n'aboya. Ils se contentèrent de se renifler, puis se calmèrent et s'assirent aimablement l'un à côté de l'autre.

On ferma les portes arrière du corbillard : on ne les fit pas claquer, mais elles firent tout de même un bruit assez fort. Le moteur se mit à tourner, et l'on entendit ceux des autres voitures qui démarraient à leur tour. Il s'écarta lentement du trottoir, suivi des voitures de la famille du docteur Nava et de ses patients. Brunetti nota que les voitures avaient presque toutes des couleurs claires ou vives : grises, blanches et rouges. Pas une n'était noire. Même si Brunetti trouvait ce fait plutôt réconfortant, c'est la vision du perroquet vert, disparaissant de sa vue au fur et à mesure que son maître descendait la rue, donnant le bras à une femme, qui soulagea son cœur et en chassa toute funèbre mélancolie.

Découvrez la nouvelle enquête de Brunetti
à paraître aux éditions Calmann-Lévy

Donna Leon

BRUNETTI ENTRE LES LIGNES

ROMAN

*Traduit de l'anglais (États-Unis)
par Gabriella Zimmermann*

Calmann-Lévy

1

C'était un morne lundi. Brunetti le passa en grande partie à lire les témoignages sur la querelle qui avait éclaté entre deux chauffeurs de taxi et qui s'était achevée par l'hospitalisation de l'un d'eux avec une commotion cérébrale et un bras cassé. Ces déclarations avaient été établies par le couple d'Américains qui avait demandé au concierge de leur hôtel d'appeler un taxi pour l'aéroport ; par le concierge, qui disait avoir appelé l'un de ses chauffeurs attitrés ; par le porteur, qui affirma n'avoir fait que son travail, c'est-à-dire déposer les bagages dans le taxi ; et par les deux chauffeurs, dont l'un fut interrogé à l'hôpital. Brunetti conclut de ces différentes histoires que le chauffeur de la société habituelle de taxis était tout près lorsqu'il avait reçu le coup de fil du concierge, mais qu'à son arrivée à l'hôtel, il y avait déjà un autre taxi amarré au quai. Il s'était arrêté, avait crié le nom que le concierge lui avait donné et dit que c'était à lui de conduire ces Américains à l'aéroport. L'autre chauffeur avait rétorqué que le porteur lui avait fait signe alors qu'il passait par là, et que c'était donc sa course. Le porteur niait et répétait qu'il n'avait fait que s'occuper des bagages. Quant aux Américains, ils étaient fous de rage car ils avaient raté leur avion.

Brunetti savait bien ce qui s'était passé, mais ne pouvait le prouver : le porteur avait dû héler le taxi de manière à ce que lui, et non pas le concierge, perçoive le pourcentage sur la course. La suite était limpide : personne ne dirait jamais la vérité et les Américains ignoreraient à tout jamais ce qui était arrivé.

Une brusque envie de café détourna Brunetti de ces réflexions ; il fit une pause et se demanda s'il n'avait pas trouvé là une explication cosmique à l'histoire mondiale d'aujourd'hui. Il sourit et nota l'idée, pour en reparler le soir même avec Paola ou, mieux encore, le lendemain soir au dîner chez ses beaux-parents. Il espérait divertir ainsi le comte, grand amateur de paradoxes, et il était sûr et certain que sa belle-mère savourerait l'anecdote.

Il interrompit sa rêverie et descendit l'escalier de la questure, impatient de boire le café qui lui permettrait de tenir tout le restant de l'après-midi. Il était près de la porte d'entrée lorsque le standardiste tapa à la fenêtre de sa minuscule cabine et lui fit signe de venir. Il l'entendit déclarer au téléphone : « Je pense que vous devriez parler au commissaire, dottoressa. Il est de service », et il lui passa le combiné.

« Brunetti.

– Êtes-vous le commissaire ?

– Oui.

– Dottoressa Fabbiani à l'appareil. Je suis la bibliothécaire en chef de la Biblioteca Merula. Nous venons de subir un vol. Même plus d'un, à mon avis. » Sa voix tremblotait ; c'était la voix typique des victimes d'agressions.

« Au sein de la collection ? » demanda Brunetti. Il connaissait cette bibliothèque pour y être allé une ou deux fois lorsqu'il était étudiant, mais elle lui était complètement sortie de l'esprit depuis des lustres.

« Oui.

– Qu'est-ce qu'on vous a pris ? s'enquit-il, tout en préparant mentalement les questions censées faire suite à la réponse de sa correspondante.

– Nous ne connaissons pas encore le degré de gravité du vol. La seule chose dont je sois sûre, en l'état actuel des choses, c'est qu'on a arraché des pages dans certains volumes. » Il l'entendit inspirer profondément.

« Combien ? s'informa Brunetti, en prenant un bloc-notes et un crayon.

– Je ne sais pas. Je viens juste de m'en rendre compte. » Sa voix s'étranglait dans sa gorge.

Il entendit un homme parler près d'elle. Elle dut se tourner vers lui pour lui répondre, car Brunetti eut du mal à capter ses propos pendant un instant. Puis le silence se fit à l'autre bout du fil.

Songeant aux procédures auxquelles il avait dû se plier, dans les bibliothèques municipales, chaque fois qu'il avait voulu consulter un livre, il lui demanda : « Vous avez bien des fiches des personnes qui se servent des livres, n'est-ce pas ? »

Avait-elle été surprise qu'un policier puisse poser une telle question ? Qu'il s'y connaisse en bibliothèques ? Elle mit en tout cas un moment à lui répondre : « Bien sûr. » Cela le fit sans doute monter d'un cran dans l'estime de la bibliothécaire. « C'est ce que nous sommes en train de vérifier.

– Avez-vous trouvé l'auteur de ce vol ? »

Il s'ensuivit une pause encore plus longue. « Un chercheur, à notre avis », dit-elle, puis elle ajouta : « Qui avait tous les prérequis voulus. » Brunetti perçut, en filigrane, la bureaucrate déjà prête à se défendre contre toute accusation de négligence.

« Dottoressa, commença-t-il du ton le plus convaincant et le plus professionnel possible, il faut nous aider à l'identifier. Plus vite nous le trouverons, moins il aura de temps pour vendre ce qu'il a pris.

– Mais les livres sont saccagés », répliqua-t-elle d'une voix aussi angoissée qu'à la mort d'un être cher.

Pour une bibliothécaire, imagina-t-il, un livre abîmé était aussi grave qu'un livre volé. En adoptant cette fois le ton de l'Autorité, il affirma : « J'arrive tout de suite, dottoressa. Je vous prie de ne toucher à rien. Et j'aimerais voir l'identification qu'il vous a donnée. » Comme il n'obtint aucune réponse, il raccrocha.

Brunetti se souvenait que cette bibliothèque se trouvait sur les Zattere, mais sa position exacte lui échappait. Il se tourna vers le garde et lui dit : « Si on me demande, je suis à la Biblioteca Merula. Appelez Vianello et dites-lui d'y aller avec deux hommes pour prendre les empreintes digitales. »

Dehors, il trouva Foa bras et jambes croisés, appuyé contre le parapet du canal. Il avait la tête penchée en arrière et gardait les yeux fermés, face aux premiers rayons du soleil printanier, mais dès que Brunetti fut à son niveau, le pilote lui demanda : « Où puis-je vous conduire, commissaire ? avant même d'ouvrir les yeux.

– À la Biblioteca Merula. »

Comme s'il achevait la phrase de Brunetti, Foa enchaîna : « Dorsoduro 3429.

– Comment sais-tu cela ?

– Mon beau-frère et sa famille vivent dans l'immeuble d'à côté, donc ça devrait être à ce numéro.

– J'ai eu peur un instant que le lieutenant ne soit

340

allé s'inventer une nouvelle loi vous obligeant à apprendre toutes les adresses de la ville par cœur.

– Quand on a grandi sur un bateau, on sait où se trouve n'importe quel endroit, monsieur. Mieux qu'un GPS », déclara Foa en se tapant le front du doigt. Il s'écarta de la rambarde et se dirigea vers le bateau, mais il s'arrêta à mi-chemin et se tourna vers Brunetti. « Au fait, savez-vous ce qu'ils sont devenus, monsieur ?

– Quoi donc ? s'informa Brunetti, non sans confusion.

– Les GPS.

– Quels GPS ?

– Ceux qui ont été commandés pour les bateaux », spécifia Foa. Brunetti se tenait debout, attendant une explication.

« J'ai parlé à Martini, il y a quelques jours de cela », reprit Foa désignant ainsi le policier chargé de l'approvisionnement, l'homme de la situation pour réparer une radio ou obtenir une nouvelle torche électrique. « Il m'a montré la facture et m'a demandé si je savais s'ils étaient bons ou pas. Le modèle qui avait été commandé.

– Et tu le savais ? s'enquit Brunetti, qui se demandait comment la conversation en était arrivée là.

– Oh, il n'y en a pas un qui ne les connaisse pas, monsieur. Ça ne vaut pas un pet de lapin. Aucun chauffeur de taxi n'en veut, et le seul qui s'en soit acheté un, à ma connaissance, ça l'a rendu tellement fou qu'il l'a arraché du pare-brise de son bateau et l'a jeté par-dessus bord. » Foa reprit son chemin vers la vedette et s'arrêta de nouveau. « C'est ce que j'ai dit à Martini.

– Et qu'est-ce qu'il a fait ?

– Qu'est-ce qu'il pouvait faire ? C'est le bureau central de Rome qui gère ; on graisse la patte à quelqu'un là-bas pour passer la commande et à quelqu'un d'autre pour la faire aboutir. » Il haussa les épaules et monta dans le bateau.

Brunetti le suivit, surpris que Foa lui ait raconté cette histoire, car il devait bien se douter qu'il ne pouvait rien y faire non plus. Ainsi va le monde.

Foa mit le moteur en route. « Martini m'a dit que la facture en comptait une *douzaine*.

– Il n'y a que six bateaux, n'est-ce pas ? s'assura Brunetti, question à laquelle Foa ne prit même pas la peine de répondre. Cela remonte à quand ?

– À quelques mois. Cet hiver, je dirais.

– Tu sais si on en a vu la couleur ? »

Foa releva le menton et émit un claquement de langue sardonique en réponse à sa question.

Brunetti se retrouva alors à une croisée des chemins qui lui était familière : il pouvait avancer, mais probablement pour mieux reculer ; se mettre sur le côté, pour ne pas obstruer le passage ; ou fermer les yeux, s'asseoir confortablement et ne plus bouger du tout. S'il parlait à Martini et apprenait que les GPS avaient été commandés et payés mais ne se trouvaient nulle part, il se mettrait dans de sales draps. Il pouvait aller jeter un coup d'œil, sans mot dire, et peut-être éviter ainsi que l'on ne remette à sac les caisses du trésor public. Ou purement et simplement passer outre et continuer à vaquer à des choses plus importantes, ou encore remédiables.

« Tu crois que le printemps est enfin arrivé ? » demanda-t-il au pilote.

Foa le regarda du coin de l'œil et sourit : ils ne pouvaient être davantage sur la même longueur d'ondes. « C'est possible, monsieur. Je l'espère en tout cas. Je n'en peux franchement plus de ce froid et de ce brouillard. »

Tandis qu'ils finissaient leur tour dans le *bacino*[1] et contemplaient le paysage, ils eurent tous deux le souffle coupé. Il n'y avait rien de théâtral dans leur réaction. Loin d'eux l'envie d'en faire trop, ou de se laisser aller à une pompeuse déclaration. C'était une simple réponse humaine à ce qui relève d'un autre monde, à ce qui est tout bonnement impossible. Devant eux se dressait l'un des derniers plus grands paquebots de croisière arrivés à Venise. Sa gigantesque poupe leur tournait effrontément le dos, les défiant de se livrer au moindre commentaire.

Sept, huit, neuf, dix étages. Comment était-ce possible ? Il bloquait la vue de la ville, bloquait la lumière, bloquait toute voie au bon sens ou à la raison, ainsi qu'à la justesse des choses. Ils le suivirent, observant le sillage qu'il créait et qui déferlait lentement contre les deux bords des quais, vaguelette après vaguelette. Quelle poussée – Dieu seul le sait – devait exercer cette énorme quantité d'eau déplacée sur ces pierres et sur les jointures qui les stabilisaient depuis des siècles ? Un coup de vent inattendu les enveloppa pendant quelques secondes, des gaz d'échappement du navire qui rendirent l'air soudain irrespirable. Mais l'atmosphère s'emplit ensuite, avec la même soudaineté, de la douceur du printemps, avec ses bourgeons, ses feuilles tendres et son herbe fraîche, tout comme de l'humeur joyeuse de la nature, venue offrir son nouveau spectacle.

Ils pouvaient voir, à quelques mètres d'eux, les

1. Le bassin qui s'étend face à la place Saint-Marc.

gens alignés sur le pont, tendus comme des tournesols vers la beauté de la place Saint-Marc, de ses coupoles et de son campanile. Un vaporetto apparut de l'autre côté ; il venait dans leur direction et les passagers, debout à l'extérieur, sans aucun doute des Vénitiens, levaient leurs poings et les agitaient à l'encontre des touristes, mais ces derniers regardaient de l'autre côté et ne purent voir l'accueil chaleureux que leur réservaient les autochtones. Brunetti songea au Capitaine Cook, arraché aux vagues, tué, cuisiné et dévoré par d'autres autochtones, tout aussi chaleureux. « Bien », marmonna-t-il dans sa barbe.

À l'approche des Zattere, Foa prit sur la droite, fit marche arrière, puis se mit au point mort pour faire glisser la vedette jusqu'à l'arrêt complet. Il se saisit d'une corde d'amarrage et sauta sur la rive, se pencha et fit rapidement un nœud. Il s'inclina et prit la main de Brunetti pour le soutenir fermement tandis qu'il sautait à terre.

« Cela va probablement durer un bon bout de temps, le prévint Brunetti. Tu pourrais rentrer. »

Mais Foa ne prêta pas attention à ces mots. Il avait les yeux rivés sur la poupe du paquebot qui avançait lentement vers le quai de San Basilio. « J'ai lu un jour, commença Brunetti, en vénitien, qu'aucune décision ne peut être prise sans l'approbation unanime de toutes les instances.

– Je sais, répliqua Foa, gardant les yeux sur le navire. La magistrature aux Eaux, la Région, le Conseil d'administration de la ville, les autorités portuaires, quelques ministères à Rome… » Il fit une pause, toujours hypnotisé par le bâtiment qui s'éloignait, mais diminuait à peine en taille. Puis Foa retrouva sa voix et nomma quelques hommes relevant de ces institutions.

Brunetti ne les connaissait pas tous, mais il en reconnut tout de même un grand nombre. Lorsque Foa mentionna trois anciens fonctionnaires municipaux de très haut rang, il martela chacun de leur nom de famille tel un menuisier enfonçant à coups de marteau les derniers clous dans le couvercle du cercueil.

« Je n'ai jamais compris pourquoi ils ont divisé les choses de cette façon », énonça Brunetti. Foa, après tout, provenait d'une famille qui vivait de la lagune et sur la lagune : des pêcheurs, des poissonniers, des marins, des pilotes et des mécaniciens pour l'ACTV[1]. Il ne leur manquait que les branchies. S'il y avait des gens capables de comprendre comment était géré le système de l'eau dans cette ville, c'étaient bien eux.

Foa lui adressa le sourire qu'un professeur adresserait au plus sot de ses élèves : affectueux, pathétique, condescendant. « Vous croyez que huit comités séparés peuvent parvenir à prendre une décision ? »

Brunetti regarda le pilote, puis eut une illumination. « Et seule une décision conjointe pourrait arrêter les bateaux, asséna-t-il, conclusion qui élargit le sourire de Foa.

– Ainsi peuvent-ils remettre la question sur le tapis à l'infini, déclara le pilote, clairement admiratif devant l'idée ingénieuse de laisser la décision finale entre les mains d'autant d'organisations gouvernementales, isolées les unes des autres. On les paye pour aller

---

1. L'ACTV (Azienda del Consorzio Trasporti Veneziano/ Agence du consortium des transports vénitien) est l'agence municipale assurant les transports publics à Venise depuis le 1er octobre 1978.

inspecter dans d'autres pays et voir comment on s'y prend là-bas, et pour tenir des comités où l'on discute de projets et de plans. » Puis il précisa, au souvenir d'un article paru peu de temps auparavant dans le *Gazzettino*[1] : « Ou pour embaucher leurs femmes et leurs enfants à titre de consultants.

– Et ramasser les petits cadeaux qui pourraient tomber des poches des propriétaires des paquebots ? » suggéra Brunetti, même s'il savait que ce n'était pas le genre d'exemple qu'il était censé donner à la branche en uniforme.

Le sourire de Foa devint plus chaleureux encore, mais il se limita à dire, en indiquant l'étroit canal : « C'est là-bas, juste avant le pont. La porte verte. »

Brunetti fit un signe pour le remercier de l'avoir accompagné en bateau et pour ses instructions. Il entendit un instant plus tard démarrer le moteur ; il se tourna et vit la vedette de la police s'écarter, puis emprunter le canal en dessinant un large cercle pour pouvoir faire demi-tour.

Brunetti remarqua que le sol était humide et constellé de vastes flaques d'eau, qui s'étendaient le long des murs des immeubles qu'il longeait. Curieux, il regagna le bord du quai et regarda la mer, mais elle se trouvait dorénavant à plus de cinquante centimètres en dessous de lui. C'était marée basse, il n'y avait pas *d'acqua alta*[2] et il n'avait pas plu depuis longtemps, si bien que toute cette eau ne pouvait s'expliquer que par le passage du navire. Et ils étaient censés croire, lui et ses concitoyens, que l'administration prenait pour

1. L'un des deux quotidiens de Venise, l'autre étant *La Nuova*.
2. Hautes eaux qui inondent Venise entre l'automne et le début du printemps, lors de marées exceptionnelles.

des idiots, que ces bateaux ne faisaient subir aucun dommage aux matériaux composant la ville.

La plupart des hommes qui arrêtaient ces décisions n'étaient-ils pas vénitiens ? N'étaient-ils pas nés dans cette ville ? Leurs enfants n'y allaient-ils pas à l'école et à l'université ? Sans doute parlaient-ils même vénitien pendant leurs réunions.

Il pensait que la mémoire lui reviendrait sur le chemin de la bibliothèque, mais il n'en retrouva aucune image passée. Il ne put pas non plus se rappeler si le *palazzo* était la demeure de Merula lorsqu'il vivait à Venise : c'était là une question pour l'Archivio Storico[1], pas pour la police, dont les dossiers ne remontaient pas au-delà d'un siècle.

Lorsque Brunetti franchit la porte verte, qui n'était pas fermée, il eut la sensation que la cour lui paraissait familière : avec ses marches extérieures menant au premier étage et son puits bouché par un couvercle en métal, elle ressemblait à toutes les cours Renaissance de la ville. Il fut attiré par ses sculptures magnifiquement conservées, que ces murs avaient su préserver. Des anges joufflus soutenaient deux par deux un blason de famille qu'il ne put décrypter. Les ailes de certains de ces angelots avaient besoin d'être restaurées, mais le reste était intact. Il supposa que le puits datait du XIVe siècle, avec sa guirlande de fleurs entourant la margelle juste en dessous du capuchon métallique : il fut surpris d'en avoir gardé un si vif souvenir, alors que le reste l'avait fort peu marqué.

Il se dirigea vers l'escalier qui lui était bien resté

---

1. Les Archives d'État de Venise, situées sur le campo dei Frari, conservent les témoignages de plus de mille ans d'histoire de la ville.

en tête également, avec sa large main courante en marbre, jalonnée de têtes de lions sculptées, de la taille d'une pomme de pin. Il gravit les marches, en tapotant la tête de deux de ces lions. Au sommet de la première volée, il aperçut une porte et à côté, une nouvelle plaque en laiton : BIBLIOTECA MERULA.

Il entra et fut saisi par la fraîcheur de la pièce. À cette heure de l'après-midi, la température était plus clémente et il regretta d'avoir mis sa veste en laine ; il sentait à présent sa transpiration sécher le long du dos.

Dans la petite salle d'accueil, un jeune homme arborant une barbe à l'italienne du dernier cri était assis derrière un bureau, avec un livre ouvert devant lui. Il regarda Brunetti et lui sourit : « En quoi puis-je vous aider ? »

Brunetti sortit sa carte officielle de son portefeuille et la lui montra. « Ah, bien sûr, fit le jeune homme. Vous souhaitez voir la dottoressa Fabbiani, monsieur. Elle est en haut.

– N'est-ce pas la bibliothèque ? s'enquit Brunetti, en désignant la porte derrière le jeune homme.

– Ici, c'est la collection moderne. Les livres rares sont au-dessus, il faut monter un autre étage. » Devant la confusion de Brunetti, il expliqua : « Tout a été changé ici il y a environ dix ans », puis il spécifia, avec un sourire : « Bien avant mon époque.

– Et bien après la mienne », répliqua Brunetti qui regagna l'escalier.

Comme cette partie de la rampe était dépourvue de lions, Brunetti laissa glisser ses doigts le long de la main courante en marbre biseauté, polie par des siècles d'utilisation. Parvenu au sommet, il trouva une porte avec une sonnette sur la droite. Il l'actionna et au bout d'un moment, un homme plus jeune que lui, portant une veste bleu foncé à la coupe militaire, et ornée de boutons en cuivre, lui ouvrit. Il était de taille moyenne et trapu ; il avait les yeux bleu clair et un nez fin, très légèrement tordu. « Êtes-vous le commissaire ? demanda-t-il.

– Oui, répondit-il en lui tendant la main. Guido Brunetti. »

L'homme lui prit la main et la serra furtivement. « Piero Sartor », se présenta-t-il. Il recula pour permettre à Brunetti de s'approcher de ce qui faisait penser au guichet d'une petite gare de province. Sur la gauche se trouvait un comptoir en bois, à mi-hauteur, avec un ordinateur et deux corbeilles à papiers. De très vieux livres étaient empilés sur un chariot, appuyé contre le mur derrière le comptoir.

Certes, il y avait désormais un ordinateur, chose qui n'existait pas à l'époque où Brunetti était étudiant, mais l'odeur était restée la même. Les vieux livres l'avaient toujours empli de nostalgie pour les siècles où il n'avait pas vécu. Ils étaient imprimés sur du papier fabriqué à partir de vieilles étoffes déchirées en lambeaux et broyées, plongées dans l'eau puis broyées à nouveau, et transformées ensuite à la main en grandes pages prêtes à l'impression, que l'on pliait et repliait, reliait et cousait, toujours à la main : *Tous ces efforts pour documenter et garder en mémoire notre identité et nos idées*, songea le commissaire. Il se rappelait combien il en aimait la sensation sous les doigts, ainsi que le poids, mais ce dont il se souvenait surtout, c'était ce parfum à la fois âcre et doux, émanant d'un passé qui cherchait à devenir réalité sous ses yeux.

L'homme ferma la porte, ce qui tira Brunetti de

sa rêverie, et se tourna vers lui. « Je suis le gardien. C'est moi qui ai trouvé le livre. » Il essaya, mais en vain, d'annihiler toute trace de fierté dans sa voix.

« Celui qui a été abîmé ?

– Oui, monsieur. C'est-à-dire que j'ai descendu le livre de la salle de lecture et lorsque la dottoressa Fabbiani l'a ouvert, elle a vu que certaines pages avaient été arrachées. » Sa fierté fit place à de l'indignation et à un sentiment proche de la colère.

« Je vois. Votre tâche consiste donc à descendre les livres au bureau d'en bas ? » demanda-t-il, curieux de connaître les devoirs que cette institution assignait à un gardien. Il supposa que c'était précisément ce rôle qui rendait Sartor étonnamment avenant à l'égard de la police.

L'homme lui lança un regard furtif et perçant, où l'on devinait aisément aussi bien de l'inquiétude que de la confusion. « Non, monsieur, mais c'est un livre que j'ai lu – ou plutôt, que j'ai lu en partie –, donc je l'ai aussitôt reconnu et je me suis dit qu'il ne fallait pas qu'il traîne sur la table, laissa-t-il échapper. C'est Cortés, cet Espagnol qui est allé en Amérique du Sud. »

Sartor cherchait ses mots et poursuivit plus lentement : « Il aimait tellement les livres qu'il lisait que ça m'a donné envie de m'y intéresser et j'ai pensé y jeter un coup d'œil. Il est américain, mais il parle très bien italien – c'est à ne pas y croire –, et nous avons pris l'habitude de bavarder quand j'étais au bureau et qu'il attendait qu'on lui descende ses livres. » Il se tut un instant, mais au vu de l'expression que dégageait Brunetti, il reprit la parole : « Nous faisons une pause dans l'après-midi, mais je ne fume pas et je ne peux pas boire de café. C'est l'estomac ; je ne supporte plus. Je bois du thé vert, mais aucun bar à la ronde n'en a ou, plutôt, n'a pas le type de thé que je pourrais boire. Ce qui fait que je dispose d'une demi-heure et comme je n'ai pas très envie de sortir, j'ai commencé à lire. Certains des chercheurs mentionnent des livres, et parfois j'essaie de les lire. » Il fit un sourire nerveux, comme s'il venait de se rendre compte qu'il avait transgressé une barrière sociale. « Ce qui me permet d'avoir des choses intéressantes à raconter à ma femme quand je rentre à la maison. »

Brunetti se délectait toujours à écouter les révélations surprenantes que lui faisaient les gens : ils effectuaient et disaient les choses les plus inattendues, en bien ou en mal. Le jour où un collègue lui avait sorti à quel point il en avait eu assez d'entendre sa femme se plaindre, alors qu'elle en était à sa dix-septième heure de travail pour la naissance de leur premier enfant, Brunetti avait eu du mal à réprimer son envie de le gifler. Il pensa aussi à la femme de son voisin, dont le chat sortait chaque soir par la fenêtre de la cuisine pour aller rôder librement sur les toits des alentours et qui rapportait chaque matin une pince à linge, au lieu d'une souris : un cadeau non moins précieux que les histoires captivantes que Sartor racontait à sa femme.

Brunetti, à l'affût de ce que ce dernier avait à lui dire, s'informa : « Hernán Cortés ?

– Oui, lui confirma Sartor. Il conquit la ville du Mexique qu'ils dénommèrent la Venise de l'Ouest. » Il s'arrêta puis ajouta, craignant que Brunetti ne le prenne pour un idiot : « Ce sont les Européens qui lui ont donné ce nom, pas les Mexicains. »

Brunetti opina du chef, en signe de compréhension. « Cela ne manque pas d'intérêt, même s'il remercie toujours Dieu après avoir tué un tas de gens : je n'aime pas beaucoup ça, mais il écrivait au roi, donc il était peut-être obligé de dire ce genre de choses. Mais ce qu'il écrivait à propos du pays et des gens était passionnant. Ma femme aimait bien, elle aussi. J'aimais voir combien les choses étaient différentes à l'époque par rapport à aujourd'hui. J'en ai lu une partie, et je voulais le finir. Quoi qu'il en soit, j'avais reconnu le titre – *Relación* – que j'avais vu à la place où il s'asseyait habituellement et je l'ai descendu parce que je me suis dit qu'un tel livre ne devait pas rester en haut. »

Comme Brunetti supposa que ce « il » non nommé était l'homme censé avoir coupé les pages du livre, il lui demanda : « Pourquoi l'avez-vous pris s'il l'avait en consultation ?

– Riccardo, qui travaille au premier étage, m'a dit qu'il l'avait vu descendre l'escalier pendant ma pause repas. Chose qu'il n'avait jamais faite auparavant. Il arrive toujours dès l'ouverture et il reste tout l'après-midi. » Il réfléchit un instant et précisa, d'un ton sincèrement préoccupé : « Je ne sais pas comment il se débrouille pour son déjeuner : j'espère qu'il ne mangeait pas ici. » Puis, gêné d'avoir fait cet aveu, il ajouta : « C'est pourquoi je suis monté voir s'il était revenu.

– Comment pouviez-vous le savoir ? » s'enquit Brunetti, animé d'une véritable curiosité.

Sartor eut un petit sourire. « À force de travailler ici, monsieur, vous finissez par déchiffrer les signes. Pas de crayons, pas de marqueurs, pas de bloc-notes. Ce n'est pas facile à expliquer, mais je sais s'ils en ont fini pour la journée. Ou pas.

– Et c'était le cas ? »

352

Le gardien hocha la tête de manière catégorique. « Les livres étaient empilés à sa place. La lumière de son pupitre était éteinte. Donc il savait qu'il ne reviendrait pas et c'est la raison pour laquelle j'ai descendu le livre au bureau principal.

– Était-ce quelque chose d'inhabituel ?

– Pour lui, oui. Il rangeait toujours toutes ses affaires et descendait lui-même les livres.

– À quelle heure est-il parti ?

– Je ne sais pas exactement, monsieur. Avant que je sois revenu, à 14 h 30.

– Et puis ?

– Comme je vous l'ai dit, lorsque Riccardo m'a appris qu'il était parti, je suis monté pour m'en assurer et m'occuper des livres.

– Est-ce quelque chose que vous faites normalement ? » demanda Brunetti, intrigué. Le gardien avait trahi une certaine inquiétude la première fois qu'il lui avait posé cette question.

Cette fois, il répondit sans hésiter. « Pas vraiment, monsieur. Mais j'étais autrefois un courrier, c'est-à-dire que j'apportais les livres aux lecteurs et je les remettais sur les rayonnages – si bien que je l'ai fait, disons, automatiquement. Je ne supporte pas de voir les volumes traîner sur les tables si personne ne s'en sert.

– Je vois. Continuez, je vous prie.

– J'ai descendu les ouvrages au bureau chargé de distribuer les livres. La dottoressa Fabbiani arrivait juste d'une réunion et lorsqu'elle a ouvert le Cortés qu'elle avait demandé, elle a vu ce qui s'était passé. » Puis, d'un débit plus lent, comme s'il se parlait à lui-même, il ajouta : « Je ne comprends pas comment il a réussi à le faire. En général, il y a plus d'une personne dans la salle. »

Brunetti ignora cette remarque. « Pourquoi a-t-elle ouvert ce livre en particulier ?

– Elle a dit que c'était un livre qu'elle avait lu quand elle était à l'université et qu'elle aimait la manière dont la ville y était dessinée. C'est pourquoi elle l'a pris et l'a ouvert. Elle était si contente de le revoir, a-t-elle dit, après toutes ces années. » Face à l'expression de Brunetti, il précisa : « Les gens qui travaillent ici ont ce genre de rapport avec les livres, vous savez.

– Vous avez dit qu'il y a d'habitude plus d'une personne dans la salle ? », reprit Brunetti avec douceur. Sartor fit un signe d'assentiment. « Il y a en général un ou deux chercheurs et il y a aussi un homme qui lit les Pères de l'Église depuis trois ans, monsieur. Nous l'appelons Tertullien : c'est le premier auteur qu'il a demandé et le nom lui est resté. Il vient tous les jours, ce qui fait qu'on a commencé à le voir un peu comme une sorte de gardien. »

Brunetti s'abstint de l'interroger sur le choix de cette lecture et préféra lui dire, avec un sourire : « Je comprends.

– Quoi donc, monsieur ?

– Que vous fassiez confiance à quelqu'un qui a passé des années à lire les Pères de l'Église. »

L'homme sourit nerveusement, en réponse à Brunetti. « Peut-être avons-nous été négligents », remarqua-t-il. Comme Brunetti ne souffla mot, il spécifia : « J'entends en matière de sécurité. Il n'y a pas grand-monde qui vienne à la bibliothèque, et au bout d'un moment, nous avons l'impression de connaître les gens et donc nous baissons la garde.

– Ce qui est dangereux, se permit de noter Brunetti.

– C'est le moins qu'on puisse dire », affirma une voix de femme derrière lui. Brunetti se tourna et fit ainsi la connaissance de la dottoressa Fabbiani.

DU MÊME AUTEUR

Mort à La Fenice
Calmann-Lévy, 1997
et « Points Policier », n° P514
Point Deux, 2011

Mort en terre étrangère
Calmann-Lévy, 1997
et « Points Policier », n° P572
Point Deux, 2013

Un Vénitien anonyme
Calmann-Lévy, 1998
et « Points Policier », n° P618

Le Prix de la chair
Calmann-Lévy, 1998
et « Points Policier », n° P686

Entre deux eaux
Calmann-Lévy, 1999
et « Points Policier », n° P734

Péchés mortels
Calmann-Lévy, 2000
et « Points Policier », n° P859

Noblesse oblige
Calmann-Lévy, 2001
et « Points Policier », n° P990

L'Affaire Paola
Calmann-Lévy, 2002
et « Points Policier », n° P1089

Des amis haut placés
Calmann-Lévy, 2003
et « Points Policier », n° P1225

Mortes-eaux
Calmann-Lévy, 2004
et « Points Policier », n° P1331

Une question d'honneur
Calmann-Lévy, 2005
et « Points Policier », n° P1452

Le Meilleur de nos fils
Calmann-Lévy, 2006
et « Points Policier », n° P1661

Sans Brunetti
Essais, 1972-2006
Calmann-Lévy, 2007

Dissimulation de preuves
Calmann-Lévy, 2007
et « Points Policier », n° P1883

De sang et d'ébène
Calmann-Lévy, 2008
et « Points Policier », n° P2056

Requiem pour une cité de verre
Calmann-Lévy, 2009
et « Points Policier », n° P2291

Le Cantique des innocents
Calmann-Lévy, 2010
et « Points Policier », n° P2525

Brunetti passe à table
Recettes et récits
(avec Roberta Pianaro)
Calmann-Lévy, 2011
et « Points Policier », n° P2753

La Petite Fille de ses rêves
Calmann-Lévy, 2011
et « Points Policier », n° P2742

Le Bestiaire de Haendel
À la recherche des animaux dans les opéras de Haendel
Calmann-Lévy, 2012

La Femme au masque de chair
Calmann-Lévy, 2012
et « Points Policier », n° P2937

Les Joyaux du paradis
Calmann-Lévy, 2012
et « Points Policier », n° P3091

Curiosités vénitiennes
Calmann-Lévy, 2013

Brunetti et le mauvais augure
Calmann-Lévy, 2013
et « Points Policier », n° P3163

Gondoles
Histoires, peintures, chansons
Calmann-Lévy, 2014

Deux veuves pour un testament
Calmann-Lévy, 2014
et « Points Policier », n° P3399

Le garçon qui ne parlait pas
Calmann-Lévy, 2015

Brunetti entre les lignes
Calmann-Lévy, 2016

RÉALISATION : NORD COMPO À VILLENEUVE-D'ASCQ
IMPRESSION : CPI FRANCE
DÉPÔT LÉGAL : JANVIER 2016. N° 122219 (3013695)
IMPRIMÉ EN FRANCE